Die Geschwister Gadsby *im Sommerchaos*

Natasha Farrant

Die Geschwister Gadsby im Sommerchaos

Natasha Farrant

Aus dem Englischen von Annette von der Weppen

CARLSEN

FSC
www.fsc.org
MIX
Papier aus verantwortungsvollen Quellen
FSC® C014496

Originalverlag: Faber and Faber Ltd.
Originaltitel: All About Pumpkin
Umschlagfotografien: shutterstock: NSC Photography (Zaun); Sukpaiboonwat (Baum); jakkapan (Fahrrad); M. Unal Ozmen (Stuhl); Butterfly Hunter (Schmetterlinge)
Umschlaggestaltung und -typografie: formlabor
Aus dem Englischen von Annette von der Weppen
Lektorat: Franziska Leuchtenberger
Satz: Dörlemann Satz, Lemförde
Herstellung: Björn Liebchen
ISBN: 978-3-551-58349-9

Für Alice, Elfie und Holly

Bestehend aus einer Kombination von herkömmlichen Tagebucheinträgen und den Transkriptionen von Kurzfilmen; aufgenommen von der Verfasserin mit der Kamera, die sie zum dreizehnten Geburtstag bekommen hat, beginnend am Ende des Sommers.

Die Filmtagebücher der Bluebell Gadsby

1. Szene (Transkript)
Ankunft

Der Bahnhof von Plumpton. Ein einzelnes Gleis, ein alter steinerner Bahnsteig, eine Bank, ein flaches weißes Gebäude, das einen Fahrkartenschalter (leer), Toiletten (geschlossen) und einen Kaffee-/Zeitungs-/Süßwarenladen (ebenfalls geschlossen) beherbergt. Auf der Schienen-Seite: von wildem Kerbel und Brombeergestrüpp überwucherte Hecken. Auf der Plumpton-Seite: eine Straße, die in einer Richtung in die Stadt hinein- und in der anderen in die Landschaft von Devon hinausführt. Der Parkplatz, der hauptsächlich aus Schlaglöchern besteht, ist leer. Die ganze Szene brütet in der Nachmittagssonne.
Zwei Kinder sitzen im Schatten des Bahnhofsgebäudes. JASMINE (zehn Jahre alt, lange, verfilzte, schwarze Haare, glitzernde Flipflops, nicht sehr sauberes Kleid) hockt auf ihrem Koffer, isst Schokoladenkekse und schaut finster drein. TWIG (zwölf Jahre alt, mager, braunes Haar, das ihm in die Augen fällt) sitzt auf dem Boden und liest Victor Hugos eintausenddreihundertsechsundsiebzigseitigen Roman *Les Misérables*. Er formt die Worte mit den Lippen, während sein Blick ihnen über die Seiten folgt. Ihre Schwester BLUEBELL (alias KAMERAMANN, vierzehn) steht außerhalb

des Bildes, hinter der Kamera, mit der sie ihre Geschwister filmt. Sie trägt abgeschnittene Jeans-shorts, ein lila T-Shirt, verblichene grüne Turnschuhe und eine Hornbrille. Das lange braune Haar ist zu zwei ordentlichen Zöpfen geflochten, die ihr bis über die Schultern hängen.
Sie warten auf ihre Großmutter.

JASMINE, zum KAMERAMANN
Versuch noch mal sie anzurufen.

KAMERAMANN (BLUEBELL)
Ich habe doch gesagt, hier gibt es kein Netz. Hier gibt es nie Netz. Sie steht bestimmt nur irgendwo im Stau.

TWIG
Seit *über einer Stunde*?

JASMINE
Und wenn sie gar nicht mehr kommt? Wenn sie einen Unfall hatte und gestorben ist?

TWIG
Dann fahren wir mit dem nächsten Zug nach Hause.

JASMINE
(ohne auf ihn zu achten)

Was würden wir bloß machen, wenn wir kein Handy hätten? Dann säßen wir hier für alle Zeiten fest!

KAMERAMANN

(in leicht tadelndem Ton)

Wenn Grandma sterben würde, wäre das auch sehr, sehr traurig.

TWIG

Und ein bisschen unsere Schuld, weil sie ja nur losgefahren ist, um uns hier abzuholen.

JASMINE

Dabei will ich doch noch nicht mal hier sein!

Ihr Gezeter wird von dem Geräusch eines herannahenden Motors unterbrochen. Ein Landrover (so ein richtig alter, wie man sie manchmal noch in Filmen sieht) hoppelt durch die Schlaglöcher auf die Kinder zu und wird kurz vor ihnen abgewürgt. Grandma winkt fröhlich durchs offene Fenster.

Samstag, 19. Juli

Eigentlich sollten wir zu viert mit Mum und im Auto nach Devon fahren, aber dann hat Twig das Baby auf den Kopf fallen lassen.

Er hat bloß versucht Pumpkin aus seinem Gitterbett zu nehmen, weil er geweint hat, aber Pumpkin kann ganz schön zappelig sein. Es war kein schlimmer Sturz. Er ist nur einmal kurz auf die Matratze getitscht, aber dann hat er ewig gebrüllt, und es war fünf Uhr morgens, und Mum war noch müder als sonst, weil Zoran noch mal mit Gloria zum Abendessen da gewesen war, bevor er nach Bosnien gefahren ist, um seine Schwester zu besuchen, und sie sind ewig lange geblieben.

»Ich wollte dir helfen«, erklärte Twig, als Mum in Pumpkins Zimmer gewankt kam, um nachzusehen, was all der Lärm zu bedeuten hatte, aber sie sagte nur, er soll wieder ins Bett gehen.

»Ich habe eine fürchterliche Nacht hinter mir«, hat sie heute Morgen am Telefon zu Grandma gesagt. »Ich bin völlig am Ende und in dem Zustand sollte ich lieber kein Auto fahren. Ich fürchte, wir kommen hier erst weg, wenn ich noch mal eine Runde geschlafen habe.«

Grandma, die ziemlich taktlos sein kann und immer dermaßen laut ins Telefon schreit, dass alle mithören können, brüllte: »ALSO WIRKLICH, CASSIE, ICH HÄTTE GEDACHT, DASS DU DIE SACHE BEIM SECHSTEN BABY ALLMÄHLICH IM GRIFF HAST!«, und Mum legte auf und rief Dad an seinem Filmset in Neuseeland an.

»Wir fangen jeden Moment an zu drehen«, sagte er.

»Ist mir egal«, sagte sie.

Sie wedelte uns aus dem Zimmer. Wir lauschten an der Tür, konnten aber nichts verstehen, außer als Mum irgendwann schrie: »Was glaubst du wohl, warum ich müde bin, David? Ich muss mich hier ganz allein um vier Kinder kümmern, von denen eines nie länger als zwei Stunden am Stück schläft, während die anderen ständig versuchen es umzubringen!«

Jas und ich schauten Twig an.

»Ich wollte doch nur *helfen*«, wiederholte er.

»Es ist mir egal, ob das deiner Mutter seit ihrem Sturz zu viel wird«, brüllte Mum jetzt gerade. »Wenn sie nicht mit drei verantwortungsvollen Kindern fertig wird, ohne dass ich dabei bin, dann bleiben sie eben hier. Ich kann mich jedenfalls nicht um drei Kinder, ein Baby *und* eine alte Dame kümmern.«

»Ist Grandma die alte Dame?«, flüsterte Twig.

»Ich glaub schon«, sagte ich.

»Und wir sind die verantwortungsvollen Kinder?«

»Du nicht«, sagte Jas. »Du bist ein Baby-Fallenlasser.«

»Schsch«, sagte ich. »Ich glaube, Mum weint.«

Und dann sprangen wir alle auf und taten so, als hätten wir gerade etwas sehr Wichtiges im Flur zu tun, weil Mum plötzlich aus ihrem Zimmer kam. Sie schniefte ein bisschen und sagte, wenn wir uns beeilten, könnten wir noch den 10.46 ab Paddington erwischen.

»Ich dachte, wir fahren mit dem Auto«, sagte Twig.

»Ich komme nicht mit nach Devon.« Mum konnte uns nicht richtig anschauen, als sie das sagte, aber ich sah trotzdem, dass ihre Augen gerötet waren. »Tut mir leid. Ist nur für kurze Zeit.«

»Und was ist mit Pumpkin?«, rief Jas.

»Der bleibt auch mit mir in London.« Mum lächelte wie jemand, der inständig hofft, dass es kein Theater geben wird.

»Wie lange denn?«, fragte Twig.

»Ein, zwei Wochen.« Sie konnte uns immer noch nicht ansehen. »Vielleicht auch drei. Tut mir leid, meine Süßen. Stellt euch einfach vor, es wäre wie all die anderen Jahre. Da seid ihr auch immer allein zu Grandma gefahren.«

»Das sind meine ersten Sommerferien mit einem kleinen Bruder«, verkündete Jas. »Wenn Pumpkin hierbleibt, bleibe ich auch.«

Mum schloss die Augen und sagte sehr ruhig, »Ihr fahrt alle drei nach Devon.«

Jas jammerte auf dem ganzen Weg bis zum Bahnhof Paddington, aber das änderte nichts, nicht mal, als sie anfing zu weinen.

»Seid lieb zu eurer Großmutter«, sagte Mum. »Ich komme euch bald besuchen.«

Es stimmt nicht, dass wir immer schon allein nach Devon gefahren sind. Bevor Iris gestorben ist, waren Mum und Dad auch immer mit dabei. Dieses Jahr sollte das erste sein, in dem Mum endlich mal wieder mitkommt, und eigentlich wollte sie auch den ganzen Sommer bleiben, weil sie noch bis September Mutterschaftsurlaub hat.

Sie schien erleichtert, als der Zug den Bahnhof verließ. Wir haben es alle gesehen. Die Zugtüren schlossen sich, sie hielt Pumpkin hoch, winkte uns mit seiner kleinen Hand zu, und dann entspannte sich ihr ganzer Körper und sie vergrub ihr Gesicht in seinem Nacken.

»Das ist alles deine Schuld«, fuhr Jas Twig an.

»DAS WAR DOCH KEINE ABSICHT!«, röhrte er.

»Seid jetzt mal still«, sagte ich.

»Du kannst uns gar nichts befehlen«, ließ Jas mich wissen.

»Kann ich wohl, ich bin schließlich die Älteste.«

»Bist du *nicht*«, hielt Twig mir entgegen.

»Doch, jedenfalls so lange, wie Flora noch mit Dad in Neuseeland ist«, sagte ich und dann schwiegen alle beleidigt.

Grandmas Landrover hat vorne Platz für drei und hinten zwei gegenüberliegende Bänke. Früher war er mal blau, aber über die Jahre ist das zu einem dunklen Grau verblichen. Der Motor macht so ein schepperndes Geräusch, als würde er jeden Moment den Geist aufgeben, die Türen kann man nicht mehr abschließen und das Dach hat ein Loch, aber Grandma hängt an ihm. Vor vielen Jahren, als sie und Grandpa noch Hunde und manchmal auch Schafe hatten, haben sie ein Hundegitter eingebaut, das den vorderen vom hinteren Teil trennt, und das haben sie dann einfach dringelassen. Mit dem Ergebnis, dass jeder, der hinten einsteigt, sich fast wie ein Tier vorkommt, erst recht, weil Grandma sich nie die Mühe gemacht hat, da hinten mal aufzuräumen. Bis heute fliegen da noch mehrere Hundedecken, ein Trinknapf aus Edelstahl, mindestens vier Hundeleinen und ziemlich viel Stroh herum.

Als wir klein waren, haben wir uns immer auf dem Boden zusammengerollt und gespielt, dass wir Welpen sind.

»Steigt ein, steigt ein!«, rief Grandma. »Die Sonne scheint und der Garten wartet!«

»Du bist zu spät«, verkündete Jas, während sie auf die Rückbank kletterte.

»Nur ein paar Minuten!«, trällerte Grandma.

»Über *eine Stunde.*«

»SOLLEN WIR QUERFELDEIN FAHREN?« Grandma wartete keine Antwort ab, sondern bog mit einem plötzlichen Ruck von der Landstraße in einen Feldweg ein.

Während wir so durch die Landschaft holperten, mit weit geöffneten Fenstern, blühenden Hecken am Wegrand, dem strahlend blauen Himmel über uns und dem Wind, der durch mein Haar peitschte, habe ich einen Moment lang fast alles vergessen: Mum, die nicht mitgekommen war, und Pumpkin, und Iris. Dann war der Weg zu Ende und wir kamen auf die einspurige Straße zurück, die durch die Heidelandschaft von Dartmoor führt. Die Gegend wurde flacher, zu beiden Seiten erstreckte sich das Moor, so weit man sehen konnte, und trotz allem stieg eine Blase der Freude in mir darüber auf, wieder hier zu sein. Ich spähte durch das Hundegitter nach hinten. Jas schmollte immer noch. Twig klammerte sich an einen Haltegriff, die Augen geschlossen, und hielt das Gesicht in den Wind.

»Wuff«, sagte ich. Twig öffnete die Augen und lächelte.

»Wuff, wuff«, erwiderte er.

Und dann bogen wir von der Straße in den Privatweg ein, der zur Horsehill Farm hinunterführt. Als wir die Hochebene verließen, wurden die Bäume dichter und der Weg bestand immer weniger aus Asphalt und immer mehr aus Gras und Moos; wir fuhren durch ein altes weißes Tor auf einen kiesbestreuten Hof und da stand das Haus, viel grauer Stein und große Fenster, und wir waren da.

»Zu Hause!« Grandma würgte wieder den Motor ab und zog die Handbremse. Sie kletterte aus der Fahrerkabine und zog einen Gehstock unter dem Sitz hervor.

»Seit wann brauchst du *den* denn?«, fragte ich.

»Bringt erst mal eure Sachen ins Haus«, sagte sie und humpelte vom Auto weg.

»Warum läuft sie so komisch?«, fragte Jas.

»Sie hatte doch diesen Sturz.« Ich runzelte die Stirn und versuchte mich zu erinnern. »Kurz nach Pumpkins Geburt. Es hatte geregnet und sie ist ausgerutscht. Mum war ziemlich genervt, weil Dad die ganzen Osterferien zwischen London und hier hin- und hergefahren ist.«

»Aber das ist doch schon ewig her«, sagte Jas.

»Jetzt sieht sie wieder normal aus«, bemerkte Twig.

Grandma stand vor der Haustür und winkte mit ihrem Stock.

»ICH HAB SCHOKOLADENKUCHEN GEBACKEN«, bellte sie. »Und der isst sich nicht von allein!«

Mum hat früher immer gesagt, in Horsehill wäre Iris am meisten sie selbst, weil sie hier alles machen konnte, was sie am liebsten tat – klettern und rennen und durch die Gegend streifen. An jedem ersten Abend in den Ferien lag sie neben mir im Bett und plante ganz genau, was wir hier alles machen würden. Und nachdem sie gestorben war, lag ich immer noch an jedem ersten Abend hier im Bett und dachte an all die Sachen, die ich machen wollte – das Gleiche, das ich auch immer mit ihr gemacht hatte: unsere Lieblingsstreifzüge unternehmen, Himbeeren direkt vom Strauch essen und im Bach liegen, den Kopf unter Wasser. So ist das, wenn man eine Zwillingsschwester hat. Vier Jahre ist es nun schon her, dass sie von einem Lieferwagen überfahren wurde, aber in meinem Kopf ist sie immer noch ständig bei mir.

Eigentlich wollte ich in diesem Jahr gar nicht herkommen. Dodi hatte mich eingeladen mit ihrer Familie nach Spanien zu fahren, in das Haus ihrer Eltern im Süden, wo sie jeden Sommer verbringen. »Da sind wir von morgens bis abends am Strand«, sagte sie. »Wir sorgen dafür, dass du schön braun wirst und einen neuen Haarschnitt kriegst und schicke Klamotten, und dann suchen wir dir einen Freund. Wo ich jetzt mit Jake zusammen bin, musst du auch einen haben.«

Obwohl ich ihr schon tausend Mal gesagt habe, dass ich mich wirklich für sie freue und sie trotzdem meine beste Freundin ist, hat Dodi immer noch ein schlechtes Gewissen, weil sie jetzt mit Jake zusammen ist, wo ich doch schließlich als Erste mit ihm zusammen war. Sie glaubt mir nicht, wenn ich sage, dass ich eigentlich gar keinen

Freund haben *will*, aber es stimmt – jedenfalls keinen wie Jake, der zwar ganz lieb ist, aber auch ein bisschen schluffig. Eines Tages will ich mich so verlieben, wie Flora sich in Zach verliebt hat – restlos, bedingungslos, mit Haut und Haaren. Ich wünsche mir einen Seelenverwandten – so wie Iris, aber natürlich auch anders. Ansonsten bin ich nicht interessiert.

Ich wollte trotzdem gern nach Spanien, weil ich die Vorstellung schön fand, mal irgendwohin zu fahren, wo es keine traurigen Erinnerungen gibt, und es wäre bestimmt auch lustig, mit Dodi zusammen zu sein und im Mittelmeer zu baden und mich als attraktive, sonnengebräunte und kultivierte Person neu zu erfinden. Aber Dad hat Nein gesagt, weil Grandma sonst enttäuscht wäre.

»Grandma würde das total verstehen«, widersprach ich. »Sie verreist doch auch so gern. Sie fährt ständig durch die Weltgeschichte und macht irgendwelche aufregenden Sachen.«

»Sie wäre enttäuscht«, wiederholte er. »Und außerdem …«

»Was außerdem?«

Aber das wollte er nicht sagen.

Und so liege ich jetzt hier im Bett und versuche an der Freude festzuhalten, die ich im Auto gespürt habe. Die Nacht ist warm und das Fenster weit geöffnet und von draußen sind die typischen Nachtgeräusche auf dem Land zu hören – jagende Tiere, ein Auto in der Ferne, der Bach, der unter der Brücke hindurchrauscht. Horsehill ist ganz genauso wie jeden Sommer. Das Haus ist groß und freundlich und riecht nach Holzfeuer und nach dem, was Grandma gekocht hat. Äpfel und Pflaumen reifen an den Bäumen, der Gemüsegarten ist voller Möhren, Salat und Tomaten. Marigold und Hester, die beiden fetten alten Ponys, dösen auf der Koppel, Rosen klettern überall an den Mauern empor und gleich hinter den Feldern liegt die lila-grüne

Moorlandschaft und wartet auf uns. Vorm Insbettgehen habe ich Jas und Twig Gute Nacht gesagt, in demselben Zimmer, in dem sie immer schon geschlafen haben und wo auch immer noch dasselbe Nachtlicht brennt, weil Twig die Dunkelheit nicht mag. Und bei mir liegt immer noch die gleiche weiße Tagesdecke über derselben grün-rosa geblümten Bettwäsche.

Wäre Zoran unser Kindermädchen geblieben und kein aufstrebender Musiker mit einer atemberaubenden Reitlehrerin als Freundin geworden, wäre Mum vielleicht nicht ganz so müde. Vielleicht wäre er dann hier bei uns und Mum wäre auch mitgekommen, zusammen mit Pumpkin. Und wenn Flora hier wäre, sähe dieses Zimmer aus wie ein Schlachtfeld. Der Boden läge voller Klamotten und der Tisch wäre mit leeren Gläsern, Tassen und Schokopapier übersät. Sie würde auf ihrem Bett sitzen, Musik hören und sich darüber beschweren, dass es hier kein WLAN und kein Mobilfunknetz gibt und dass sie nicht weiß, wie sie überleben soll, ohne alle fünf Minuten von Zach zu hören, und dass niemand versteht, wie es sich anfühlt, verliebt zu sein.

Aber Flora ist nicht hier. Sie ist mit Dad in Neuseeland und spielt eine winzige Rolle in dem Film, den er über König Artus geschrieben hat. Wir sind zum ersten Mal ohne sie hier, Zoran ist in Sarajevo, Grandma braucht einen Stock und Mum ist mit unserem vier Monate alten Brüderchen in London geblieben.

Dieses Jahr ist alles anders.

Die Filmtagebücher der Bluebell Gadsby

2. Szene (Transkript)
Das mysteriöse Erscheinen zweier Jungs auf der Koppel

Morgen. KAMERAMANN (BLUEBELL) steht am offenen Fenster ihres Zimmers in der oberen Etage der Horsehill Farm und filmt. Es ist erst acht Uhr, aber die Luft ist schon dunstig vor Hitze. Vögel singen. Der Bach plätschert. Alles wirkt sehr, sehr idyllisch, aber die Kamera ist auf etwas anderes gerichtet. Unten im Hof steht ein seltsames Auto. Seltsam aus mehreren Gründen. Erstens gehört es nicht Grandma. Zweitens ist es ein Cabrio, alt aussehend, mit dunkelgrauer Karosserie, riesigen Scheinwerfern, ausgebleichten roten Ledersitzen und einer ziemlich großen Delle in der Seite. Und drittens hat es das Lenkrad links, was bedeutet, dass es kein englisches Auto ist. Außerhalb des Bildes öffnet sich knarrend die Zimmertür. TWIG und JAS stellen sich neben den Kameramann, Twig in einem viel zu kurzen Schlafanzug, Jas in einem zerrissenen, bodenlangen Spitzennachthemd.

TWIG
(mit der verblüffenden Sachkenntnis vieler Jungs)
Wow! Ein alter Citroën DS Cabrio
mit französischem Nummernschild!

JAS

(kommt sofort auf den Punkt)

Wem gehört der?

Eine FRAU biegt um die Hausecke. Sie trägt eine leere Einkaufskiste vor sich her und an ihrem Unterarm hängt eine Einkaufstasche aus geflochtenem Stroh. Kinder (und Kamera) lehnen sich neugierig aus dem Fenster. Die Frau wirkt ungefähr so alt wie die Mutter der Kinder (Anfang vierzig), ist aber angezogen wie ein sehr viel jüngeres Hippie-Mädchen (findet der Kameramann): königsblaue Haremshose, Flipflops aus Leder und ein weites lilafarbenes Trägertop. Sie ist klein und zierlich, mit dunklen, von grauen Strähnen durchzogenen Locken, die ihr bis zur Taille reichen und von einem knallgrünen Tuch zusammengehalten werden. An ihren Handgelenken hängen schwere silberne Armreifen.

JAS

(verwirrt)

Wer ist das denn?

Die namenlose Frau wirft die Kiste und die Einkaufstasche ins Auto und schaut dann mit einer Hand über den Augen in Richtung Pferdekoppel. Sie ruft etwas und winkt. Die Kamera folgt ihrem Blick.
Zwei Gestalten sitzen auf dem Zaun der Koppel, etwa hundert Meter vom Haus entfernt. Die Kamera zoomt näher heran. Es sind zwei Jungs, einer groß und blond,

der andere kleiner und mit dunklerem Haar. Ein kleiner schwarz-weißer Hund liegt zu ihren Füßen. Der kleinere Junge ruft nach den Ponys (MARIGOLD und FAT HESTER), die beide angetrottet kommen, als sei er ihr bester Freund. Er streckt die Hand aus. Sie schnuppern daran, auf der Suche nach Futter. Er tätschelt ihnen den Hals und küsst sie auf die Nase. Dann greift er nach dem Halfter des größeren Ponys (Marigold) und lässt sich vom Zaun auf seinen ungesattelten Rücken gleiten. Der blonde Junge ruft ihm etwas nach, aber er antwortet nicht. Er und Marigold sind schon unterwegs und galoppieren um die Koppel herum.

JAS
(voller Ehrfurcht)
Und wer ist *das*?

Sonntag, 20. Juli

Die namenlose Frau stand in der Küche, als wir nach unten kamen, kochte Porridge und stellte sich uns auch gleich vor. Sie heißt Lizzie Hanratty und ist Grandmas nächste Nachbarin, seit sie und ihr Sohn Skye (der kleinere der Jungs) kurz vor Ostern in das alte Cottage gezogen sind, ungefähr einen Kilometer von hier entfernt. Vorher haben sie in Frankreich gelebt (daher das Auto), Skyes Vater ist Künstler und unterrichtet dort noch bei einer Art Sommercamp für Künstler, und du meine Güte, so ein Umzug macht ja ganz schön viel Arbeit.

»Skye ist gerade draußen bei den Ponys«, erklärte sie uns. »Er kommt jeden Tag vorbei und sieht nach ihnen. Den lernt ihr später noch kennen. Ollie ist sein Cousin, er verbringt die Ferien bei uns, was für Skye natürlich ganz toll ist und außerdem eine große Hilfe, wo wir doch noch so viel machen müssen, streichen und renovieren und reparieren und alles. Die Jungs sind beide in deinem Alter, Bluebell. Ich hoffe, dass ihr alle ganz, ganz tolle Freunde werdet.«

Lizzie Hanratty redet *sehr viel.*

»Sonst kommen sie immer mit dem Rad«, fuhr sie fort. »Aber heute habe ich sie im Auto mitgenommen, weil ich sowieso noch ein paar Einkäufe vorbeibringen wollte, und da dachte ich, wo ich schon mal hier bin, kann ich auch gleich noch Frühstück machen. Nehmt euch schon mal einen Toast, bis der Porridge fertig ist. Auf dem Tisch steht ein Glas selbst gemachte Marmelade von mir. Ich gehe Granny ein bisschen zur Hand, wisst ihr, seit ihrem kleinen Sturz. Wirklich schade, dass eure Mum und der Kleine nicht kommen konnten, aber wie schön für eure Granny, euch jetzt für die ganzen, langen Ferien hier zu haben.«

Jas sagte, »Twig hat das Baby auf den Kopf fallen lassen.«

Lizzie sagte, was für ein Pech, aber dem Baby sei doch hoffentlich nichts passiert und es sei sicher keine Absicht gewesen.

»Natürlich nicht«, murmelte Twig.

»Mum ist bloß müde«, sagte ich. »Und dem Baby geht's gut.«

Lizzie meinte, da hätten meine Eltern aber Glück, eine so nette, vernünftige Tochter wie mich zu haben.

»Blue kann es überhaupt nicht leiden, wenn man sie vernünftig nennt«, sagte Jas. Sie spähte über den Rand von Lizzies Topf. »Und es ist viel zu heiß für Porridge.«

Dann kam Grandma herein, mit genervter Miene.

»Also wirklich, Lizzie, ich bin durchaus noch in der Lage, meinen Enkeln das Frühstück zu machen. Ich bin schließlich kein Pflegefall.« Jas schob sich an sie heran und flüsterte ihr etwas ins Ohr. Grandma flüsterte deutlich hörbar zurück, dass sie PORRIDGE AUCH ÜBERHAUPT NICHT MAG.

Lizzie Hanratty tat mir ziemlich leid.

Das Gartentor sprang auf und der Hund schoss herein, gefolgt von den Jungen.

Ich glaube, ich habe noch nie einen Menschen gesehen, der so unordentlich aussieht wie Skye Hanratty. Sein Haar hat die Farbe von nassem Sand und steht überall in so kleinen Büscheln vom Kopf ab, als hätte er versucht, es sich selbst zu schneiden, aber mittendrin aufgegeben. Seine Augen sind irgendwie schlammfarben und er trägt eine kleine Brille mit Drahtgestell, die nur noch von Pflasterstreifen zusammengehalten wird, er hat eine Lücke zwischen den Schneidezähnen und ganz viele Sommersprossen. Auf seiner Reithose klebte getrockneter Schlamm, sein zerrissenes T-Shirt war mit Grasflecken übersät und die Schnürsenkel an seinen Turnschuhen waren offen.

Als er uns bemerkte, bremste er so scharf ab, dass sein Cousin, der gleich hinter ihm war, voll in ihn hineinkrachte.

»'tschuldigung«, sagte Skye. »Der Hund …«

Der Hund ist eine Hündin und heißt Elsie, sie gehört Skye und ist zum Großteil, aber nicht ganz ein Border Collie. Sie ist noch sehr jung, fast ein Welpe, und macht überhaupt nichts von dem, was man ihr sagt. Als er ihr befahl, ›Sitz‹ zu machen, ist sie stattdessen dreimal um den Küchentisch gerannt, hat allen ihre Nase zwischen die Beine gesteckt, gebellt und versucht, ihren eigenen Schwanz zu fangen. Dann ist sie an Grandma hochgesprungen, die ihr einen Kuss auf die Nase gab, was Elsie dann offenbar so glücklich machte, dass sie endlich Ruhe gab und sich auf den Rücken rollte, wobei ihr die rosa Zunge aus dem Maul hing, als würde sie lächeln.

»Achte ein bisschen auf sie, Skye«, murmelte Lizzie.

Skye tauchte ab, um Elsie am Halsband zu packen, stolperte über seine Schnürsenkel und knallte gegen die Tischkante, so dass Lizzies selbst gemachte Marmelade vom Tisch flog. Ollie, der goldenes Haar und blaue Augen, saubere Klamotten und sehr gerade Zähne hat, konnte sie gerade noch auffangen, bevor sie auf dem Boden aufschlug, und stellte sie auf den Tisch zurück.

»Setz dich einfach hin«, sagte er. »Und rühr dich nicht.«

Skye ließ sich auf einen Stuhl fallen. Elsie legte ihm das Kinn auf den Oberschenkel und blickte zu ihm hinauf. Mit einer Hand kraulte er sie hinter den Ohren, während er sich mit der anderen das Gesicht rieb und dabei einen Schmutzstreifen auf seiner Nase hinterließ.

»Ich versuche gerade, sie zu erziehen«, sagte er und sah zu uns auf.

»Ein Hund bleibt immer ein Hund«, sagte Grandma.

»Eure Granny ist immer noch total fit«, sagte Lizzie und Grandma zuckte zusammen. Sie hasst es, wenn man sie Granny nennt.

Skye widmete sich der Aufgabe, Elsie beizubringen, wie man ›Sitz‹ macht, indem er ihren Hintern nach unten drückte und ihr mit dem Zeigefinger vor der Nase herumwedelte. Lizzie stupste ihn an und nickte in unsere Richtung.

»Was denn?«, fragte er.

»Ihr habt euch noch nicht vorgestellt«, flüsterte sie. Ollie seufzte, trat vor und machte eine tiefe, theatralische Verbeugung.

»Meine Damen?«, sagte er, lüpfte vor mir und Jas einen nicht vorhandenen Hut und wandte sich dann an Twig. »Mein Herr? Oliver Blackerry, stets zu Ihren Diensten.«

Flora hätte bestimmt gleich zurückgeknickst und so was wie »Zu freundlich, mein Herr« gelispelt.

Aber Twig, Jas und ich starrten ihn bloß an.

Von nahem und lächelnd sieht Oliver Blackerry wirklich *sensationell* gut aus.

»Jetzt müsst ihr mir eure Namen sagen«, erinnerte er uns freundlich.

»Bluebell«, stieß ich hervor. »Und das hier ist Twig, und das Jas.«

»Skye?«, sagte Lizzie auffordernd.

Er machte eine wegwerfende Handbewegung, wie zur Entschuldigung dafür, dass er nicht so einfallsreich war wie sein Cousin.

»Ich bin Skye«, sagte er.

»Skye mit einem ›e‹ am Ende«, erklärte Lizzie. »Also nicht wie der Himmel auf Englisch, sondern wie die schottische Insel. Da wurde er nämlich gezeugt.«

Ollie prustete los. Von den anderen wusste keiner so recht, was er sagen sollte. Skye verdrehte die Augen, als hätte er die Geschichte schon so oft gehört, dass sie ihm nicht mehr peinlich war, aber dann platzte Jas, die bisher noch gar nichts gesagt hatte, plötzlich heraus:

»Wir haben gesehen, wie du geritten bist, und das sah echt toll aus!«, und er wurde rot.

»Ich reite auch gern«, erzählte ihm Jas. »Wir haben ein Ex-Kindermädchen, das Zoran heißt, und seine Freundin, die Gloria heißt, hat einen Reitstall in London und da gehe ich immer hin. Der liegt direkt unter der Autobahn, nicht so wie hier, aber ich bin schon ziemlich gut. Bringst du mir bei, wie man ohne Sattel reitet?«

»Klar.« Skye grinste und zeigte dabei die Lücke zwischen seinen Zähnen. Lizzie strahlte.

»Aber nur, wenn Granny einverstanden ist!«, sagte sie warnend. »Skye ist ein guter Lehrer, stimmt's, Skye? Er weiß so gut wie alles über Pferde. In Frankreich haben wir in der Nähe einer Pferdepension gewohnt, da hat er sich ständig rumgetrieben. Die Besitzer haben gesagt, ein solches Naturtalent hätten sie noch nicht gesehen.«

Skye war jetzt so rot, dass seine Sommersprossen kaum noch zu sehen waren. Ollie zog ihn auf die Füße und schob ihn in Richtung Tür.

»Komm, wir gehen«, sagte er. »Bevor Skye uns hier noch verglüht.«

Lizzie nahm Grandma das Versprechen ab, sie jederzeit anzurufen, wenn sie irgendetwas brauchte. »Und sei es auch nur die kleinste Kleinigkeit«, sagte sie und rauschte hinaus zu ihrem Auto. Ollie verbeugte sich wieder. Es kam mir vor, als würde er uns ein bisschen auf den Arm nehmen. Skye pfiff nach Elsie, rannte gegen den Türrahmen, murmelte »Autsch!«, und stolperte in den Sonnenschein hinaus.

»Mannomann«, sagte ich.

»Meine neuen Nachbarn«, bestätigte Grandma.

»Die sind ja ziemlich ...«

»Was?«

Aber ich wusste nicht, wofür ich mich entscheiden sollte. Umwerfend? Tollpatschig? Übertrieben freundlich?

»Nett«, sagte ich.

Grandma schnaubte und sagte, wenn wir mit dem Frühstück fertig seien, könne sie unsere Hilfe im Garten gebrauchen.

Mum hat angerufen. Ihre alte Schulfreundin Gaia, die seit letztem Jahr geschieden ist und in einem großen, ruhigen Landhaus in der Nähe von Basingstoke lebt, hat sie und Pumpkin eingeladen, sich bei ihr mal eine Weile »so richtig auszuruhen«.

»Aber sie kann sich doch hier ausruhen«, sagte Twig, während Jas im Hintergrund mit Mum telefonierte und ihr befahl stattdessen gefälligst nach Horsehill zu kommen.

»Eher nicht«, widersprach Grandma in ihrer üblichen taktvollen Art. »Wenn du mal genauer drüber nachdenkst. Nicht mit euch dreien dabei.«

Später rief dann Dad auch noch an, als wir alle, bis auf Jas, im Garten waren. Ich lief rein, um dranzugehen, aber Jas war mir zuvorgekommen.

»Ich finde es ja gar nicht mehr so schlimm, hier zu sein«, sagte sie gerade. »Wegen diesem Jungen und den Ponys. Ich möchte einfach nur, dass Mummy und Pumpkin auch hier sind.« Sie trat mit dem Fuß gegen die Scheuerleiste, während Dad antwortete. »Aber *ich* kann mich doch um Pumpkin kümmern, wenn Mummy sich ausruhen will«, protestierte sie, und dann: »Warum sind Erwachsene eigentlich *immer* müde?«

Mit einem Knall legte sie den Hörer hin und rief, dass Dad mich auch noch sprechen wollte. Während ich mit ihm redete, blieb sie einfach stehen und drückte ihren Kopf an meinen. Ich versuchte sie wegzuschieben, aber sie wollte unbedingt hören, was er zu sagen hatte.

»Wie geht es ihr?«, fragte er.

»Wem, Jas?«

»Deiner Großmutter. Ich möchte nicht, dass ihr ihr zur Last fallt.«

Jas verdrehte die Augen. Grandma kam aus dem Garten herein, in der einen Hand ihren Stock, in der anderen eine Zucchini schwenkend.

»Ist das euer Vater?«

Ich reichte ihr den Hörer.

»Machst du schon wieder Theater?«, fragte sie ihn.

Dad erwiderte etwas, das ich nicht verstand. Grandma sagte zu ihm, er solle keinen Blödsinn reden, und legte auf.

Das alte Kinderbett, in dem wir alle mal geschlafen haben, steht jetzt wieder in der kleinen Kammer, neben dem Zimmer, wo Mum und Dad immer schlafen. Das helle Holz hat sich inzwischen gelb verfärbt und einige der alten aufgemalten Zeichentrickfiguren an den Seitenbrettern sind schon ganz abgerubbelt, aber irgendwer hat es abgestaubt und sauber gemacht, ein frisch gebügeltes Laken und eine Babydecke bereitgelegt und Dads alten Teddy auf die Kommode gesetzt.

Jas hat geweint, als sie das Zimmer sah, und selbst ich hatte plötzlich einen Kloß im Hals.

Ich weiß, dass Grandma sich heute Abend die größte Mühe gegeben hat, es uns so nett wie möglich zu machen. Sie hat Jas erlaubt, nur Nudeln und Käse zu essen, obwohl sie das für keine richtige Mahlzeit hält, und sie hat eine ganze Packung belgische Pralinen eingeschmolzen, die ihr jemand geschenkt hatte, damit wir sie über unser Eis gießen konnten, und nach dem Abendessen sind wir zum Bach runtergegangen und haben Stöckchen ins Wasser geworfen, um zu sehen, welches am schnellsten unter der Brücke durchschwimmt, wie früher, als wir noch klein waren.

Aber das konnte uns auch nur ein bisschen aufmuntern.

Die Filmtagebücher der Bluebell Gadsby

3. Szene (Transkript)
Die Welt der Pflanzen

TAG. DRAUSSEN.

Der Gemüsegarten von Horsehill (von Grandma gern als ›le potager‹ bezeichnet) ist genau sechs mal vier Meter groß und direkt nach Süden ausgerichtet und er ist auf der einen Seite von der Gartenmauer, auf der anderen von der Hauswand geschützt.
In diesem ungewöhnlich heißen Sommer, der auf einen feuchten Frühling folgt (ideale Wachstumsbedingungen, laut Grandma), quillt der Garten fast über vor Obst und Gemüse. Stangenbohnen ranken sich um Bambus-Tipis. Ihre rosafarbenen Blüten wiegen sich im Wind, genauso wie die fedrigen Büschel endloser Reihen von Möhren. Die Zweige der schwarzen und roten Johannisbeeren hängen schwer von Früchten herab. Zucchini blühen gelb und orange und ihre schlängelnden Triebe dringen schon bedrohlich weit in die von Unkraut überwucherten Zwiebelbeete vor. Die Kamera zoomt eine Zucchini heran, auf Kürbisgröße angeschwollen und halb aufgeplatzt. Bienen summen zwischen den ausgewachsenen Salatköpfen.
Grandma, winzig und aufrecht, das lange graue Haar zu ihrem üblichen Dutt aufgesteckt, Perlenohrringe an Ort

und Stelle, trägt uralte Gartenklamotten von unbestimmbarer Farbe, einen breitkrempigen Strohhut und knallviolette Crocs. Sie läuft zwischen den Gemüsereihen auf und ab, gefolgt von TWIG und JASMINE, auf deren Gesichtern sich wachsender Unmut abzeichnet, während Grandma die Anweisungen für heute herunterrattert und mit ihrem Stock in den Beeten stochert.

GRANDMA

Alle Bohnen pflücken, die länger als 12 Zentimeter sind. Das Zwiebelbeet jäten. Zucchini pflücken. Dieses Kürbisteil kann auf den Kompost. Die Möhrenenden kontrollieren. Alle, die groß genug sind, rausziehen.

TWIG

Woher sollen wir denn wissen, ob sie groß genug sind?

Grandma formt mit Daumen und Zeigefinger einen kleinen Kreis, der den optimalen Umfang eines Möhrenendes anzeigt.

GRANDMA

Johannisbeeren: wenn sie reif sind, pflücken. Am besten gleich in die Kühltruhe damit, dann können wir bei Gelegenheit Marmelade kochen. Das Gleiche gilt für die Himbeeren - das ist eine neue Sorte, da sollten noch ein paar Wochen lang welche nachkommen. Die packt ihr aber nicht in die Kühltruhe, die essen wir heute zu Mittag.

JASMINE

Ich verstehe nicht, warum du dein Gemüse nicht einfach im Laden kaufst.

GRANDMA

(mit entsetzter Miene)

Warum in aller Welt sollte ich das tun? Und jetzt los, hopp, hopp! Eine Pflanze kann sich nicht um sich selber kümmern.

TWIG

Also, genau genommen ist die Natur voller Pflanzen, die sich um sich selber kümmern.

GRANDMA

(leicht gekränkt)

Früher habt ihr immer gern im Garten geholfen.

KAMERAMANN

(die Kamera auf Twig gerichtet)

Tun wir auch heute noch. Stimmt's, Twig?

TWIG

(brummelt)

Ja, klar.

JASMINE

(zu Grandma)

Und was machst du die ganze Zeit,
während wir hier arbeiten?

GRANDMA

(mit beleidigter Miene)

Ich kümmere mich um *euch*.

Montag, 21. Juli

Wir haben den ganzen Vormittag gearbeitet. Wir haben geschnitten und gehackt, ausgelichtet und angebunden, umgegraben und gejätet, nach Grandmas Anweisungen, aber obwohl wir schon immer im Garten geholfen haben, wurde ich das Gefühl nicht los, dass irgendwas anders geworden ist. Vielleicht deshalb, weil Grandma bei unserer Ankunft sonst immer schon eine ganze Liste mit Unternehmungen parat hatte – nicht nur Arbeitsaufträge, sondern auch Sachen, die Spaß machen, Strandausflüge und Picknicks, Lagerfeuer und Wanderungen. Diesmal hat sie noch gar nichts in der Richtung erwähnt. Vielleicht liegt es auch an der Hitze oder daran, dass sie, statt wie üblich um uns herumzuwuseln, während wir arbeiten, fast die ganze Zeit in ihrem Liegestuhl im Schatten geschlafen hat. Aber vielleicht ist es auch einfach so, wie ich schon geschrieben habe: Dieses Jahr ist alles anders.

Kurz nachdem er aufgehört hatte, unser Kindermädchen zu sein, um Musiklehrer zu werden, hat Zoran mir mal erklärt, dass es ein paar unumstößliche Tatsachen im Leben gibt, und je früher man sich mit ihnen abfindet, desto leichter hat man es.

Das war an Floras siebzehnten Geburtstag. Sie wollte eine Party feiern, aber ohne mich.

»Das ist keine Party für Kinder«, hatte sie gesagt.

»Ich bin doch gar kein Kind mehr«, beschwerte ich mich bei Zoran.

Die unumstößliche Tatsache, mit der ich mich laut Zoran abfinden sollte, ist die folgende: Nichts wird je etwas daran ändern, wie deine Familie dich sieht. Zoran ist inzwischen siebenundzwanzig, aber vor zwanzig Jahren, als in seinem Land noch Krieg herrschte, haben seine Eltern ihn und seine große Schwester Lena auf ein Schiff gesetzt, damit sie aus Bosnien fliehen konnten. Seine Schwester hat ihn durch ganz Italien und Frankreich bis nach England gebracht, wo ihre Großtante Alina sie bei sich aufnahm, und obwohl sie beide inzwischen erwachsen sind, behandelt Lena ihn immer noch wie den kleinen Jungen, den sie damals beschützen musste.

»Und ihr behandelt mich auch alle immer noch wie euer Kindermädchen«, sagte er.

»Dann ist Flora also für alle Zeiten die laute, herrische, große Schwester«, sagte ich. »Und Twig das neugierige, clevere Kerlchen, und Jas das niedliche Nesthäkchen, und ich bin für immer die Langweilige in der Mitte.«

»In den Augen unserer Familie bleiben wir für immer, was wir sind«, bestätigte Zoran in dieser spröden Art, die er manchmal hat. »Und du bist nicht langweilig«, fügte er, nur ein winziges bisschen zu spät, hinzu.

Aber wenn ich eines in den letzten Monaten begriffen habe, dann das: Solche Dinge können sich sehr wohl verändern. Alles, was es dafür braucht, ist ein Baby.

Das erste Mal haben wir ihn im Krankenhaus gesehen. Da war er gerade zwei Stunden alt und schlief in einer durchsichtigen Plastikschale, die wie ein Aquarium aussah, fest in eine Decke gewickelt. Man konnte nur seinen kurzen Hals und sein Gesicht sehen, und das war total zerknautscht und ziemlich rot und darüber dieser Schopf aus hellorangefarbenen Haaren, was sich jetzt ziemlich hässlich anhört, dabei war er richtig, richtig süß. Mum lag im Bett, sie sah blass und ein bisschen erstaunt aus, als hätte sie noch nie ein Baby bekommen, und Dad hielt ihre Hand und weinte und sagte »ein Junge, ein kleiner Junge«, als hätte er vorher noch nie einen Sohn bekommen, und obwohl das so ein großer, weltbewegender Moment war, hatte ich überhaupt nicht das Gefühl, als hätte sich irgendetwas grundlegend verändert. Jas las ein Gedicht vor, das sie in der U-Bahn verfasst hatte. *(Wir sind auf dem Weg zum Krankenhaus, und wolln unser Brüderchen sehn, alle freuen sich ganz doll, fragt sich bloß, wie er heißen soll?)* Twig kramte zwischen den Windeln, Popo-Cremes, Wattebäuschen und Stramplern herum und besah sich alles ganz genau. Flora rief, »Stellt euch vor, wenn jetzt alle denken, er wäre *mein* Baby!«, und dann haben wir eine Ewigkeit über seinen Namen diskutiert, weil Dad irgendwas Jungenhaftes wie Jim oder Chester haben wollte, während alle anderen der Meinung waren, er sollte auch einen Pflanzennamen bekommen. Mum kam dann schließlich auf William (wie die Williams-Birne) und Jas fiel der Spitzname Pumpkin ein, wegen seiner Pausbacken und dem orangefarbenen Haar.

Ich habe alles gefilmt. Jeder von uns war absolut und unverwechselbar er selbst. Erst später, als wir nach Hause fuhren, wurde uns langsam klar, was das alles bedeutet.

»Oh mein Gott«, sagte Flora. »Im Vergleich zu ihm bin ich fast schon *erwachsen.*«

»Und ich bin nicht mehr die Kleinste«, sagte Jas.

Twig sagte, »Und ich nicht mehr der einzige Junge.«

Und ich dachte nur, »Ich will meine Schwester zurück.«

Als sie schwanger war, hat Mum gesagt, kein Baby könnte jemals Iris ersetzen, aber ich habe gesehen, wie sie Pumpkin im Krankenhaus angeschaut hat. Immer wieder habe ich die Aufnahme abgespielt. Sie starrt ihn an, als wäre er das Erstaunlichste, was je passiert ist, und seitdem hat sie ihn kaum mehr aus den Augen gelassen. Alles dreht sich nur noch um Pumpkins Fläschchen und Pumpkins Bäuerchen, und wie Pumpkin geschlafen hat, und dass Pumpkin seinen Rhythmus braucht, und »War das ein Lächeln, oder hat er nur Blähungen?«. Er kann nichts dafür. Er ist ja bloß ein Baby. Er tut nichts anderes als essen und schlafen, aber trotzdem bestimmt er komplett unser Leben. Ich habe mir in den vergangenen vier Monaten wirklich Mühe gegeben, ihn mit Mums Augen zu sehen. Auch wenn es gar nicht so leicht ist, an ihn ranzukommen, weil Mum und Jas völlig von ihm besessen sind. Ich passe auf ihn auf, wenn sie mal weg sind, schiebe seinen Kinderwagen und wiege ihn in den Schlaf, und ich habe ihn auch schon ein paarmal auf meinen Knien reiten lassen und geknuddelt, und während all der Zeit habe ich darauf gewartet, dass Mum mit mir redet und mir sagt, wie ich das alles finden soll, denn ich weiß es einfach nicht. Aber Mum hat ständig zu tun. Wenn sie nicht gerade mit Pumpkin beschäftigt ist, muss sie sich um eins von Floras Dramen kümmern, oder um Dad und seine Schreibblockaden, oder um Jas, die ihre Hausaufgaben verschlampt hat, oder um Twig, der solche Sachen macht wie seinen Cricket-Zahnschutz in den Flaschensterilisator zu stecken. Für solche Fragen wie meine hat sie keine Zeit.

Für mich läuft das alles nur auf eins hinaus: Ich hatte mal eine Zwillingsschwester, aber die ist gestorben. Und jetzt habe ich einen kleinen Bruder, der lebt. Und irgendwo zwischen den beiden gibt es ein tiefes schwarzes Loch, von dem ich nicht weiß, wie ich es füllen soll.

Dienstag, 22. Juli

Skye und Ollie habe ich seit unserem ersten Tag nicht mehr gesehen. Sie sind immer schon ganz früh gekommen, wenn ich noch schlafe, aber Jas hat sie heute Morgen abgepasst. Ich glaube, sie hatte sich einen Wecker unters Kopfkissen gelegt. Sie ist gar nicht auf die Idee gekommen, sonst noch jemanden zu wecken, sondern ist gleich raus auf die Koppel, einfach im Nachthemd, um zuzusehen, wie Skye auf Marigold und Hester reitet.

Hinterher kam sie zu mir ins Zimmer und hat mir alles erzählt.

»Jeden Tag schaut er nach, ob sie noch genug Wasser haben, und dann sucht er sie nach Stichen und Zecken ab und räumt ihre Köttel weg, damit nicht noch mehr Fliegen kommen, und er passt auf, dass keine Löcher im Boden sind, damit sie sich nicht verletzen, und dann bewegt er sie ein bisschen und reitet mit ihnen auf der Koppel herum. Wenn er Zeit hat, macht er einen Ausritt übers Moor. Das möchte ich auch gern mal machen. Ich habe ihn gefragt, ob ich Hester ohne Sattel reiten darf, die ist kleiner als Marigold, dann ist es nicht so schlimm, wenn ich runterfalle. Und er hat Ja gesagt, aber dann meinte Ollie, ob wir nicht erst mal Grandma fragen müssten, also hab ich Hester dann doch gesattelt und bin *im Nachthemd* geritten. Das war nicht so angenehm. Dad hat gesagt, in den Artus-Geschichten gibt es eine Lady Godiva, die nackt durch die Gegend reitet. Nackt! Meinst du, Grandma ist einverstanden, dass Skye mir beibringt, wie man ohne Sattel reitet?«

»Warum gehst du nicht gleich mal hin und fragst sie?«

»Aber die Jungs sind schon weg.« Jas wirkte plötzlich ernüchtert. »Sie streichen den Schuppen, in dem Skyes Vater seine Kunst machen soll. Also, Skye nennt es einen Schuppen. Ollie sagt Atelier dazu. Deshalb kommen sie immer schon so früh.«

»Morgen sind sie bestimmt wieder da«, sagte ich, aber ich fühlte mich auch ein bisschen ernüchtert.

Bevor Flora nach Neuseeland geflogen ist, hat Zach, ihr Freund, einen Song für sie aufgenommen, den er selbst geschrieben hat, so in dem Stil: *Es gibt einen ganz besonderen Stern/ Der ist immer und überall da/ Und sind wir uns auch noch so fern/ Wenn wir beide ihn anschauen/ Sind wir uns ganz nah.*

Niemand brachte es übers Herz, ihm zu sagen, dass das physikalisch unmöglich ist, weil in Neuseeland immer Tag ist, wenn in England Nacht ist, und umgekehrt. Das Erste, was Flora nach ihrer Landung in Auckland gepostet hat, war, dass sie den ganzen Flug diesen Song gehört hat und ständig weinen musste, aber wie's aussieht, ist sie inzwischen darüber hinweg. Heute hat sie ihre erste Szene in Dads Film gedreht. Sie hat eine Minirolle als Magd und keine einzige Zeile Text, aber das hat sie natürlich nicht erwähnt. Stattdessen redet sie nur davon, was für ein TRAUMHAFTES mittelalterliches Kostüm sie tragen darf und wie sie den ganzen Tag SCHWERTSCHWINGEND DURCH DIE GEGEND LÄUFT (weil das offenbar alle Mägde im Mittelalter so gemacht haben), und was für eine FANTASTISCHE Erfahrung das Ganze ist. Sie hat ein Foto auf Facebook gepostet, wo sie strahlend und glücklich in die Kamera schaut, in einer Art Minikleid aus Leder und das Gesicht voller Schlammspritzer, und darunter steht: »Jetzt werde ich ein Filmstar!«

Heute Abend hat sie angerufen und gesagt, wir sollten auf Skype gehen, dann könnten wir alle zusammen mit ihr sprechen.

»Und?«, fragte ich, sobald die Verbindung hergestellt war. »Hast du schon viele Stars kennengelernt?«

»Haufenweise«, sagte sie.

»Auch Brandon Taylor?«, fragte Jas und Flora antwortete leichthin, na klar, sie und Hollywoods größter Herzensbrecher würden ständig zusammen abhängen, aber wie es denn bei uns in Devon laufen würde, ob wir wieder tonnenweise Gemüse für Grandma ernten müssten und ob Zoran und Gloria jetzt endlich verlobt seien?

Flora ist geradezu besessen vom Liebesleben anderer Leute.

»Zoran ist doch nach Sarajevo gefahren«, erinnerte ich sie und sie meinte, deshalb könnte er sich doch trotzdem verlobt haben.

»Hier gibt es übrigens zwei Jungs«, sagte Jas.

»Jetzt wird's interessant«, sagte Flora.

»Der eine wohnt in dem leeren, alten Cottage und der andere ist sein Cousin«, sagte Jas. »Sie sind beide vierzehn. Der eine, der hier wohnt, heißt Skye. Er hat vorher in Frankreich gelebt, aber seine Mutter wollte, dass er auf eine englische Schule geht, deshalb sind sie zurückgekommen. Sein Vater ist Künstler und seine Mutter will hier ein vegetarisches Café aufmachen. In Frankreich hatte sie auch eins, aber das lief nicht so gut, weil die Franzosen so gern Fleisch essen. Der andere Junge heißt Ollie. Seine Eltern sind beide Anwälte. Sie wohnen in Bath, aber jetzt sind sie gerade im Urlaub in Italien. Sie sind ohne ihn gefahren, aber das stört ihn nicht, weil sie dort ihren Hochzeitstag feiern und so was wie zweite Flitterwochen machen. Sie kommen demnächst zu Besuch. Was ist denn?«, fragte sie, weil Twig und ich sie anstarrten. »Ich habe doch gesagt, dass wir uns unterhalten haben.«

»Und was haben sie sonst noch so erzählt?«, fragte ich.

»Ollie geht auf ein Internat und seine Eltern sind superreich. Er ist im Debattierclub und in der Schülervertretung und in der Hockeymannschaft und will später in Oxford studieren. Skye geht auf die Gesamtschule hier in Plumpton, die er total blöd findet und wo er niemanden leiden kann, und will später mal Pferdetrainer werden.«

»Das ist doch alles völlig egal«, unterbrach sie Flora. »Sind sie denn süß?«

»Du bist ja genauso schlimm wie Dodi«, sagte ich.

»Beantwortet meine Frage.«

»Skye hat einen Hund«, fuhr Jas fort. »Ein Weibchen, eine Kreuzung aus Border Collie und Promenadenmischung, die ist supersüß.«

»Sag mal, Blue, wie kommt es eigentlich, dass Jas praktisch alles über diese Typen weiß und du nicht?«, fragte mich Flora. »Hast du überhaupt schon mal mit ihnen gesprochen? Wie willst du jemals einen Freund abkriegen, wenn du dich nicht mal mit Jungs *unterhältst*?«

Einen Vorteil hat es immerhin, dass Flora so weit weg ist: Wenn sie nervt, kann man sich einfach ausloggen.

Mittwoch, 23. Juli

Heute sind sie erst später gekommen, mit Lizzie im Auto. Ich lag noch im Bett, war aber schon wach. Ich hörte, wie sie auf den Hof gefahren kamen, dann Stimmen, Lizzies Aufforderung, sich zu beeilen, das Knirschen von Schritten auf dem Kies, die ums Haus herum zur Hintertür liefen, wo Lizzie dann »Hallo« rief. Ich musste dauernd an Flora und ihre Fragen denken und das war mir peinlich, weil sich vielleicht auch alle anderen schon fragten, warum ich noch nicht mit Skye und Ollie gesprochen hatte und ob das daran lag, dass sie, na ja, eben Jungs waren. Und ich dachte, vielleicht sollte ich lieber gar nicht runtergehen, sondern einfach in meinem Zimmer bleiben. Aber dann fing mein Magen an zu knurren und ich dachte, wenn ich nicht runtergehe, wundern sich alle nur noch mehr. Also wartete ich noch ein bisschen, bis ich sicher sein konnte, dass die Jungs bei den Pferden waren, damit es nicht so aussah, als käme ich nur ihretwegen nach unten. Ich blickte aus dem Fenster und da war Skye, der tatsächlich schon auf Marigold herumgaloppierte, aber als ich in die Küche kam, saß Ollie am Tisch, aß Toast mit Bergen von Grandmas Brombeermarmelade drauf und blätterte in Twigs Exemplar von *Les Misérables*.

»Alter, und dieses Zeug findest du wirklich gut?«, fragte er gerade, als ich reinkam.

Er ließ das Buch zuklappen und wog es in der Hand, als wollte er sein Gewicht abschätzen. Twig sagte ja, so was würde ihm Spaß machen, aber ich glaube, das war gelogen. Seit wir hier sind, ist er noch kein Kapitel weitergekommen. Ich bin mir ziemlich sicher, dass Jean Valjean bis jetzt noch nicht mal das Silber des Erzbischofs gestohlen hat.

»Schwer«, sagte Ollie, der immer noch das Buch in der Hand wog.

Lizzie sagte, sie fände es ganz toll, dass Twig so gern liest.

»Ich schreibe Gedichte«, sagte Jas und Lizzie meinte, das sei ja sogar noch besser und Skye würde auch gern lesen.

»Aber nur Bücher über Pferde und über Hundedressur.« Ollie warf *Les Misérables* auf den Tisch. Die Erschütterung ließ einen Teil von Grandmas Tee auf ihre Untertasse schwappen. »Wieso guckst du dir nicht einfach den Film an, Alter?«

Grandma goss den Tee aus der Untertasse in ihre Tasse zurück und erklärte mit einer gewissen Schärfe in der Stimme, ihrer Meinung nach sei das Buch sehr viel besser als der Film und sie sei selbst eine große Bewundererin Victor Hugos und hätte seine gesammelten Werke in ihrem Zimmer stehen, aus denen sich Twig, wenn er mit *Les Misérables* durch wäre, jederzeit etwas Neues aussuchen könnte.

Twig wirkte ein bisschen skeptisch, sagte aber, »Danke, Grandma, mache ich gern.«

»Bluebell«, rief Lizzie, als hätte sie mich eben erst bemerkt. »Würde es dir was ausmachen, kurz zur Koppel zu laufen und Skye ein bisschen anzutreiben? Ich fahre heute mit den Jungs ans Meer und will nicht zu spät loskommen.«

»Fahren wir auch ans Meer?«, fragte Jas.

»Heute nicht«, sagte Grandma.

»Wann dann?«

Grandma sagte, wenn es nicht so heiß sei. Jas sagte, aber die Hitze sei doch genau der Grund, warum man ans Meer fährt, und Grandma sagte, sie würde es sich überlegen und in der Zwischenzeit sollte Jas schon mal mit mir losgehen und Skye holen.

»Das ist unfair«, schmollte Jas auf dem Weg zur Koppel. »Wieso dürfen die an den Strand und wir nicht? Und außerdem, wenn das so weitergeht, kriege ich *nie* mehr meine Reitstunde.«

»Du sollst Grandma nicht so bedrängen«, sagte ich.

»Tu ich doch gar nicht«, gab Jas ungehalten zurück. »Ich *frag* ja nur. Guck mal, da hinten ist Skye. Und Elsie!«

Die Koppel von Horsehill ist eine etwa anderthalb Hektar große Wiese, die an zwei Seiten von einer Weißdornhecke und an den beiden anderen von einem weißen Lattenzaun begrenzt wird. Am entferntesten Ende der Hecke gibt es eine Lücke mit einem Tor darin, durch das man auf die nächste Weide gelangt. In der vorderen Ecke steht eine Eberesche und darunter eine Bank, und gleich daneben endet der Pfad vom Haus in einem dichten Gestrüpp, hinter dem sich die alte Steinscheune verbirgt, zu der jetzt niemand mehr hingeht. Jenseits des Zauns, unterm Baum, stand Hester und döste vor sich hin, und auf unserer Seite lag Elsie im Gras. Sie war mit einer langen roten Leine an einem Pfosten festgebunden, hatte die Ohren angelegt und winselte leise.

Jas kniete sich neben sie und streichelte ihr den Kopf.

»Arme Elsie. Warum hat Skye sie hier wohl angebunden? Gestern hat er das nicht gemacht. Da ist sie neben ihm her über die Koppel gerannt.«

»Guck mal«, sagte ich.

Skye kam mit Marigold auf uns zu. Er ritt wieder ohne Sattel, aber heute war er auch noch barfuß und er hing tief über Marigolds Hals, die Knie angezogen wie ein Jockey. Sein Blick war starr auf eine Stelle zwischen ihren Ohren gerichtet und er wirkte ungeheuer konzentriert. Jas winkte, aber er schien uns gar nicht zu bemerken. Für einige Meter blieb er in dieser Haltung, dann zog er die Beine unter den Körper. Jas klatschte in die Hände.

»Was macht er denn da?«, fragte ich.

»Er kniet sich hin«, flüsterte sie.

»Warum?«

Noch ein paar Meter. Jas packte mich am Arm. Marigold verlangsamte ihren Galopp und plötzlich war Skye nicht mehr auf den Knien, sondern kauerte tief in der Hocke, wie ein Surfer, und dann kauerte er nicht mehr, sondern hatte sich aufgerichtet, kerzengerade, die Arme zur Seite ausgestreckt und ein breites Grinsen im Gesicht.

Nichts erinnerte mehr an den linkischen Jungen in Grandmas Küche, der gegen Möbel rannte und nie wusste, was er sagen sollte. Er sah anmutig aus und elegant und – einfach klasse.

Allein vom Zuschauen hatte ich schon das Gefühl, zu fliegen.

Dann bellte Elsie und der Zauber war gebrochen. Skyes Blick flackerte zum Zaun herüber. Er sah uns dort stehen, verlor die Konzentration und fiel mit einem Schrei zu Boden.

»Er steht gar nicht mehr auf!«, rief Jas. »Blue, jetzt mach doch was!«

Ich rannte über die Koppel. Skye lag auf dem Rücken, sein Gesicht war kreidebleich und vor Schmerz standen ihm Tränen in den Augen.

»Kannst du dich bewegen?«, fragte ich. »Sag einfach Ja oder Nein. Kannst du mit den Zehen wackeln? Wo tut es weh?«

Jas war hinter mir hergerannt, und als sie seine Tränen sah, fing sie auch an zu weinen.

»Hilf mir beim Aufstehen«, krächzte Skye.

Ich ging neben ihm in die Hocke. Er legte mir einen Arm um die Schulter und gemeinsam torkelten wir auf die Füße.

Jas keuchte. »Was ist denn mit deinem Arm passiert?«

Skye stützte sich schwer auf meine Schulter, mit geschlossenen Augen und leicht schwankend, als könnte er jede Sekunde ohnmächtig werden. Ich drehte den Kopf und sah, dass sein anderer Arm schlaff herabhing, wie bei einer Marionette.

»Lauf zum Haus«, sagte ich zu Jas. »Sag Lizzie, sie soll einen Krankenwagen rufen und dann herkommen und mir helfen.«

»Nein!« Skye öffnete die Augen. »Nicht meine Mutter holen. Helft mir bis zum Zaun.«

Ganz langsam gingen wir zum Rand der Koppel. Skye lehnte sich an den Zaun und atmete ein paarmal tief durch.

»Du musst an meinem Arm ziehen«, sagte er.

»Was?«

»Ich habe mir die Schulter ausgerenkt. Wenn ich ›jetzt‹ sage, musst du meinen Arm nach unten ziehen, okay? Sanft, aber energisch. Jetzt!«

Ich nahm seine Hand und zog daran, wie er es mir gesagt hatte. Er machte eine seltsame, kreisförmige Bewegung mit der Schulter, dann hörte man ein Ploppen und sein Arm baumelte nicht mehr nutzlos herum.

»Schon besser«, sagte er, obwohl er immer noch ziemlich blass war.

Elsie winselte so laut, dass es fast wie Pumpkins Weinen klang. Skye machte ein paar Schritte auf sie zu, dann sank er mit gekreuzten Beinen auf die Wiese hinunter.

»Ich hol sie!« Jas rannte los. Ich setzte mich Skye gegenüber ins Gras.

»Ist wirklich alles in Ordnung?«

»Ja.« Er schloss wieder die Augen und machte so lange, tiefe Atemzüge. Elsie kam, von Jas befreit, zu uns herübergesprungen, leckte Skye die Zehen und legte ihm den Kopf in den Schoß. Er öffnete die Augen und lächelte schwach. »Das passiert ab und zu mal, wenn ich runterfalle.«

»Fällst du denn oft runter?«, fragte ich.

Er zuckte die Achseln und verzog schmerzhaft das Gesicht. »Meine Brille.«

Jas rannte wieder los und fand die Brille, ziemlich weit von der Stelle entfernt, wo Skye runtergefallen war. »Ein Glas ist kaputtgegangen«, verkündete sie beim Zurückkommen.

Skye stöhnte auf. »Meine Mutter bringt mich um. Ich habe diese Brille erst seit einem Monat.«

»Wie willst du denn jetzt was sehen?«, fragte ich.

»Mein rechtes Auge ist ganz okay.«

»Aber das linke Glas ist kaputt.«

»Das«, seufzte Skye, »ist wieder mal typisch.«

Vom Haus her hörten wir Lizzie rufen.

»Ihr dürft ihr nicht erzählen, was passiert ist, ja? Versprochen?«, fragte er.

»Aber sie muss das doch wissen.«

»Nein, muss sie nicht. Mir geht's gut. Versprochen?«

»Na gut«, sagte ich. »Versprochen. Aber sie hat uns losgeschickt, um dich zu holen, und wenn du nicht bald kommst, wird sie Fragen stellen.«

Wir machten uns langsam auf den Weg zum Haus.

»Kannst du mir beibringen, auf einem Pferd zu stehen?«, fragte Jas.

»Nein, kann er nicht!« Beide fuhren überrascht zu mir herum. »Das ist viel zu gefährlich!«

»Nicht, wenn man's richtig macht«, sagte Skye.

»Aber das sah wirklich schlimm aus! Das mit deiner Schulter!«

»Ach, da musst du dir keine Sorgen machen!« Er wirkte schon wieder ziemlich munter.

»Du klingst gerade sehr vernünftig«, sagte Jas warnend zu mir.

Ich wurde rot. »Vernünftig ist nicht immer dasselbe wie langweilig.«

Die beiden machten ein skeptisches Gesicht.

»Wirklich nicht«, beharrte ich. »Es gibt auch Sachen, die Spaß machen, ohne dass man sich dabei fast umbringt.«

Während wir weiter aufs Haus zuliefen, sagte Skye, ich solle ihm auch nur eine durch und durch vernünftige Sache nennen, die trotzdem Spaß macht. Selbst im Bach herumzuplantschen, meinte er, könnte unter Umständen tödlich sein.

»Man kann ausrutschen und sich den Knöchel verstauchen. Man kann mit dem Gesicht ins Wasser fallen, mit dem Kopf auf einen Felsen knallen, bewusstlos werden und ertrinken.«

»Man kann Schokoladenkuchen essen und an den Krümeln ersticken«, sagte Jas.

»Findet ihr Schokoladenkuchen aufregend?«, fragte Skye.

»Oja, ziemlich«, gab ich zu. Er grinste und stolperte über seine eigenen Füße.

»Jetzt aber schnell!« Lizzie stand am Auto, als wir um die Ecke bogen, und Ollie saß schon auf dem Beifahrersitz. Skye versteckte die Brille hinter seinem Rücken. »Was habt ihr denn so lange gemacht? Und wo in Gottes Namen sind deine Schuhe, Skye?«

»Oh nein, meine Schuhe!«

»Ich hol sie!« Jas machte schon kehrt, um zur Koppel zurückzulaufen, wandte sich aber noch mal zu Lizzie um. »Er hat gar nichts Gefährliches gemacht.«

Aber Lizzie sagte nur: »Und deine Brille?«

Skye verzog das Gesicht und hielt sie ihr hin.

»Das war meine Schuld!«, platzte ich heraus.

Lizzie machte ein erstauntes Gesicht. Ollie hob die Augenbrauen.

»Er hatte sie abgenommen, damit sie nicht kaputtgeht«, brabbelte ich weiter. »Und ich bin draufgetreten.«

»Du hast die Brille auf den Boden gelegt?« Lizzie sah Skye fragend an.

»Nein, sie lag auf der Bank und ich … ich hab auf der Bank gestanden.«

»Wieso denn das?«, fragte Ollie.

»Damit ich Skye beim Reiten besser sehen kann.«

Ollies Augenbrauen wanderten noch etwas höher, aber Lizzie schien uns zu glauben.

»Sie war doch sowieso schon ein bisschen kaputt, Mum«, sagte Skye kleinlaut.

»Na gut, dann steig ein«, seufzte sie, als Jas wieder bei uns ankam. Zum Glück fragte sie nicht, warum Skye die Schuhe überhaupt ausgezogen hatte.

Er versuchte, nicht das Gesicht zu verziehen, als er sich auf die Rückbank schob. »Danke«, formte er lautlos mit den Lippen.

»Keine Ursache«, formte ich zurück.

Ollies Augenbrauen verschwanden fast in seinem Haaransatz. Skye ließ sich in den Sitz zurücksinken, Lizzie hupte kurz und dann fuhren sie los.

Und hier ist noch was ganz Alltägliches, das sich als gefährlich erwiesen hat: die Straße überqueren. Es war dunkel und wahrscheinlich hat sie nicht richtig geguckt – Iris hat nie richtig geguckt –, aber es war ein normaler Fußgängerüberweg, derselbe, den wir auch jeden Tag zur Schule benutzt haben.

Ungefähr drei Jahre nachdem Iris gestorben war, hat Jake mir beigebracht, wie man Skateboard fährt. Und an einem Abend, als ich so richtig traurig und wütend war, bin ich mit ihm in den Park gegangen, obwohl es schon dunkel war, und habe ihm gesagt, dass ich fliegen will. Ich bin ewig auf der Rampe hin- und her- und hoch- und runtergefahren, immer höher und höher, bis ich einen richtigen Sprung geschafft habe. Ich bin hingefallen und danach tat mir alles weh, aber ich hatte etwas getan, das Iris sicher auch getan hätte, etwas Gefährliches, und das war ein tolles Gefühl.

Aber seitdem habe ich so was noch nicht wieder versucht.

Jas und ich standen immer noch auf dem Hof und schauten dem davonfahrenden Wagen hinterher.

»Ich möchte ganz, ganz schrecklich gern lernen, wie man auf einem Pferderücken steht«, sagte Jas.

Und ich dachte an Skye, wie er auf Marigold stand, an das Lächeln auf seinem Gesicht und daran, dass er so ausgesehen hatte, als würde er fliegen.

»Ich auch«, sagte ich.

Die Filmtagebücher der Bluebell Gadsby

4. Szene (Transkript)
Der Bach

DRAUSSEN. DARTMOOR.

Langsamer Panoramaschwenk über die Heidelandschaft. KAMERAMANN (Blue, außerhalb des Bildes) steht auf der Mauer der kleinen Steinbrücke, die den seichten Bach durchs Hochmoor überspannt, jenseits der Koppel von Horsehill. Heide blüht in allen Schattierungen von Altrosa bis Violett. Ginster lodert in glühendem Gelb. Die Sonne hat das trockene Gras in Heu verwandelt, aber dort, wo das Gelände abfällt und das Wasser sich in sumpfiges Marschland ergießt, ist es immer noch üppig grün.
Die Kamera schwenkt nach Osten, der schmalen Straße folgend, die sich zwischen den Hügeln hindurch auf die bizarren Satansfelsen zuschlängelt, 457 Meter hoch und drei Kilometer entfernt. Die Kamera verweilt dort einen Moment und schwenkt dann wieder zurück zur Horsehill Farm, die weiß und geduckt aus dem Laub der Bäume hervorschaut.
JASMINE und TWIG liegen beide ein Stück oberhalb der Brücke im Wasser. Twig trägt eine Taucherbrille mit Schnorchel und hängt mit dem Gesicht in einem kleinen Felsentümpel, den er im letzten Sommer aufgestaut hat,

um einen Laichgrund für Molche zu schaffen. Jas trägt einen ausgeblichenen Bikini mit Punkten, den sie von Flora geerbt hat, und liegt auf dem Rücken in der Strömung. Ihr langes Haar ringelt sich um ihren Körper und fängt Schlamm und Treibsand ein.
Sie gibt vor, eine Wassernixe zu sein, allerdings nicht sehr überzeugend.

KAMERAMANN

(der jetzt auf der Mauer sitzt und die Füße überm Wasser baumeln lässt)

Wusstet ihr, dass diese Brücke verzaubert ist? Hat Grandpa mir mal erzählt. Angeblich soll man, wenn man bei Vollmond mit seiner einzig wahren Liebe darübergeht, noch vor Ablauf des Jahres verheiratet sein.

TWIG

(taucht aus dem Wasser auf)

Da ist doch garantiert nichts dran.

JASMINE

(setzt sich mit tropfenden Haaren auf, nicht im Geringsten an solchen Legenden interessiert)

Ob Skye mir jemals beibringen wird, wie man ohne Sattel reitet?

KAMERAMANN

Na klar.

JASMINE

(ohne so richtig auf den Kameramann zu hören)

Ich habe ihn schon so oft gefragt
und er hat es nicht gemacht.

KAMERAMANN

Wir kennen ihn doch überhaupt
erst seit ein paar Tagen.

JASMINE

(deren Unterlippe zu zittern anfängt)

Ich will nach Hause.

KAMERAMANN

Was? Jas!

Kameramann will gerade die Kamera abschalten, um Jasmine zu trösten, als Twig (der sich wieder seinem Tümpel zugewandt hat) einen Schrei ausstößt.

TWIG

Hier ist einer! Ich habe einen gefunden! Schnell,
Blue, bring mir den Kescher und das Glas.

Das Bild wackelt, als der Kameramann von der Brücke runterkraxelt und mit einem großen Einmachglas und einem Kescher durch den Bach watet, während Twig den Tümpel nicht aus den Augen lässt. Sie reicht ihm die Sachen. Vorsichtig senkt er den Kescher bis zum

Wasser, wirft ihn über etwas Kleines, Braunes, Ekliges und taucht dann das Gefäß in den Tümpel. Blasen blubbern an die Oberfläche, während Wasser die Luft ersetzt, dann zieht er das Glas triumphierend heraus. Die Kamera zoomt heran. Der Molch ist ungefähr zehn Zentimeter lang, braun mit dunklen Sprenkeln und einem blassgelben, schwarz gepunkteten Bauch. Er sieht aus wie eine Kreuzung aus Eidechse und Frosch und paddelt hektisch im Glas herum, den kleinen Kopf aus dem Wasser gereckt.

TWIG

Ein weiblicher Teichmolch! Das war ja echt Glück! Normalerweise sind die jetzt schon wieder aus dem Wasser raus. Ich hätte nicht gedacht, dass ich noch einen finde. Ich muss ihn jetzt schnell ins Haus bringen und aus dem Wasser holen, sonst ertrinkt er.

Er hebt das Glas vors Gesicht und betrachtet verzückt sein neues Haustier. Der Molch hört kurz auf zu paddeln und starrt finster zurück, bevor er wieder seine Kreise schwimmt.

KAMERAMANN

Er hat Angst, Twig. Ich finde, du solltest ihn wieder freilassen.

TWIG

Aber ich will ihn behalten.

JASMINE

(um das Gespräch auf sich zurückzubringen)

Und ich will nach Hause!

Ich will zu Mummy und Pumpkin,

aber die sind nicht hier und jetzt geht's

uns genauso wie diesem Molch!

TWIG UND KAMERAMANN

(verständlicherweise verblüfft)

Was?

JASMINE

Wir sitzen hier fest, genau wie er!

Wir können nicht weg, aber Mum und Pumpkin

kommen auch nicht her und Skye wird mir

niemals beibringen, wie man ohne Sattel

reitet oder auf einem Pferderücken steht,

und Twig ist an allem schuld.

TWIG

(immer noch verblüfft)

Was hab ich denn gemacht?

JAS

DU HAST IHN AUF DEN KOPF FALLEN LASSEN!

Sie rennt, immer noch tropfnass, in Richtung Haus. Twig seufzt und kippt das Glas über dem Tümpel aus. Der Molch schlägt einmal ungehalten mit dem Schwanz und verschwindet.

KAMERAMANN

Wir sollten ihr lieber hinterhergehen.

Die Kamera geht aus.

Donnerstag, 24. Juli

Als die Jungs heute Morgen kamen, waren wir alle wach. Jas hatte sich den Wecker auf halb acht gestellt, und als die beiden dann eintrudelten, stand sie schon bereit – mit Reithose und Stiefeln, das Haar zurückgebunden, die Kappe am Arm.

»Ich hab Grandma gefragt und sie hat Ja gesagt«, erklärte sie Skye. Was zum Teil sogar stimmte – sie hat Grandma tatsächlich gefragt, ob sie eine Reitstunde nehmen kann. Sie hat halt nur den Teil mit dem Ohne-Sattel-Reiten weggelassen und Grandma hat auch nicht gefragt. Ich glaube, sie hatte das schon völlig vergessen.

Skye hat gesagt, das sei doch prima und sie würden anfangen, sobald die anderen Pferde-Arbeiten erledigt wären. Inzwischen waren auch Twig und ich dazugekommen und er hat gesagt, wir könnten es alle mal versuchen, wenn wir Lust hätten. Ich bin mir ziemlich sicher, dass das ernst gemeint war, denn er wirkte richtig glücklich – ich glaube, Skye macht alles glücklich, was irgendwie mit Pferden zu tun hat. Aber dann sagte Ollie, dafür wäre keine Zeit, Lizzie hätte sie doch gebeten, das Gästezimmer für seine Eltern zu streichen, ob er das schon vergessen hätte?

»Das können wir doch heute Nachmittag machen«, sagte Skye.

»Und du musst auch noch nach Plumpton, wegen deiner Brille.«

Sie standen da und starrten sich an und es war, als würde Ollie versuchen, mit seinen Augen etwas zu sagen, das Skye nicht hören wollte, aber am Ende zuckte er die Achseln (seiner Schulter scheint es wieder besser zu gehen) und sagte, »Morgen, Jas, okay?«

Es dauerte eine Weile, bis wir unser Zeug am Bachufer zusammengesucht hatten – Twigs Taucherbrille und Schnorchel, seine Forscherausrüstung, Handtücher, Klamotten, Schuhe und Bücher. Der Weg zum Bach hinunter ist im Sommer immer ziemlich zugewachsen mit Brennnesseln, Wiesenkerbel und Weißdorn. Es ist zu wenig Platz, um zu zweit nebeneinanderzugehen, und da wir Jas sowieso nicht mehr einholen konnten, liefen wir langsam hintereinander her und unterhielten uns.

»Aber Skye hat doch gesagt, morgen!«, beharrte ich. »Und dann hält er auch sein Wort.«

»Es geht hier nicht um Skye und irgendwelche blöden Pferde«, sagte Twig. »Du hast sie doch gehört. Es geht nur um Pumpkin. Es geht *immer* nur um Pumpkin.«

Twigs Stimme klang so bitter, wie ich es noch nie bei ihm gehört habe. Wir waren jetzt an der Koppel angelangt, wo der Pfad sich verbreitert, unter der Eberesche, gleich neben dem Brombeergestrüpp vor der Scheune.

»Komm, wir bleiben noch kurz hier«, sagte ich und wir setzten uns auf die Bank, gegenüber von Hester und Marigold, die auf der anderen Seite des Zauns im Schatten vor sich hin dösten und mit den Schwänzen die Fliegen verscheuchten.

»Und es ist auch ganz bestimmt nicht deine Schuld«, sagte ich. »Dass Mum nicht kommt, meine ich. Das liegt bestimmt nicht nur daran, dass dir Pumpkin runtergefallen ist.«

»Es geht immer nur um Pumpkin«, wiederholte Twig. »Und wenn es nicht um Pumpkin geht, dann um Jas. Nie um irgendjemand anderen. Ständig muss ich mir anhören, wie lieb sie ihn hat und wie toll sie sich um ihn kümmert und wie sehr sie ihn vermisst. Klar habe ich ihn fallen lassen, aber er hat sich nichts getan und ich wollte nur helfen. *Das* ist anscheinend niemandem aufgefallen. Und ich kann auch ruhig dicke, langweilige, französische Bücher lesen, ohne dass das irgendwen beeindruckt, weil *Jas* ja sogar schon Gedichte schreibt. Letztes Halbjahr bin ich beim Cricket in die Startelf gekommen, aber keiner hat einen Ton dazu gesagt. Keiner! Dad findet Cricket toll, aber glaubst du, er hätte sich auch nur ein einziges Spiel angesehen? Und als Pumpkin gerade geboren war, im Krankenhaus, da ging's die ganze Zeit nur, ›Ich habe einen Sohn, ich habe einen Sohn‹. Nicht, ›Jetzt habe ich *noch einen* Sohn‹. Als würde ich gar nicht existieren.«

»Ach Twig, das tut mir leid …«

»Du kannst ja nichts dafür. Nicht mal Pumpkin kann was dafür. Ich schätze, das ist eben einfach so. Wenn die Leute Babys kriegen.«

Ich drückte seine Hand, aber ich weiß nicht, ob es geholfen hat.

»Und was willst du jetzt machen?«, fragte ich.

»Ich weiß nicht, aber ich kann hier nicht den ganzen Sommer nur zwischen Gemüse und Ponys verbringen. Mein Freund Justin ist in Cornwall, gar nicht weit von hier, und der macht einen Surfkurs und all so was. Ich würde auch gern surfen lernen. Zumal ich Ponys noch nicht mal mag. Und Gemüse auch nicht. Früher fand ich es hier immer toll, aber …«

»Diesmal ist alles anders«, sagte ich.

*

Grandma war im Garten, als wir vom Bach zurückkamen. Sie kniete auf einem dieser Schaumstoffpolster, die alte Leute immer benutzen, und jätete Unkraut zwischen den Dahlien.

»Wisst ihr, was mit eurer Schwester los ist?«, fragte sie. »Eben ist sie hier vorbeigestürmt, barfuß und im Bikini, hat überall ihre Schlammspuren hinterlassen und kam dann mit einem Notizbuch in der Hand wieder rausmarschiert. Ich habe gefragt, ob alles in Ordnung ist, aber sie hat gesagt, sie will nicht darüber reden.«

»Wo ist sie denn jetzt hin?«

Grandma wandte sich um und wies auf die alte Eiche am Rand des Gemüsegartens, in der Iris früher immer rumgeklettert ist.

»Komm, wir reden mit ihr«, sagte ich zu Twig, aber der meinte, lieber nicht.

»Twig kann hierbleiben und mit *mir* reden«, sagte Grandma. »Und mir erklären, was hier eigentlich los ist.«

Ich komme inzwischen an die untersten Äste der Eiche heran, um mich an ihnen hochzuziehen, aber Jas muss immer noch die alte Leiter nehmen. Sie lehnte am Stamm, aber Jas war noch höher geklettert, bis rauf zu der Stelle, wo auch Iris immer gern saß, weil dort vier Äste zusammentreffen und eine Fläche bilden, auf der man sich fast ausstrecken kann, wenn man noch klein ist. Dort krakelte sie mit wildem Eifer in ihr Gedichte-Buch.

»Kann ich mal sehen?«

Sie zögerte, dann hielt sie mir das Büchlein hin.

»Aber leise lesen.«

Das Gedicht von Jas ging so:

Das Moor erstreckt sich ringsherum,
so weit das Auge reicht.
Hügel und Felsen und wilde Ponys,
eine Landschaft, die keiner gleicht.
Und doch kann ich all diese Schönheit nicht sehen,
mir ist die Freude vergangen,
denn hier, wo ich früher so gerne war,
fühl ich mich heute gefangen.

»Ach, Jas«, sagte ich.

Ich gab ihr das Notizbuch zurück. Sie starrte darauf.

»Ich konnte keinen Reim auf Ponys finden.«

»Fühlst du dich wirklich so eingesperrt?«

Eine Träne rollte ihr bis zur Nasenspitze und fiel platschend auf ihr Heft. Ich nahm sie in den Arm. Einen Moment lang wehrte sie sich, aber dann spürte ich, wie ihr steifer kleiner Körper gegen meinen sackte.

»Was, wenn er mich vergisst, weil ich so lange nicht da bin?«

Dann fing sie richtig an zu weinen und ich drückte sie noch fester an mich. Ich überlegte krampfhaft, was Zoran jetzt wohl sagen würde, weil er in so was immer ziemlich gut ist, aber mir fiel nichts Besseres ein als »Er kann dich gar nicht vergessen«.

»Kann er wohl«, schluchzte Jas. »Er ist doch noch so klein.«

»Aber du hast dich doch schon so viele Stunden um ihn gekümmert. Ihm die Windeln gewechselt, ihn auf den Arm genommen, wenn er weint. Beim Baden mit ihm gespielt. Niemand kann so gut mit ihm umgehen wie du. Ich wette, er weiß das alles noch ganz genau.«

»Wirklich?« Jas hörte auf zu weinen.

»Was fehlt dir denn am meisten an ihm?«, fragte ich.

Jas machte ein nachdenkliches Gesicht und ich dachte schon, die Frage wäre vielleicht blöd gewesen und würde sie bloß wieder traurig machen, aber dann lächelte sie.

»Wie er Bläschen macht und versucht, seine Zehen zu essen.«

»Das finde ich auch supersüß«, bestätigte ich.

»Und wie er an meinen Haaren zieht, wenn ich ihn auf dem Arm habe, und wie er mir in die Nase beißen will, wenn ich ihn mit den Wimpern streichele, und wie er seine Zehen um meinen Finger krallt, wenn ich ihn an den Füßen kitzele.«

Ich versuchte, nicht daran zu denken, dass er all diese Dinge bei mir noch nie gemacht hatte.

»Weißt du noch das eine Mal, als ich ihm die Windel gewechselt habe?«, fragte sie. »Da lag er ganz nackig da und hat ziemlich gezappelt, und dann hab ich ihm auf den Bauch gepustet, und Mum hat gesagt, ›Nein, mach das lieber nicht‹, und ich so, ›Warum denn nicht?‹, und dann hat er mir direkt ins Gesicht gepinkelt und Mum hat gesagt ›Darum‹«.

Ich lachte. Jas seufzte und sah wieder traurig aus.

»Er fehlt mir so sehr«, sagte sie.

»Ich weiß, was du machen kannst«, sagte ich zu ihr. »Du kannst ein Gedicht für ihn schreiben. Nicht so ein kurzes, wie zu seiner Geburt, sondern ein richtig langes, wie ein Epos oder eine Ballade, in dem du ihm alles erzählst, was hier passiert. So eine Art Reportage, wie ich das auch mit meiner Kamera mache. Und wenn er dann älter ist, kannst du's ihm vorlesen, und ich zeige ihm meine Filme, und dann hat er das Gefühl, er wäre die ganze Zeit dabei gewesen. Was hältst du davon?«

Jas' Augen glänzten, aber vor Aufregung, nicht vor Tränen.

»Alles in Ordnung da oben?«

Wir schauten nach unten. Grandma und Twig standen am Fuß des Baums.

»Wir haben uns unterhalten«, sagte Grandma. »Und hatten eine Idee. Kommt runter, wir essen jetzt zu Mittag und dann fahren wir nach Plumpton.«

Die Fahrt nach Plumpton hatte den Zweck, Fahrräder für uns auszuleihen. Das hatten Twig und Grandma besprochen, während Jas und ich im Baum saßen.

»Um die Gegend zu erkunden«, erklärte Twig.

»Aber wir haben doch die Ponys«, sagte Jas.

»Nur zwei Ponys«, gab ich zu bedenken. »Und außerdem mag Twig sie nicht besonders.«

Die Fahrräder sind Trekkingräder, was bedeutet, dass sie für Straßen *und* Feldwege geeignet sind.

»Aber fahrt mir bitte nicht quer durchs Moor«, sagte Grandma. »Aus ökologischen Gründen.«

»Damit wir nicht irgendwelche Molche oder Käfer oder Pflanzen plattfahren«, erläuterte Twig.

»Und aus Gründen der Sicherheit.«

»Damit wir uns nicht verirren oder in einem Sumpfloch steckenbleiben und ertrinken.«

»Ertrinken?«, rief Jas entsetzt.

»Ist alles schon vorgekommen.«

»Was ich damit nur sagen will«, erklärte Grandma, »ist, dass ich euch vertraue.«

Dann haben wir die Räder in den Landrover geladen und sind nach Hause gefahren. Grandma ist diesmal nicht in den Feldweg eingebogen, deshalb kamen wir direkt am Satansfelsen vorbei. Es war schon ziemlich spät und der Parkplatz an seinem Fuß war fast leer, aber auf dem Gipfel sah man immer noch Leute.

»Ob die da oben übernachten wollen?«, fragte Grandma.

»Wie, du meinst, zelten?«, fragte Twig.

Grandma hielt am Straßenrand und wir starrten zu der gewaltigen Felsnase oben auf dem Hügel hinauf, die von hier unten ziemlich bedrohlich wirkte.

»Ihr kennt doch die Geschichte«, beharrte Grandma. »Die hat euer Großvater ganz oft erzählt.«

Jas und Twig schüttelten den Kopf.

»Ich kann mich auch nicht mehr erinnern«, sagte ich.

»Die von dem Liebespaar? Wo seine Eltern ihm die Heirat nicht erlauben wollen, weil er reich ist und sie arm, und sie dann hierherkommen, um zusammen von diesem Felsen zu springen? Im Tod vereint wollten sie sein, bloß hat er's in letzter Sekunde dann doch nicht getan. Und als sie mitten im Sprung noch gemerkt hat, dass er ihr nicht gefolgt war, ist sie nicht an dem Sturz gestorben, sondern an gebrochenem Herzen.«

»Wie schrecklich«, sagte Jas.

»Und wenn man ganz allein da oben raufgeht, kann man immer noch sehen, wie das arme Mädchen fällt«, sagte ich. »Jetzt erinnere ich mich wieder. Und wenn man zu nah an den Rand geht, reißt sie einen mit in die Tiefe.«

»Früher haben viele Leute dort oben die Nacht verbracht. Die Legende lautet nämlich, dass nur der die Nacht überlebt, der tapfer und reinen Herzens ist, und nur der ist dann auch der wahren Liebe würdig. Die anderen …«

»Hör auf«, sagte Jas.

»Euer Vater hat auch mal versucht, da oben zu übernachten«, sagte Grandma. »Ich glaube, er wollte eurem Großvater imponieren. Der hat nämlich immer behauptet, das als Junge mal geschafft zu haben. Was natürlich nicht stimmte. Sobald es dunkel wurde, hat er's da oben nicht mehr lange ausgehalten, genau wie euer Vater auch.«

»Wieso wollte Dad ihm denn imponieren?«, fragte Twig.

»Ich glaube, er wollte einfach nur Beachtung.«

»Ich fände es *grässlich*, hier draußen zu schlafen.«

»Können wir jetzt bitte nach Hause fahren?«, sagte Jas. »Ich will nicht mehr an unglückliche Mädchen denken, die in den Tod springen. Außerdem habe ich noch ein Gedicht zu schreiben.«

Nach der Fahrt in die Stadt war Grandma erschöpft und sagte, es sei zu heiß zum Kochen. Stattdessen haben wir uns Sandwiches gemacht und sie draußen gegessen, an ihrem Lieblingsplatz an der Gartenmauer, unter den Kletterrosen. Inzwischen ist die Dämmerung hereingebrochen und die Luft kühlt endlich ein bisschen ab. Grandma hat uns reingeschickt, um Kerzen und Laternen zu holen, und die stehen jetzt alle um uns herum wie ein Feenkreis. Jas liegt auf dem Bauch und arbeitet an ihrem Heldenepos, die Zunge zwischen den Zähnen, wie immer, wenn sie sich konzentriert. Twig liegt auf dem Rücken und zählt die Fledermäuse, die überall im Garten durch die Luft sausen. Ich schreibe gerade das hier auf und Grandma sitzt in ihrem Liegestuhl und schaut uns zu.

»Das sind mindestens zwanzig«, hat Twig gesagt. »Wo kommen die alle her?«

»Aus der Scheune, nehme ich an«, hat Grandma geantwortet.

»Kann ich da mal hingehen? Meinst du, da sind noch mehr?«

Grandma hat gelächelt und gesagt, warum nicht, aber vielleicht nicht mehr heute Abend.

Inzwischen ist es fast zu dunkel zum Schreiben, trotz der Kerzen, aber keiner von uns will schon reingehen.

»Das ist die Stunde der Hexen«, hat Grandma gesagt und Jas hat sich etwas näher an mich herangeschoben und im Flüsterton gefragt, »Gibt es wirklich Hexen?«

»Na klar«, habe ich zurückgeflüstert. »Genau wie Vampire«, und sie hat mich auf den Arm geboxt.

Und jetzt bin ich wieder in meinem Zimmer.

Als wir durch den Garten aufs Haus zugegangen sind, ist eine

Schleiereule vor uns aufgeflogen. Wie ein Geist ist sie aus der Eiche, in der Iris immer saß, herangeschwebt und dann mit leisem Flügelrauschen an uns vorbeigesegelt, aufs Moor hinaus, und das Mondlicht schimmerte auf ihrem Rücken. Ich weiß, das klingt jetzt wie eins von Jas' Gedichten, aber genauso war es.

Wir standen alle vier wie erstarrt, bis sie verschwunden war.

»Das war ja unglaublich«, hauchte Twig.

Ein Molch, Fledermäuse und eine Schleiereule, alles an einem Tag. Mehr braucht es eigentlich nicht, um meinen Bruder glücklich zu machen – von der Pumpkin-Problematik mal abgesehen. Ich glaube, er hat nicht mal bemerkt, wie dunkel die Nacht um uns herum war.

Jas sagte, noch ganz in ihrer Poesie gefangen, die Eule sei vielleicht der Geist des Mädchens, das am Satansfelsen gestorben ist. Und Grandma meinte, jedes Mal, wenn sie so was sieht, wächst ihr Horsehill noch ein bisschen mehr ans Herz, und ich sah, wie Jas ihre Hand in die von Grandma schob, als wollte sie sagen, dass ihr das auch so ging.

Für mich war diese Eule wie eine Botschaft von Iris.

Und ich bin froh, dass ich nicht nach Spanien gefahren bin.

Freitag, 25. Juli

Die Jungs sind heute Morgen mit ihren Rädern gekommen, gefolgt von Lizzie im Auto, die auf dem Weg nach Plumpton war und uns eine Dose Brownies vorbeibringen wollte, die sie gestern Abend extra für uns gebacken hatte. Grandma sagte, »Vielen Dank, wie nett von dir«, aber ich konnte sehen, dass sie am liebsten gesagt hätte, »Also wirklich, Lizzie, ich bin durchaus noch in der Lage, für meine Enkel Brownies zu backen«, aber Lizzie hat es nicht bemerkt.

»Ich kann nicht lange bleiben«, sagte sie. »Ich muss gleich weiter und den Kühlschrank auffüllen. Ollies Eltern kommen morgen für ein paar Tage zu Besuch. Wir freuen uns schon sehr, stimmt's, Ollie?«

Ollie sagte, »Ja, sehr.«

»Ich backe einen Bananenkuchen zum Tee«, sagte Grandma.

Jas fragte Skye, »Bringst du mir *heute* bei, wie man ohne Sattel reitet?«

Skye, der gerade durch seine neue Brille (genau die gleiche wie vorher, nur ohne Pflasterstreifen) seinen Handrücken musterte, zuckte zusammen und sagte, ja, klar, sofort.

Twig sagte, »Wir haben jetzt Fahrräder.«

»Fahrräder?«, rief Lizzy. »Ihr alle drei? Das ist ja toll! Dann müssen die Jungs mit euch zum Schwimmen fahren.«

»Schwimmen?«, fragte ich.

»Sie haben da so eine besondere Stelle! Beeil dich mit den Ponys, Skye. Ich fahre schnell zurück und mache euch ein Picknick zurecht.«

»Das kann ich doch machen«, sagte Grandma.

Ollie fragte, ob er und Skye nicht lieber das Schlafzimmer für seine Eltern fertig streichen sollten. Skye runzelte die Stirn und es war wie gestern auf der Koppel, als es mir so vorkam, als würden sie wortlos einen Kampf ausfechten. Lizzie sagte, Unsinn, das könne sie auch alleine machen, wenn sie aus Plumpton zurück war.

»Und was ist mit Elsie?«, fragte Ollie. »Die kann nicht so weit laufen. Letztes Mal musste Skye sie auf dem Rückweg tragen und ich musste beide Räder schieben.«

»Elsie kann bei mir bleiben«, sagte Grandma. »Das macht uns beiden Spaß.«

Lizzie strahlte. »Dann ist ja alles geklärt.« Sie schob die Kuchendose zu mir rüber. »Ab mit euch! Nehmt die Brownies mit!«

Wenn jemand wie Lizzie Hanratty sich etwas in den Kopf gesetzt hat, ist jeder Widerstand zwecklos. Grandma konnte sie nur mit Mühe davon abhalten, noch mal zurückzufahren, um ein Lunchpaket für uns zu machen, und hat uns dann selbst ein paar Brote geschmiert. Skye hat Jas versprochen, die Reitstunde nachzuholen, sobald wir zurück sind, und dann sind die beiden los, um die Ponys zu versorgen. Twig und ich haben Badeanzüge und Handtücher eingepackt, und keine halbe Stunde nachdem Lizzie beschlossen hatte, dass wir schwimmen fahren würden, waren wir auch schon unterwegs.

*

Ich dachte immer, dass ich unseren Teil von Dartmoor gut kenne, aber wo wir heute hingefahren sind, bin ich noch nie gewesen. Wir waren ziemlich lange unterwegs. Ollie und Skye sind vorausgefahren und haben nur hin und wieder angehalten, um auf den Rest von uns zu warten. Ich fuhr am Schluss, für den Fall, dass Jas oder Twig irgendwas passiert. Nach ungefähr einer Viertelstunde sind wir von der Straße in einen Feldweg abgebogen. Eine gefühlte Ewigkeit später haben wir dann die Fahrräder hinter einer Steinmauer abgestellt und sind zu Fuß weitergegangen, an einem schmalen, tiefen Bach entlang. Und dann, nachdem wir auch noch endlos über Felsen geklettert und über Grasbüschel gestolpert und von einer Bachseite auf die andere gehüpft sind, kamen wir endlich zu der Badestelle der Jungs.

Und die ist wirklich gut. Der Bach verbreitert sich dort, mit einem Steilufer auf der einen Seite, wo das Wasser tief ist, und einer Wiese auf der anderen, wo es flacher reingeht und es eine Art Strand gibt.

Weiter oben am Hang, in Richtung Satansfelsen, kann man gerade noch ein paar alte, verfallene Steinhütten erkennen, die fast völlig mit Farnkraut überwuchert sind. Ungefähr zwanzig Meter bachabwärts vom Strand steht eine mit Moos und Gras bewachsene Brücke, die aussieht, als würde sie jeden Moment zusammenbrechen.

»Die Schicksalsbrücke«, sagte Ollie mit Gruselstimme. »Ihr kennt doch die Geschichte, oder?«

»Welche Geschichte?« Jas machte ein ängstliches Gesicht und wollte wissen, ob jemand darin starb und ob Hexen vorkamen?

»Sowohl als auch«, sagte Ollie.

»Dann will ich sie nicht hören.«

»Man kann nicht an der Schicksalsbrücke schwimmen gehen, ohne die Geschichte zu kennen.«

»Wenn Jas sie nicht hören will«, merkte Skye an, »solltest du sie vielleicht lieber nicht erzählen.«

»Sie kann sich ja die Ohren zuhalten.«

»Dann lass mich sie erzählen. Du machst sie doch mit Absicht noch viel gruseliger.«

»Ja, weil ich nämlich so ein hervorragender Geschichtenerzähler bin. Viel besser als du. Und deshalb werde *ich* sie jetzt auch erzählen.«

»Na gut«, knurrte Skye. »Wie du meinst. Aber gib mir dann nicht die Schuld, wenn sie Albträume kriegt.«

Ollie setzte sich im Schneidersitz ins Gras und klopfte neben sich auf den Boden.

»Kommt, ihr Kinder, setzt euch her«, sagte er. »Und höret meine Geschichte.«

Wir ließen uns in einem Halbkreis vor Ollie nieder (außer Skye, der mit dem Rücken zu uns auf einem großen Stein saß) und er fing an.

»Vor vielen Jahrhunderten«, sagte er, »gab es hier ein Dorf voller altmodischer Leute, die noch an alte Magie glaubten. Aber dann kamen neue Leute hinzu, die ganz anders dachten. Sie hielten die alten Sagen über Elfen, Nymphen und Riesen für dumm und ganz besonders hassten sie die Geschichten über Hexen. Diese neuen Leute wurden immer mächtiger, und um dem Volk, das hier lebte, ihre Überlegenheit zu beweisen, verkündeten sie irgendwann, sie wollten diese Hexen jetzt ein für alle Mal loswerden, indem sie sie ertränkten. Und sie brachten sie alle an diesen Ort. Jenseits der Brücke ist das Wasser sogar noch tiefer als hier, still und dunkel, von Steilufern eingefasst, die so dicht mit Dornengestrüpp und Bäumen bewachsen sind, dass man kaum noch den Himmel sehen kann. Die neuen Leute stießen eine Hexe nach der anderen ins Wasser, bewarfen sie mit Steinen und stachen mit langen Stangen nach ihnen. Die Hexen – die natürlich überhaupt keine Hexen waren, sondern ganz normale Frauen – flehten um Gnade und suchten Zuflucht unter der Brücke, aber am Ende sind sie alle ertrunken. Alle bis auf ein altes Weib namens Melisandra, die als Letzte drankam. Als sie an der Reihe war, wartete sie nicht, bis man sie hineinstieß, sondern sprang mit einem Satz auf die Brückenmauer. Sie hob die Arme und alle wichen ängstlich zurück, denn Melisandra fing an zu glühen und sah auch gar nicht mehr aus wie ein altes Weib, sondern wie eine schöne junge Frau mit hüftlangen Haaren in der Farbe von gesponnenem Gold. ›Ich verfluche euch!‹, rief Melisandra. ›Euch und eure Kinder und Kindeskinder!‹ Und dann, in einem blendend hellen Blitz, sprang sie von der Brücke. Als die Männer wieder sehen konnten, schnappten sie alle nach Luft. Das Wasser im Teich hatte sich leuchtend türkis verfärbt, die Brombeeren standen in voller Blüte und Sonnenlicht fiel durch die Bäume. Da begriffen sie erst, wie dumm sie gewesen waren.«

Ollie ist wirklich ein guter Erzähler. Wir beugten uns alle vor, sogar Jas, und warteten auf mehr.

»Und was ist dann passiert?«, fragte Twig.

»In der folgenden Nacht brach in einer der Hütten des Dorfes ein Feuer aus und war nicht mehr zu löschen, so viel Wasser sie auch heranschleppten. Es breitete sich immer weiter aus, bis alle Häuser in Flammen standen. Die Bewohner waren gezwungen, ihr Dorf zu verlassen und kehrten nie mehr zurück. Bis zum heutigen Tag, so heißt es, wird die Brücke von den Seelen der Unschuldigen heimgesucht, die damals getötet wurden, aber …«

»Aber was?«, flüsterte Jas.

»Der Teich der Melisandra ist nur vom Wasser aus zu erreichen. Und es heißt, dass demjenigen, der mutig genug ist, unter der Brücke hindurch in den Teich zu schwimmen, jeder Herzenswunsch erfüllt wird. Wer aber in ihren Schatten gerät und nicht wagt, hindurchzuschwimmen, der ist für immer verflucht, wie einst die Bewohner des Dorfs.«

Nachdem Ollie geendet hatte, war es lange still und alle starrten auf die Brücke.

»*Jeder* Herzenswunsch?«, fragte Jas.

»Absolut jeder«, bestätigte Ollie.

»Dann mache ich es«, verkündete Jas.

»Tust du nicht«, sagte ich. »Ich verbiete es dir. Unter der Brücke ist es dunkel und du kannst nicht besonders gut schwimmen, das ist mir zu gefährlich.«

»Ich kann wohl gut schwimmen.« Jas hatte Shorts und T-Shirt schon abgestreift und tänzelte im Badeanzug am Ufer entlang.

»Und du filmst mich dabei!«, befahl sie und lief spritzend ins flache Wasser hinein.

Die Filmtagebücher der Bluebell Gadsby

5. Szene (Transkript)
Die Schicksalsbrücke

Kreischend wirft sich JASMINE ins tiefere Wasser. Die Strömung ist ziemlich stark und trägt sie rasch auf die Brücke zu. Das Bild hüpft auf und ab, als der KAMERAMANN (BLUEBELL, besorgt) am Ufer entlangrennt, um auf gleicher Höhe zu bleiben.

JASMINE
(leicht panisch, wie ein Hündchen paddelnd)
AAAAGH! Ich ramme gleich die Brücke!

OLLIE
(der ganz locker im Bruststil neben ihr herschwimmt)
Keine Sorge, wir machen das hier ganz oft.
Das wird gleich langsamer. Lass dich einfach treiben.

OLLIE hat Recht. Die Strömung lässt nach, aber es ist nur ein knapper Meter Platz zwischen dem Wasser und der Unterseite der Brücke, die der Kameramann jetzt betritt, immer noch filmend, während er gleichzeitig versucht, Jasmine zur Vernunft zu bringen, die direkt unter ihm zusammen mit Ollie auf der Stelle schwimmt.

OLLIE

Die Seelen der Toten! Der Fluch der Hexe!
Bist du sicher, dass du den Mut dazu hast?

KAMERAMANN

Jas, ich befehle dir, umzudrehen.

JAS

Los geht's!

Ihr Hundepaddeln ist jetzt ziemlich hektisch, aber sie hält den Kopf über Wasser und blickt stur geradeaus. Ollie folgt ihr und beide verschwinden aus dem Blickfeld.

KÖRPERLOSE STIMMEN UNTER DER BRÜCKE

Huuuuuuu! Huuuuuuu!
WAHAHAHAHAHAHA!!!!!

Kameramann läuft auf die andere Seite der Brücke und richtet die Kamera auf Melisandras Teich, der genauso aussieht, wie Ollie ihn beschrieben hat: steile Ufer, Dornengestrüpp, dunkles, ruhiges Wasser, kein Hauch von Türkis. Unheimliche Stille, bis Jas und Ollie ins Bild geschossen kommen.

JASMINE

Geschafft! Ich hab's geschafft!
Ollie hat mich festgehalten und gesagt,
ich soll bis zehn zählen, und ich dachte,
ich sterbe vor Angst, aber ich hab's geschafft!!

Sie taucht unter und ploppt wieder hoch, wie ein Entenküken. Sie schüttelt den Kopf und lacht.

JASMINE (Fortsetzung)

Das ist das Beste, was ich je gemacht hab!

Freitag, 25. Juli (Fortsetzung)

Skye und Twig waren beide sehr still, als ich zurückkam, nachdem ich Jas gefilmt hatte.

»Angst hat sie jedenfalls keine«, sagte ich, um das Schweigen zu brechen.

Skye schaute zur Brücke hinüber, wo Jas und Ollie immer noch hin- und herschwammen, johlend und rufend, um das Echo ihrer Stimmen zu hören.

»Und die Geschichte ist wirklich gut«, sagte ich. »Aber du hättest sie bestimmt genauso gut erzählt. Oder besser.«

»Nein, Ollie hat schon Recht«, räumte Skye ein. »So was kann er viel besser als ich.«

»Ich weiß nicht, wie sie das fertigbringt.« Twig starrte in die Dunkelheit unter der Brücke. Jas tauchte gerade zum dritten Mal auf unserer Seite der Brücke auf, winkte und rief, wir sollten auch reinkommen.

»Das macht wirklich Spaß«, sagte Skye. »Beim letzten Mal hatte sich ein Ast unter der Brücke verkeilt, da hatte man immer das Gefühl, man würde von einer Hand nach unten gezogen.«

Twig erschauerte. Dann kam Jas zurückgerannt und warf sich neben ihn, gefolgt von Ollie.

»Das musst du unbedingt machen, Twig!«, sagte Jas. »Das ist super!«

Sie flüsterte ihm etwas ins Ohr, aber er schüttelte den Kopf.

»Wenn wir's uns beide wünschen, klappt es bestimmt«, drängte sie ihn.

»Ich habe aber keine Lust.«

»Deiner Schwester zuliebe, Alter!«, sagte Ollie.

»Lass ihn in Ruhe«, murmelte ich.

Ollies Augen weiteten sich. »Wieso, hat er Schiss?«

»Dieser Teich ist wirklich unheimlich«, sagte ich.

»Twig mag die Dunkelheit nicht«, sagte Jas.

»Im Ernst?«

Twig stand auf und ging weg.

»Warte!« Skye sprang ebenfalls auf, stolperte wie üblich über seine offenen Schnürbänder, rückte die Brille zurecht, griff nach seinem Rucksack und rannte Twig hinterher. »Hier lang!«, brüllte er. Twig drehte sich um und Skye zeigte auf das verfallene Dorf, mit den Armen rudernd wie eine freundliche, geisteskranke Windmühle. »Wollen wir das mal erkunden?«

Twig zuckte die Achseln, änderte aber die Richtung.

»Ich dachte bloß, dann geht mein Wunsch vielleicht eher in Erfüllung«, sagte Jas. »Ich habe mir nämlich ...«

»Schsch!«, machte Ollie. »Nicht verraten, sonst klappt es nicht. Dann muss eben stattdessen Blue unter der Brücke durchschwimmen. Du hast doch keine Angst, oder?«

»Nein!«

Und es war auch keine Angst. Nicht die von Twig jedenfalls. Nicht die Angst vor der Dunkelheit oder vor Hexen oder dass mich irgendwas nach unten ziehen könnte. Aber ich weiß, dass Jas sich gewünscht hat, Mum würde herkommen, zusammen mit Pumpkin. Während ich mir seit vier Jahren immer nur dasselbe wünsche. Ich weiß, dass es keinen Sinn hat und niemals in Erfüllung gehen wird, aber ich wünsche mir trotzdem ständig, dass Iris nicht tot wäre.

So was kann man sich nicht in aller Öffentlichkeit wünschen, während alle um einen rumstehen und rufen.

»Angsthase!«

»Na gut!« Ich stand auf und ging zum Wasser. »Was ist, kommt ihr nicht mit?«

Jas und Ollie grinsten sich an und folgten mir.

Ich ließ ihnen keine Chance, irgendwo in Deckung zu gehen. Sobald sie nahe genug waren, wirbelte ich herum, schlug mit der flachen Hand aufs Wasser und spritzte sie nass. Sie kreischten beide los (sogar Ollie) und spritzten zurück.

Ich bin also gar nicht erst bis zur Brücke gekommen und es war dann auch kein Thema mehr. Stattdessen haben wir uns nass gespritzt und sind danach noch ganz lange getaucht und geschwommen. Als wir es leid wurden, haben wir uns in die Sonne gelegt und Brote und Brownies gegessen, und danach haben wir uns ins flache Wasser gelegt und gedöst und geredet, bis Skye und Twig zurückkamen.

Anfangs wusste ich nicht so recht, was ich von Ollie halten soll. Vielleicht, weil er einfach *dermaßen* gut aussieht. Bei solchen Leuten denkt man, sie wären überheblich, aber eigentlich ist man bloß selber verkrampft, weil man nie weiß, wo man hingucken soll. Heute Nachmittag war Ollie jedenfalls kein bisschen überheblich. Wir haben über alles Mögliche geredet – dass er in Oxford studieren will und dass seine Eltern nach Italien gefahren sind (nach Venedig, wie auf ihrer Hochzeitsreise, und nach Rom, weil ihnen das so gut gefällt – Ollie ist da auch schon ganz oft gewesen). Und über den Debattierclub und übers Hockeyspielen und welche Filme er am liebsten mag (*Wer die Nachtigall stört* und *Die Braut des Prinzen*, genau wie ich).

Auf dem Heimweg habe ich mich wieder zurückfallen lassen, aber diesmal ist Ollie auch langsamer gefahren und die ganze Zeit neben mir geblieben, während die anderen vorneweg fuhren.

»Wenn du Lust hast, zeige ich dir mal eine Badestelle, die noch viel besser ist«, sagte er.

»Wo denn?«, fragte ich.

»Streng geheim.«

»Nun sag schon!«

Wir waren fast zu Hause. Ollie blieb stehen, stützte sich auf seinen Lenker und lachte.

»Wahrscheinlich würdest du dich sowieso nicht trauen.«

Und das ist auch so was, das nur für schöne Menschen gilt: Wenn sie sich über einen lustig machen, findet man das gar nicht so schlimm, weil man froh ist, überhaupt von ihnen bemerkt zu werden. Sie geben einem das Gefühl, auch schön zu sein.

»Klar würde ich mich trauen«, gab ich zurück.

»Na dann«, sagte er. »Vielleicht zeige ich's dir, vielleicht auch nicht.«

Er sprang wieder aufs Rad und raste den Hügel hinunter.

»Warte!«, rief ich und machte mich an seine Verfolgung.

Skye wartete unten am Abzweig nach Horsehill auf uns.

»Ihr habt euch ja ganz schön Zeit gelassen«, knurrte er.

»Solltest du nicht gerade eine Reitstunde geben?«, fragte Ollie.

»Zu heiß«, sagte Skye kurz angebunden. »Außerdem müssen wir Mum noch helfen.«

Ollie seufzte und stieß sich wieder ab. »Wir sehen uns, Blue«, rief er, ohne sich noch mal umzudrehen.

Skye dagegen hat sich noch mal umgedreht. Aber es ist nie eine gute Idee, beim Radfahren nicht nach vorn zu gucken, erst recht nicht für jemanden wie Skye, und schon gar nicht, wenn er dabei auch noch winken will. Sein Rad machte einen Schlenker und schoss dann quer über die Straße. Er konnte gerade noch abspringen, bevor es im Graben landete, stolperte aber trotzdem und fiel hin.

Mitten in einen Kuhfladen.

Ich lachte. Ich konnte nicht anders. Es sah so lustig aus.

»Alles in Ordnung?«, rief ich.

Er gab keine Antwort und lachte auch nicht. Er hob nur schnell sein Rad wieder auf und fuhr weiter, obwohl ich mir ziemlich sicher bin, dass er mich gehört hat.

Und jetzt habe ich ein fürchterlich schlechtes Gewissen.

*

Die anderen waren im Wohnzimmer, als ich nach Hause kam. Grandma lag auf dem Sofa, Jas hatte sich ans Fußende gekauert und berichtete von ihrer Heldentat, während Twig auf dem Boden saß und versuchte, hier und da ein Wort über das verfallene Dorf einzuwerfen. Alle drei tranken Tee und aßen Bananenkuchen.

»Alles in Ordnung?«, fragte ich Grandma.

»Sie hat mit Elsie einen Spaziergang gemacht«, sagte Twig, »und jetzt ist sie ein bisschen müde.«

»Ich bin nicht müde, mir ist bloß heiß«, stellte Grandma richtig. »Und mit Elsie war es sehr schön. Ich habe ihr endlich beigebracht, ›Sitz‹ zu machen. Blue, Liebes, auf dem Tisch im Flur liegt eine Karte von Zoran. Hol sie doch mal her und dann setzt du dich zu uns.«

»Ich zieh nur eben meine Badesachen aus.«

Ich las die Karte auf dem Weg nach oben.

Das Foto zeigte einen hübschen Hafen in Bosnien, mit einer Moschee direkt am Meer. »Es ist wunderbar, wieder mit meiner Familie vereint zu sein«, schrieb Zoran, und: »In ein paar Tagen fahren wir in das Dorf meiner Großeltern, wo ich seit meiner Kindheit nicht mehr gewesen bin.«

Zoran hat immer gesagt, *wir* wären wie eine Familie für ihn. Ich dachte an den ersten Abend hier zurück, als ich mir gewünscht hatte, er wäre noch unser Kindermädchen. Würde es irgendwas ändern, wenn er jetzt hier wäre, mit Mum und Pumpkin? Hätten wir heute trotzdem das Gleiche unternommen? Ich entdeckte mein Gesicht im Spiegel. Es glänzte fettig, von der Sonnencreme und vom Schweiß, meine Haare waren noch feucht und völlig platt gedrückt vom Helm und meine Zöpfe hingen runter wie nasse Rattenschwänze.

Ich war überhaupt nicht schön.

In meiner Vorstellung sehe ich ganz anders aus. Da bin ich zwar ruhig, aber auch ein bisschen geheimnisvoll – fast schon mystisch, wie ein Mädchen aus einem Roman. Alles an mir lässt unzählige verborgene Facetten erahnen, die nur darauf warten, entdeckt zu werden. Das hätte ich jedenfalls gern – dass die Leute die sehen, diese geheimnisvollen Facetten. Aber was ich heute Nachmittag im Spiegel sah, war etwas ganz anderes. Was ich sah, war puterrot, ziemlich feucht und sehr, sehr normal.

Ich löste meine Zöpfe, stöpselte Grandmas uralten Föhn in die Steckdose und trocknete mir die Haare über Kopf, ohne sie vorher zu bürsten. Als ich mich wieder aufrichtete, bildeten sie eine große, fluffige Wolke und mein Pony war seitlich aus dem Gesicht geföhnt.

Ich starrte meine Haare an und überlegte, was ich mit ihnen anstellen sollte. Vor ein paar Jahren hat sich Flora mal Dreadlocks machen lassen, die sie erst pink und dann lila färbte, aber ich glaube nicht, dass mir das stehen würde. Danach hat sie sich die Haare ganz kurz schneiden lassen und wasserstoffblond gefärbt, aber sie sagt sogar selbst, das war ein Fehler. Am Ende habe ich in der Schublade, wo Grandma ihre Haarnadeln aufbewahrt, eine schwarze Samtschleife gefunden, und mit der habe ich dann meine Haare zu einem lockeren Dutt zusammengebunden und mir den Pony mit einer Spange seitlich festgesteckt. Das sieht so ein bisschen nach viktorianischer Audrey Hepburn aus, nach romantischer Elfe. Ich weiß nicht, ob mir das wirklich steht, aber auf jeden Fall besser als Rattenschwänze.

Samstag, 26. Juli

Heute habe ich lange geschlafen, und als ich in die Küche runterkam, war sie schon leer. Ich machte mir eine Schale Müsli zurecht und nahm sie mit raus in den Garten. Grandma stand zwischen den Gemüsebeeten und musterte stirnrunzelnd ihre Bohnenpflanzen, während Elsie neben ihr vorführte, wie schön sie jetzt ›Sitz‹ machen konnte.

»Die anderen sind mit Skye auf der Koppel«, sagte sie.

»Soll ich dir helfen?«

Grandma schüttelte den Kopf. Ich sah, dass ihre Schläfen schon mit winzigen Schweißperlen bedeckt waren.

»Ich glaube, heute kann mir alles gestohlen bleiben. Ich werde mich einfach in den Schatten setzen und ihnen beim Wachsen zusehen. Dein Bruder hat Recht. Die Natur ist voller Pflanzen, die sich um sich selber kümmern.«

Heute hatte Jas dann auch endlich ihre Reitstunde bei Skye. Als ich zur Koppel kam, saß sie schon auf Fat Hesters Rücken und ritt in einem großen Kreis über die Wiese, ohne Sattel. Skye und Twig saßen auf dem Zaun und schauten ihr zu, wobei Skye ihr immer wieder Anweisungen zurief, während Twig ihn zu überreden versuchte mit ihm zusammen in der Scheune nach den Fledermäusen zu suchen.

Mir fiel wieder auf, wie anders Skye wirkt, wenn er bei den Ponys ist. Er saß weit vorgebeugt, die Ellbogen auf die Knie gestützt, und ich wartete fast schon darauf, dass er kopfüber ins Gras fallen würde, aber er schwankte nicht einmal.

»Ich hasse diese flatternden Biester«, sagte er gerade, als ich hinzukam.

»Fledermäuse sind doch toll!«, protestierte Twig. »Die orientieren sich mit Radar und Echolot. Sag du's ihm, Blue.«

»Fledermäuse sind toll«, sagte ich.

Skye rief Jas zu, sie solle sich mit den Knien festhalten.

»Versuch ich ja!« Jas hoppelte in raschem Trab an uns vorbei, winkte und fiel vom Pferd.

Sie lag auf dem Rücken im Gras, keuchend, und ihr Brustkorb hob und senkte sich schwer, genau wie neulich bei Skye. Ich sprang vom Zaun und rannte zu ihr hin, aber da setzte sie sich auch schon wieder auf und grinste übers ganze Gesicht.

»Wenn du dir nichts getan hast, steig gleich wieder auf«, sagte Skye.

Twig verkündete, er hätte keine Lust mehr, Jas beim Reiten zuzusehen, und würde jetzt in die Scheune gehen.

»Gute Idee«, sagte ich. »Warum gehen wir nicht alle zusammen?«

»Du hast doch bloß Angst, dass ich noch mal runterfalle«, meinte Jas, aber Twig sagte, er müsse sowieso erst noch eine Heckenschere holen, um den Weg durch das Brombeergebüsch zur Scheune freizuschneiden.

»Dann reite doch noch so lange, bis er zurückkommt«, sagte ich zu Jas.

Sie sprang eilig auf, schwang sich wieder auf Fat Hester und trabte los, immer noch wild auf und ab hopsend. Ich kletterte wieder neben Skye auf den Zaun. Er sah weiter stur geradeaus, zu Jas hinüber.

»Heute mal kein Ollie?«, fragte ich.

Skye nuschelte undeutlich, der sei mit Lizzie zum Bahnhof gefahren, um seine Mutter abzuholen.

»Und sein Vater?«

»Kommt alleine mit dem Auto«, murmelte Skye.

»Ich wollte mich noch wegen gestern entschuldigen«, sagte ich. »Dass ich gelacht hab, meine ich. Das war blöd.«

Skye zuckte die Achseln und sagte, er sei es ja gewöhnt, irgendwo runterzufallen, und es hätte gar nicht wehgetan. Jas kam auf Hester angehoppelt, brachte sie zum Stehen und fragte atemlos, »Was tut nicht weh?«

»Runterfallen.«

»Ein bisschen schon«, sagte Jas. »Aber es lohnt sich. Jetzt versuch ich mal Galopp.«

»Da kommt Twig«, sagte ich. »Zeit zum Aufhören.«

Twig kam auf uns zumarschiert, mit zwei Heckenscheren, einer Sense, einem Stock und einer Harke bewaffnet. Jas sah fragend zu Skye hinüber, aber der zuckte nur die Achseln und sagte, ich hätte schon Recht und sie solle erst mal traben lernen, ohne so zu hoppeln, bevor sie noch schneller ritt. Jas maulte, wir wären beide langweilig, sprang aber von Hester ab und nahm ihr das Zaumzeug ab.

Twig ging voran und führte sich auf wie ein Expeditionsleiter, schlug auf das Unterholz ein und rief Sachen wie »Mir nach!« und »Vorsicht, Schlangen!«. Selbst als Letzte in der Reihe ist es ziemlich mühsam, sich einen Weg durch Brombeergestrüpp zu bahnen, erst recht, wenn auch noch Brennnesseln im Spiel sind. Als wir endlich vor der Scheune standen, waren wir alle schweißgebadet und ziemlich zerkratzt, aber als Twig dann einen Schlüssel aus seiner Tasche zog und ihn im Schloss drehte, vergaß ich alles und wünschte mir nur noch, ich hätte meine Kamera mitgenommen.

Als ich klein war, hatte Grandpa eine Werkbank in der Scheune stehen, an der er immer irgendwelche Sachen aus Holz herstellte: Regale und andere Möbel fürs Haus, aber auch Schalen und Löffel und kleine Tiere. Ich habe ihm oft stundenlang zugesehen, zusammen mit Flora und Iris, aber ich glaube, es ist seit Jahren keiner mehr dort drin gewesen. Die Sonne stand hinter uns, als die Flügeltür aufschwang, und warf ein Rechteck aus Licht vor unsere Füße. Staubpartikel tanzten in der Luft. Riesige Spinnweben, schwer von noch mehr Staub, wehten im jähen Luftzug hin und her. Und weiter drinnen, noch im Schatten, stand alles voll mit jahrzehnte-, vielleicht sogar jahrhundertealten ungenutzten Gegenständen. Grandpas Werkbank steht auch noch da, mit Werkzeug übersät. Es gibt Sägen, Hämmer und Beitel, kaputtes Gartenwerkzeug und uralte landwirtschaftliche Geräte, die schon Grandpas Eltern und Großeltern gehört haben mussten, als Horsehill noch ein richtiger Bauernhof war. Auf Zehenspitzen schlichen wir herum und wagten kaum zu atmen, geschweige denn etwas von den Dingen anzufassen – ein Anhänger für den Schaftransport, Scheren und Schneidemaschinen für die Schur, ein alter Handpflug und sogar ein Auto (laut Twig ein Morris Minor Cabrio aus den 1940er Jahren).

»Viehabteile«, stellte er fest. Sie zogen sich an beiden Seiten der Scheune entlang, vollgestapelt mit alten Reifen und Kanistern, während in den Futterraufen noch Melkeimer, Stricke und ein altes Ochsenjoch herumlagen.

»Da steht eine Leiter.« Skye zeigte auf den hinteren Teil der Scheune. »Die führt auf die zweite Ebene hoch. Vielleicht ein Heuboden oder so.«

Er setzte den Fuß auf die unterste Sprosse.

»Sei vorsichtig!«, sagte ich.

»Was? Eine *Leiter* werde wohl selbst ich noch schaffen.«

»Aber das sieht alles ziemlich marode aus. Da sind Löcher im Boden.«

Aber Skye war schon oben.

»Der Boden ist völlig in Ordnung«, rief er zu uns hinunter. »Hier oben gibt's einen Fensterladen, den mach ich mal auf.«

Wir hörten ein Knarren, als er ihn aufstieß. Licht ergoss sich in den hinteren Teil der Scheune. Staubteilchen wirbelten wieder durch die Luft. Und dann fing Skye an zu schreien.

Wir rannten zur Leiter und spähten hinauf.

Fledermäuse. Wir hatten sie gefunden. Hunderte von ihnen. Vielleicht sogar Tausende. Mit hektischem Geflatter schwirrten sie um Skye herum, so dicht gedrängt, dass man nicht sagen konnte, wo die eine anfing oder die andere aufhörte, eine schwarze Wolke mit Skye in der Mitte, der mit den Armen um sich schlug und brüllte.

»Die saugen ihm das Blut aus und dann stirbt er!« Jas fing an, die Leiter hochzuklettern. Ich zog sie wieder herunter.

»Wir müssen ihn retten!«, schrie sie.

»Ihr beide geht jetzt raus«, sagte Twig. »Und ich kümmere mich um Skye. Er muss sich nur ganz ruhig verhalten.«

Skye brüllte wieder. Twig kletterte die Leiter hinauf. Jas fing an zu schluchzen und verbarg ihr Gesicht an meiner Schulter. Oben hörte ich die Stimme von Twig, die Skye dazu aufforderte, ganz still zu stehen, dann leise Schritte zum Fenster, das Knarren des Fensterladens. Dunkelheit senkte sich wieder herab, der Staub hörte auf zu tanzen und dann kamen die beiden die Leiter herunter, Twig voran, Skye hinterher. Als Skye unten stand, nahmen Twig und ich ihn zwischen uns und führten ihn zur Tür. Draußen ließ er sich auf alle viere fallen. Ich dachte schon, er würde sich übergeben, aber nach ein paar Sekunden stand er wieder auf und dann setzten wir uns alle, dicht beieinander, vor die Scheunenwand, den Rücken an den warmen Stein gelehnt.

»Ich habe ja gesagt, ich hasse diese flatternden Biester«, murmelte Skye.

Und dann lachten wir alle, bis uns der Bauch wehtat, sogar Skye irgendwann, und keuchten und sagten so was wie, »Habt ihr das gesehen?« und »Das war ja unglaublich!« Skye erzählte uns, dass er erst sieben war, als er mit seinem Vater zusammen den Film *Dracula* gesehen hat, und seitdem eine Heidenangst vor Vampiren hat. Twig sagte, hier bei uns gäbe es keine blutsaugenden Fledermäuse.

»Und selbst wenn, würden die sich nur von Tieren ernähren.«

»Hattest du denn gar keine Angst?«, fragte Jas.

»Überhaupt nicht«, sagte Twig, aber dann fing er plötzlich an zu zittern.

»Du klapperst ja richtig mit den Zähnen.« Jas schlang die Arme um ihn.

»Der Schock«, sagte ich. »Am besten nimmst du gleich mal ein heißes Bad.«

Wir standen auf und gingen zum Haus zurück, Jas und Twig voraus. Twig beschrieb ihr in allen Einzelheiten, wie es sich anfühlte, in einer Fledermauswolke zu stehen. Jas hielt seine Hand und sagte immer wieder, wie tapfer er gewesen sei.

Skye trat ein Steinchen auf dem Weg vor sich her, während wir nebeneinander herliefen, und für kurze Zeit sagte keiner von uns ein Wort.

»Jetzt hältst du mich wohl endgültig für einen Volltrottel«, murmelte er schließlich.

»Ich hätte auch Angst gehabt.«

»Der sich von einem kleinen Jungen retten lassen muss.«

»So klein ist Twig nun auch wieder nicht«, sagte ich.

»Ollie hätte bestimmt nicht geschrien.«

»Vielleicht hat er *Dracula* noch nie gesehen.«

Und dann schwiegen wir wieder ein paar Schritte lang, während ich mir den Kopf zerbrach, was ich sagen könnte, um ihn aufzumuntern.

Skye blieb unter der Eberesche stehen, um die Ponys zu streicheln. Er zog Marigold an den Ohren, küsste sie auf die Nase und sagte dann, »Du magst ihn ziemlich gerne, stimmt's?«

»Wen denn?«, fragte ich, aber ich spürte, wie meine Wangen heiß wurden.

»Ollie.«

»Nein! Also, schon ein bisschen. Irgendwie. Aber nicht so, wie du meinst. Er ist nett …«

Ich tätschelte Hester und verbarg mein Gesicht in ihrer Mähne.

Wie soll man einem Jungen solche Dinge erklären? Man kann doch nicht einfach so was sagen, wie, als ich gesehen habe, wie du auf dem Rücken von Marigold stehst, da habe ich mich unheimlich lebendig gefühlt, so als gäbe es nichts, das ich nicht auch schaffen könnte, aber Ollie bringt mich zum Lachen und er sieht *dermaßen* gut aus, was total oberflächlich ist, ich weiß, aber ich kann's nicht ändern. Während du ein bisschen tollpatschig und schüchtern bist, so wie ich – schüchtern, meine ich, denn ich glaube nicht, dass ich tollpatschig bin. Und du bist nett zu meinen Geschwistern, und heute bist du mitgekommen, um nach den Fledermäusen zu suchen, obwohl du Angst vor ihnen hast, und beim Reiten siehst du aus, als würdest du fliegen, und ich würde auch gern abheben und so dahinschweben können wie du, und dieses Gefühl hatte ich schon ganz, ganz lange nicht mehr … Deshalb mag ich dich auch, sehr sogar, nur halt auf andere Weise.

»Skye! Skye, wo bist du?«

Lizzies Stimme fuhr dazwischen, bevor ich irgendetwas davon sagen konnte.

»Ich muss gehen«, sagte Skye.

Ich seufzte und folgte ihm zurück zum Haus. Lizzie und Grandma standen im Hof. Ollie saß hinten im Auto, neben einer blonden Frau mit einer sehr großen Sonnenbrille.

»Meine Enkeltochter, Bluebell«, sagte Grandma.

Die Frau nickte, Lizzie und Skye stiegen ins Auto und dann fuhren sie alle davon.

»Bis morgen!«, rief ich ihnen nach, aber keiner antwortete.

Jas und Twig sind zusammen im Badezimmer. Jas hat eine Flasche Schaumbad im Schrank gefunden und komplett für ihn ins Wasser gekippt, so dass Twig jetzt bis zum Hals in nach Lilien duftendem Badeschaum liegt, während Jas vor der Wanne auf dem Boden sitzt und sich mit ihm unterhält. Das Haus kommt mir viel zu still vor. Ich wünschte, Flora wäre hier. Flora wüsste genau, wie man Skye wieder aufmuntern kann. Sie würde ihn mit irgendwas necken, ihn dazu bringen, über sich selbst zu lachen und sich trotzdem als was Besonderes zu fühlen. Und wenn Iris hier wäre … Wenn Iris hier wäre, würde sie dafür sorgen, dass es *mir* besser geht. Ich versuchte, Mum bei ihrer Freundin zu erreichen, aber es ist keiner drangegangen. Ich habe ihr eine Nachricht hinterlassen und um Rückruf gebeten. Als ich auflegte, stand Grandma in der Tür und schaute mich an.

»Komm, wir laufen ein Stück«, sagte sie.

»Und die anderen?«, fragte ich, als wir losgingen.

»Die kommen auch mal eine halbe Stunde allein zurecht«, sagte sie. »Obwohl es mir vollkommen schleierhaft ist, warum Twig mitten am Tag ein Bad nehmen muss.«

Anscheinend hat ihr niemand von den Fledermäusen erzählt.

Manchmal denke ich, dass Grandma ihren Stock eigentlich gar nicht braucht. Sie ist in einem solchen Tempo übers Moor gestiefelt, dass ich mich richtig anstrengen musste, um mit ihr Schritt zu halten. Wir liefen zum Bach hinunter und über die Brücke und dann bog Grandma nach links ab, einem winzigen Zufluss folgend (falls Bäche Zuflüsse haben können), so schmal, dass das Gras fast über ihm zusammenwuchs, und doch tief genug, um das Plätschern des Wassers zu hören. Daneben verlief ein kaum erkennbarer Pfad und dem folgten wir, in eine Senke hinein und wieder heraus und in die nächste hinunter, bis die Bäume rings um Horsehill nicht mehr zu sehen waren.

»Wo gehen wir denn hin?«, fragte ich.

Grandma blieb stehen, legte die Hand über die Augen und deutete nach vorn.

»Zu dem Baum dort.«

Diesen Weg gehen wir sonst nie. Die Landschaft vor uns wirkte wie die Karikatur einer Wüstenoase: Ein einzelner, seltsam verdrehter Baum, der ganz allein auf dem Hochmoor steht, dort, wo sich das winzige unterirdische Rinnsal zu einem flachen Tümpel verbreitert, nur dass es hier statt der Wüste nur Moor gibt, mit Schafen statt Kamelen und Gras und Heide statt Sand. Am Rand des Tümpels stand sogar eine kleine Pyramide in Form eines dreieckigen *Cairn* – so heißen hier diese kleinen Steinhügel, die sonst immer die Wanderwege markieren.

Grandma setzte sich hin, streifte ihre Crocs ab und ließ mit einem behaglichen Seufzen die Füße ins Wasser gleiten. Ich kickte meine Flipflops weg und setzte mich neben sie.

»Den haben wir gebaut.« Grandma nickte zu dem *Cairn* hinüber. »Dein Großvater und ich. Wir haben damit angefangen, als er mich das erste Mal nach Horsehill mitgenommen hat, da haben seine Eltern hier noch gelebt. Wir haben hier gesessen und er hatte einen Stein in der Tasche und hat ihn in die Erde gesteckt, zur Erinnerung an meinen Besuch. Und so haben wir es auch bei jedem weiteren Besuch gemacht und später dann nach jedem wichtigen Ereignis – unserer Verlobung, unserer Hochzeit. Als dein Vater geboren wurde, als deine Eltern geheiratet haben, als deine Urgroßeltern starben und als wir hierhergezogen sind, nachdem dein Großvater in Rente gegangen war. Wenn einer der Hunde starb, wenn Welpen geboren wurden. Und natürlich bei der Geburt von jedem von euch.«

Auch wenn sie Iris nicht direkt erwähnte, war uns klar, dass wir beide an sie dachten.

»Ich lege immer wieder Steine drauf«, sagte Grandma. »Stein um Stein, als könnte ich sie damit zurückholen.«

Das Wasser des Tümpels verschwamm vor meinen Augen.

»Und der oberste ist jetzt für William.« Sie lächelte ein winziges bisschen. »Tut mir leid, aber ich schaffe es einfach nicht, ihn Pumpkin zu nennen.«

Ich zog die Nase hoch. Grandma reichte mir ein Taschentuch.

»Als ich deinem Großvater zum ersten Mal begegnet bin, fand ich ihn ziemlich furchtbar«, sagte sie. »Das war auf einer Party. Ich hatte gerade meine erste Stelle als Sekretärin angenommen. Und er hatte gerade irgendein Pferderennen hier in der Gegend gewonnen und wollte als Pferdetrainer nach Amerika gehen. Er war ein schrecklicher Angeber. Aber dann hat er mich eingeladen, übers Wochenende hierherzukommen, und als mir dann klar wurde, dass ich in ihn verliebt war, habe ich meinen Job geschmissen und bin mit ihm nach Arizona durchgebrannt.«

»Warum erzählst du mir das alles?«

»Weil man sich an Menschen immer erst mal gewöhnen muss, Blue. Sogar an Babys.«

»Alles ist anders geworden«, sagte ich.

»Natürlich ist es das. Babys sind eine große Sache. Aber du darfst nicht glauben, dass dich jetzt keiner mehr lieb hat. Dass deine Mutter dich nicht mehr lieb hat.«

»Warum ist sie dann nicht hier?«

Grandma nahm meine Hand und drückte sie. »Du bist nicht die Einzige, die Iris immer noch vermisst, Blue.«

Sie fasste in ihre Tasche und nahm einen Stein heraus. »Leg ihn auf den Hügel«, sagte sie.

»Für wen?«

»Für wen du willst.«

Der Stein war flach und schwarz, mit einem silbernen Streifen in der Mitte. Ich versuchte, ihn oben auf der Spitze auszubalancieren, aber er fiel immer wieder runter. Ich musste ein paar andere Steine verschieben, bis er seinen Platz gefunden hatte. Ich wollte an Pumpkin denken, aber ich konnte es nicht. Wo ich auch hingehe auf dem Moor, ist alles voller Erinnerungen an Iris.

»Dann also für Iris«, sagte ich und der Stein blieb liegen.

Schon komisch, dass einem der Rückweg immer viel kürzer vorkommt. Wir hatten die Oase noch nicht ganz hinter uns gelassen, da lag auch schon wieder Horsehill vor uns, nur wenige Minuten entfernt.

»Warum gerade hier?«, fragte ich. »Der *Cairn*, meine ich.«

»Warum nicht?« Grandma zuckte die Achseln. »Bei einem Spaziergang haben wir dort Pause gemacht. Die meisten Dinge sind längst nicht so kompliziert, wie wir glauben.«

»Aber Menschen schon«, seufzte ich bei dem Gedanken an Skye.

»Das stimmt«, bestätigte Grandma. »Aber dafür ändern sie sich nicht, jedenfalls nicht von Grund auf. Die Verhältnisse ändern sich. Die Umstände. Aber die Menschen bleiben, im Großen und Ganzen, doch ziemlich gleich.«

Die Filmtagebücher der Bluebell Gadsby
(diesmal ausnahmsweise von Twig aufgenommen)

6. Szene (Transkript)
Ein mysteriöses Ereignis auf einem Parkplatz

Die Hauptstraße von Plumpton. Eine Bank, ein Supermarkt, ein Gemüsehändler, zwei Wohlfahrtsläden, eine Touristeninformation, ein Antiquitätengeschäft, eine Buchhandlung, ein Blumenhändler, ein Bekleidungsgeschäft, das hauptsächlich Anoraks und Sonnenhüte verkauft, und ein Souvenirshop, der hauptsächlich Porzellanelfen verkauft.
Ein Baby im Kinderwagen, schlafend. Eine Gruppe deutscher Rucksacktouristen (mit Anoraks und Sonnenhüten). Ein Cockerspaniel, der sein Geschäft auf dem Fußweg verrichtet, ein Passant, der missbilligend mit der Zunge schnalzt, der Besitzer des Spaniels, der das Häufchen entfernt. Eine Frau, die sich mit ihren Einkaufstüten abschleppt, gefolgt von mehreren Kleinkindern mit Eiswaffeln in der Hand.
Parkende Autos die ganze Straße hinunter. Ein Vauxhall mit einem Baby-an-Bord-Aufkleber. Ein blauer Honda mit einer Delle in der Seite. Ein grauer Polo ohne irgendwelche besonderen Merkmale.
Ein lautes Seufzen ertönt. Das Bild schwenkt herum zu BLUEBELL und JASMINE, die an der Wand des Supermarkts lehnen und ebenfalls Eis essen.

KAMERAMANN (TWIG)
Warum sind wir noch mal hier?

BLUEBELL
Um Grandma beim Einkaufen zu helfen.

KAMERAMANN
(fast schon ein bisschen quengelig)
Was wir aber gar nicht tun, oder?
Eigentlich stehen wir hier bloß rum und warten,
während sie mit ihren Bekannten quatscht.

JASMINE
(die gerade einen Eisflecken von ihrem Kleid leckt)
Wenn ich auf dem Land leben würde, würde ich
meine Zeit nicht mit Einkaufen verschwenden.
Ich würde mir alles liefern lassen,
so wie Mum, und den ganzen Tag nur mit
meinem Pferd herumgaloppieren.

TWIG
(der sich seit den Molch- und Fledermausfunden
gern als Naturforscher betrachtet)
Wenn ich auf dem Land leben würde,
würde ich den ganzen Tag nur nach Schlangen,
Bussarden und seltenen Froscharten
Ausschau halten. Mir ist langweilig.
Ich geh schon mal zum Auto zurück.

Das Bild wird schwarz, dann ist der Kameramann auf dem Parkplatz angekommen und filmt eine getigerte Katze, die auf dem Dach von Grandmas Landrover döst (wobei der Kameramann auf der hinteren Stoßstange steht).

KAMERAMANN
(im Tonfall eines Tierfilmkommentators)
Das Tigerbaby schläft in der tropischen Sonne. Seine Ohren zucken, ein leises Schnarchen ist zu hören. Während es im Traum seine Beute erlegt, scheint es die Annäherung seines schlimmsten Feindes gar nicht zu bemerken.

Kameramann stützt sich auf die Ellbogen, um etwas näher heranzukommen. Der Landrover wackelt. Die Katze, deren Schlaf sehr viel leichter war, als man von außen sehen konnte, kommt blitzschnell auf die Füße, faucht, macht einen Buckel und springt auf die Erde.

KAMERAMANN
(der jetzt hinterm Auto kauert und die Katze dabei filmt, wie sie davontrottet)
Man beachte die Anmut und Eleganz, die dieses Geschöpf zu einem der gefährlichsten Jäger der Tierwelt machen. Aber was ist das? Mehrere Angehörige der menschlichen Rasse dringen in das Revier des Tigers ein …

Das Bild schwenkt von der Katze weg und der Kameramann zoomt drei Personen heran, die auf ein parkendes Auto zugehen. Das Auto ist ein dunkelblauer BMW. Die Leute sind Ollie, seine Mutter (immer noch mit der riesigen Sonnenbrille) und ein Mann mit Bermudashorts, Leinenhemd und einer großen goldenen Armbanduhr (vermutlich sein Vater).

Der Mann und die Frau streiten sich, auch wenn ihre Worte auf die Entfernung nicht zu hören sind. Ollie geht etwas abseits von ihnen, die Hände in den Taschen und den Kopf gesenkt. Als die Katze seinen Weg kreuzt, blickt er auf, direkt in die Kamera.

Er weint.

Der Kameramann schnappt nach Luft. Das Bild verwackelt. Ollie wischt sich die Tränen weg und sein Gesichtsausdruck wechselt von Trauer zu Wut.

Das Bild wird schwarz.

Sonntag, 27. Juli

Ich hatte Twig meine Kamera geliehen, weil ihm langweilig war. Wir waren alle mit nach Plumpton gefahren, um Grandma zu helfen, aber es gibt wahrscheinlich nur ein bestimmtes Maß an Supermarkteinkauf, das ein Zwölfjähriger ertragen kann, erst recht, wenn Grandma mit fast jedem, dem sie begegnet, ein Schwätzchen halten muss. Während wir im Landrover darauf warteten, dass Grandma das Gespräch mit einer weiteren Bekannten beendete, zeigte er mir die Aufnahme von Ollie und seinen Eltern.

»Und was ist dann passiert?«, fragte ich.

»Sie sind weggefahren.«

»Hast du mit ihm gesprochen?«

»Er schien ziemlich sauer zu sein.«

»Natürlich ist er sauer! Du kannst doch nicht heimlich irgendwelche Leute filmen, die das gar nicht wollen. Das ist sogar verboten. Dafür kann man ins Gefängnis kommen!«

»Ich komme aber nicht ins Gefängnis«, sagte Twig nachdenklich. »Ollie will bestimmt nicht, dass alle erfahren, dass er geweint hat.«

Ich habe den Film noch mal abgespielt, mehrmals sogar. Ollie sieht ganz anders aus, wenn er weint. Ich weiß, das klingt jetzt bescheuert, schließlich ist das bei jedem so, aber irgendwie macht ihn das interessanter. Nach außen hin ist er zwar immer noch der fröhliche, gut aussehende, witzige Typ, aber darunter verbirgt sich auch was Tragisches.

Grandma sagt, Lizzie hätte sich nicht gerade auf den Besuch seiner Eltern gefreut. Sie sagt, Ollies Eltern seien ziemlich wohlhabend und erfolgreich und Lizzie hätte Sorge, dass ihr Cottage ihnen nicht den Luxus bieten kann, den sie gewöhnt sind, und deshalb wäre es ihr auch so wichtig gewesen, vor ihrer Ankunft noch alles fertig zu kriegen.

»Woher weißt du das alles?«, fragte ich. »Ich dachte, du magst Lizzie nicht.«

»Natürlich mag ich Lizzie. Sie macht bloß immer ein bisschen viel Wirbel.«

Bis auf die versehentliche Aufnahme von Ollie auf dem Parkplatz haben wir heute keinen der Jungs gesehen. Lizzie hat heute Morgen angerufen und gesagt, sie würde noch mal mit Skye an die Küste fahren und ob es in Ordnung sei, wenn er sich an diesem Tag mal nicht um die Ponys kümmert, und dass Ollie mit seinen Eltern unterwegs sei.

»Warum macht Skye eigentlich immer nur was mit Lizzie oder mit uns?«, fragte Twig.

»Ich habe doch erzählt, dass er die Schule hasst und keine Freunde hat«, erwiderte Jas.

»Das kann ich mir gar nicht vorstellen«, sagte ich.

»Manche Leute sind eben nicht für die Schule gemacht«, sagte Grandma. »Und jetzt hört auf mit dem Getratsche und macht euch lieber ein bisschen nützlich!«

Wir sind heute Nachmittag ein bisschen mit den Rädern rumgefahren, aber ohne die Jungs war es nicht das Gleiche.

Und heute Abend habe ich ausprobiert, wie es aussieht, wenn ich mir die Zöpfe zu einer Art Krone um den Kopf lege. Erst hat es wieder keiner bemerkt. Als ich runterkam, saßen die anderen im Wohnzimmer, über eins von Grandmas alten Fotoalben gebeugt.

»Ist das süß!« Jas hob nicht einmal den Blick. »Guck mal, Blue, das sind Grandma und Grandpa auf ihrer Hochzeitsreise, noch ganz jung und mit einem Esel, der Kleidung anhat!«

Ich beugte mich über die Sofalehne. Jas hielt mir das Album hin und ich betrachtete das Bild von Grandma und Grandpa, auf dem sie beide, jung und hübsch und in schicker Sommerkleidung, in einem Wagen saßen, vor den ein Esel mit Latzhose und Strohhut gespannt war.

»Wenn ich dieser Esel wäre, würde ich mir wünschen, dass mich jemand erschießt«, sagte Twig.

»Die Esel waren dort alle so angezogen«, erklärte Grandma.

»Deshalb muss es ihnen ja noch lange nicht gefallen haben«, gab Twig zurück.

»Ich find's auch komisch«, bestätigte ich und dann schauten sie alle hoch und bogen sich vor Lachen. Jas meinte, ich sähe aus wie diese Heidi in den alten Büchern oben auf dem Dachboden, die mit ihrem Großvater in den Bergen lebt und Ziegen hütet.

»Und ihre *Milch* trinkt«, fügte sie angewidert hinzu.

»Ich finde, du siehst eher wie diese Tennisspielerin im Fernsehen aus«, sagte Grandma. »Wie hieß sie noch gleich – die früher diese Werbung für Push-up-BHs gemacht hat.«

»Ich sehe weder wie ein Ziegenmädchen noch wie eine Tennisspielerin aus«, protestierte ich.

»Wie ein BH-Model aber auch nicht«, sagte Grandma und dann lachten sie alle drei so sehr, dass ihnen die Tränen kamen.

»Als junges Mädchen«, keuchte Grandma, »hab ich mir immer Socken in den BH gesteckt, damit meine Brüste größer wirken.«

»Au ja, mach das auch mal, Blue!«, rief Jas.

»Ich stecke mir doch keine Socken in den BH!«

»Dann mach ich das!« Jas rannte rüber in die Waschküche, kam mit einem Paar Socken wieder hereingetänzelt und stürzte sich auf mich.

»Bleib mir weg!«, kreischte ich. »Die sind ja nicht mal gewaschen!«

Meine Frisur fiel auseinander, die Socken landeten irgendwo oben auf dem Bücherregal und ich glaube, Grandma hat sich vor Lachen fast in die Hose gemacht.

Montag, 28. Juli

Heute Morgen war eine Nachricht von Flora auf dem Anrufbeantworter, ich soll mit ihr skypen, wenn ich aufgestanden bin.

»Was hast du denn da auf dem Kopf?«, fragte sie.

»Das ist mein viktorianischer Audrey-Look«, sagte ich. »Ich hatte keine Lust mehr auf Zöpfe.«

»Du siehst aus wie eine Lehrerin. Nein, schlimmer: wie eine Bibliothekarin.«

»Ich mag Bibliothekarinnen.«

»Das liegt an der Brille. Nein, an den Haaren. Oder an beidem zusammen.«

»Was machen denn deine Filmstar-Pläne?«, fragte ich.

Für Flora gibt es nichts Schöneres, als über sich selbst zu reden. Sie ließ das Frisuren-Thema sofort fallen und verbrachte die nächsten fünf Minuten damit, mir zu erzählen, was für ein unglaublich tolles Leben sie führt.

»Die sind alle so nett! Und oh mein Gott, Brandon *Taylor*!«

»Was ist mit dem?«

Wie es aussieht, ist Hollywoods größter Herzensbrecher nicht nur der Hauptdarsteller in Dads Film, sondern mehr oder minder auch schon IHR BESTER FREUND.

»Und was hält Zach davon?«, fragte ich.

Flora rief, oh mein Gott, sie hätte doch gesagt, sie wären *Freunde* und warum ich da so viel hineininterpretieren würde, und dann wechselte sie das Thema und sagte, sie müsse mit mir über Glorias letzten Facebook-Beitrag reden.

»Ich bin auf Facebook nicht mit Gloria befreundet«, klärte ich sie auf.

Um genau zu sein, habe ich immer noch nur dreizehn Freunde auf Facebook, was in etwa ihrer Anzahl im richtigen Leben entspricht und für mich vollkommen in Ordnung ist. Flora hingegen, die eintausendzweihundertdreiundneunzig Freunde hat, sagt, ich sei ein hoffnungsloser Fall und wie ich jemals irgendwas mitkriegen wolle, wenn ich mit niemandem rede?

Gloria hat nämlich gepostet, dass sie ein für alle Mal mit Männern durch ist. »Ab jetzt«, hat sie geschrieben, »geht es nur noch um die Pferde.«

»Was soll das heißen?«, fragte ich.

»Ich hatte so was schon befürchtet.«

»*Was* hattest du schon befürchtet?«

Flora seufzte und sagte, also ehrlich, ob ich nicht wenigstens mal *versuchen* könnte, auf dem Laufenden zu bleiben. »Du weißt doch, dass Glorias Vater gestorben ist, kurz nachdem sie Zoran kennengelernt hat?«

Ich sagte, natürlich wüsste ich das. Ich hatte Bill gemocht. Alle hatten ihn gemocht.

»Tja, und jetzt hat Gloria seine ganzen Sachen aus der Wohnung geräumt und will, dass Zoran bei ihr einzieht.«

»In die Wohnung über dem Stall?«

»Deshalb ist er doch überhaupt nach Bosnien gefahren. Weil er eine Riesenpanik vor dieser ganzen Zusammenzieherei hat. Eigentlich hatte ich gehofft, sie würden das vor seiner Abreise noch irgendwie klären, aber haben sie offenbar nicht.«

»Sie kennen sich doch noch gar nicht so lange«, sagte ich. »Außerdem ist in Glorias Wohnung bestimmt kein Platz für ein Klavier und Zoran braucht ein Klavier.«

»Das Problem ist wohl eher«, sagte Flora, »dass er Bindungsängste hat.«

Ich dachte einen Moment lang darüber nach. »Und was hat das alles mit uns zu tun?«, fragte ich dann.

»Es geht hier um Zoran und Gloria!«, rief Flora. »Die wir lieben! Die wir glücklich sehen wollen!«

»Aber was können *wir* denn da machen?«

»*Ich* kann natürlich überhaupt nichts machen, ich bin schließlich in Neuseeland. Also müsst ihr euch darum kümmern.«

»Wir sind in *Devon*«, erinnerte ich sie. »Gloria ist in London und Zoran in Sarajevo.«

»Immerhin seid ihr noch auf demselben Kontinent«, sagte Flora und dann loggte sie sich aus.

Zoran ist einer meiner dreizehn Freunde. Nachdem Flora weg war, bin ich auf seine Seite gegangen. Er hat ein Foto von sich und seiner Schwester gepostet, wo sie nebeneinander auf einem Brunnenrand sitzen, und dazu schreibt er: »Endlich zu Hause – der Brunnen, an dem unsere Großeltern immer Wasser geholt haben.« Auf dem Foto hat seine Schwester den Arm um ihn gelegt, sein Kopf lehnt an ihrer Schulter und beide sehen glücklich aus.

Ich weiß wirklich nicht, was ich Floras Meinung nach tun soll, aber ich habe Gloria zumindest mal eine Freundschaftsanfrage geschickt.

Heute ist es so heiß, dass wir uns kaum rühren, geschweige denn Rad fahren können. Skye war kurz hier, als noch keiner von uns wach war, nicht mal Jas, und Grandma hat beschlossen, dass ihr der Garten auch heute gestohlen bleiben kann, und den ganzen Nachmittag im Liegestuhl geschlafen. Die Ponys stehen im Schatten und machen sich nicht mal die Mühe, die Fliegen zu verscheuchen. Die Diele mit ihrem Steinfußboden ist der kühlste Raum im Haus. Ich hocke auf den Stufen. Twig liegt auf dem Teppich und ackert sich weiter durch *Les Misérables*. Jas sitzt auf einem Kissen auf dem Boden, in Floras altem Bikini, und blättert in Grandmas Fotoalben. Hin und wieder zeigt sie mir ein Bild, das ihr besonders gefällt. Auf dem letzten waren Grandma und Grandpa zu sehen, älter als auf dem Flitterwochen-Foto, aber immer noch jünger, als Mum und Dad heute sind, wie sie mit einem Hund vor dem Eingang von Horsehill stehen.

Sommer 1968 steht darunter. *Horsehill, mit Mr Pigeon.*

»Keine Rosen«, stellte ich fest. »Die haben sie wohl erst später gepflanzt.«

»Guck dir mal den Hund an!«, rief Jas. »Der sieht genauso aus wie Elsie!«

Ich schaute genauer hin. »Das stimmt«, bestätigte ich.

So ist das, wenn man hier ist. Vergangenheit und Gegenwart gehen kreuz und quer durcheinander und am Ende weiß keiner mehr, was real ist und was nicht.

Neuseeland mag vielleicht ein anderer Kontinent sein, aber Horsehill ist eine völlig andere Welt.

Die Filmtagebücher der Bluebell Gadsby

7. Szene (Transkript)
Die Gartenparty

Abend. Das Cottage der Hanrattys, drinnen und draußen. Lange Schatten, goldene Abendsonne. Das Haus (viel kleiner als Horsehill) ist aus grauem Stein, mit weiß gestrichenen Giebeln und strohgedecktem Dach. Kletterpflanzen ranken die Wände hinauf. Nach hinten raus ist ein kleiner Wintergarten angebaut. Der Garten ist groß, hauptsächlich Rasen, durchsetzt von ein paar Bäumen und Blumenbeeten mit hohen weißen Margeriten und rosa blühenden Astern, Malven und Rosmarinpflanzen. Ganz am Ende, von Rhododendronbüschen halb verdeckt, steht ein ungewöhnlich großer Schuppen, hellblau gestrichen und mit petrolfarbenen Zierleisten (die Früchte von Skyes und Ollies Arbeit). Die Lichterkette um den Türrahmen lässt ihn aussehen wie ein Feenhaus.

Ein weißer Metalltisch steht auf dem Rasen, mit passenden Stühlen, die alle in Richtung Hochmoor blicken, das sich hinter einer halb verfallenen Steinmauer erstreckt. In einem Kühler wartet eine Flasche Weißwein, daneben ein Krug mit Limonade und bunte Trinkgläser. GRANDMA und LIZZIE sitzen am Tisch. JASMINE sitzt über ihnen im Baum und prahlt mit ihren jüngsten Fortschritten im Ohne-Sattel-Reiten (das

Runterfallen erwähnt sie nicht). TWIG und SKYE sitzen auf einer Decke, ebenfalls unter dem Baum, zusammen mit ELSIE. Skye poliert ein altes Zaumzeug, während Twig ihm in aller Ausführlichkeit die Handlung von *Les Misérables* erzählt (Fantine hat soeben ihr gesamtes Haar verkauft und auch ihre Zähne), und Elsie kaut auf irgendjemandes Turnschuh herum.

TWIG
(wenig überzeugend)
Ich schwör dir, das ist besser als der Film.

Das Ganze wirkt wie ein Foto aus einer Illustrierten. Der Kameramann schlendert ins Haus, durch den Wintergarten in eine kleine Landhausküche, wo die Schränke in demselben Blau gestrichen sind wie der Schuppen, farblich passend zu dem indisch gemusterten Tuch, das über einen Tisch geworfen ist, der sich unter Bergen von Speisen biegt: ein großer Schinkenbraten, Brathühnchen, Würstchen, Thunfisch-Nudelauflauf, Kartoffelsalat, Tomatensalat, grüne Bohnen, Chips, drei Sorten Käse, Brötchen, geschnittenes Brot, Fladenbrot, ein Schokoladenkuchen, selbst gebackenes Shortbread und eine große Schüssel Erdbeeren mit Schlagsahne. Dazwischen noch ein Krug mit Wiesenblumen und ganz, ganz viele Kerzen.
Lizzie stürmt herein, klatscht in die Hände, geht dann zur Anrichte, greift nach einer großen Messingglocke und schüttelt sie energisch. Kameramann springt hastig

beiseite, um zu verhindern, dass ihm das Trommelfell platzt.
Einer nach dem anderen trödeln die Leute aus dem Garten herein. Lizzie lässt den Blick über ihr Buffet gleiten, fragt sich absurderweise, ob es wohl für alle reichen wird, und drängt die Gäste, sich einen Teller zu nehmen, zuzugreifen und das Essen mit hinaus in den Garten zu nehmen.
Hinten im Raum öffnet sich eine Tür und OLLIE kommt herein. Bluejeans, weißes, glatt gebügeltes T-Shirt, frisch zerstrubbeltes Haar. Er wirkt so perfekt wie immer, aber seine Augen sind rot gerändert.
Lizzie schaut stirnrunzelnd den Kameramann an.
Die Kamera geht aus.

Dienstag, 29. Juli

Lizzie kam heute Morgen vorbei, um uns zu ihrer Gartenparty einzuladen. »Nur so ein kleines Picknick«, sagte sie. »Um uns alle ein bisschen aufzumuntern.«

»Brauchen wir denn eine Aufmunterung?«, erkundigte sich Grandma und Lizzie lief ein bisschen rosa an und sagte, sie zumindest bräuchte die, weil ihr Besuch schon vorzeitig abgereist sei und das Haus sich jetzt so leer anfühlen würde.

Ich konnte sehen, dass Grandma die Einladung gern abgelehnt hätte, aber Lizzie ließ nicht locker. »Du würdest mir eine große Freude machen«, sagte sie. »Als Dank für alles, was du für uns getan hast.«

»Was habe *ich* denn getan?«

»Uns mit offenen Armen aufgenommen«, erklärte Lizzie und Grandma sah ein bisschen beschämt aus.

Als Lizzie wieder weg war, hat Mum dann endlich zurückgerufen. Jas hat ewig mit ihr gesprochen. Pumpkin kriegt seinen ersten Zahn und weint ziemlich viel. Jas wurde auch ganz weinerlich und fragte Mum, ob sie ihr ein Foto von dem Zahn mailen könnte, und dann sagte sie noch, sie solle sich in der Apotheke so ein Gel besorgen, das man aufs Zahnfleisch reiben kann, damit es nicht so wehtut.

»Habe ich im Internet gelesen«, sagte sie.

Mum sagte Danke, und was sie bloß tun würde, wenn Jas sie nicht an all diese Dinge erinnern würde, und Jas schien wirklich zu glauben, dass Mum niemals von allein darauf gekommen wäre, denn sie strahlte übers ganze Gesicht und lief gleich los, um ein Gedicht über Zähne zu verfassen. Danach hat Twig ihr alles über den Molch, aber nichts von den Fledermäusen erzählt, weil wir vereinbart hatten, dass die Erwachsenen das nicht unbedingt erfahren mussten, und dann war ich an der Reihe, mit ihr zu sprechen. Ich fragte sie, wann sie kommt, und sie sagte, das wüsste sie noch nicht.

»Diese Zahnerei ist ziemlich anstrengend«, sagte sie und dann wollte ich mit ihr über Iris und Pumpkin und Ollie und Skye reden, aber ich fand einfach nicht die richtigen Worte.

»Kann ich Kontaktlinsen kriegen?«, fragte ich stattdessen. »Flora hat gesagt, ich sehe aus wie eine Bibliothekarin.«

»Du magst Bibliothekarinnen doch.«

»Deshalb muss ich ja noch lange nicht wie eine aussehen wollen.«

»Aber dieses ganze Sterilisieren und Im-Auge-Herumprokeln«, sagte sie.

»Es gibt auch Einweg-Linsen. Habe ich gegoogelt.«

»Rate mal, wie viele Fläschchen ich heute schon sterilisiert habe?«, fragte Mum.

Die Antwort lautete: jede Menge. Und außerdem auch noch Flaschenbürsten, Sauger, Schnuller und kleine Plastiklöffel. Das war dann auch schon so ziemlich das Ende des Gesprächs. Grandma rümpfte die Nase, als ich ihr davon erzählte, und meinte, zu ihrer Zeit hätte man Babys absichtlich im Dreck herumkrabbeln lassen, um ihr Immunsystem zu stärken, und kein Mensch hätte irgendwas sterilisiert.

»Euer Vater hat sogar mal eine Schnecke gegessen«, erzählte sie uns. »Eine lebende natürlich. Nicht die in Kräutersoße.«

»Ist das wirklich wahr?«, fragte Twig.

»Und kann ich mir heute Nachmittag in Plumpton Kontaktlinsen kaufen?«, fragte ich.

»Du brauchst keine Linsen«, sagte Grandma. »Mir gefällst du so, wie du bist.«

Flora hat sich schon wieder gemeldet. Ich habe ihr von heute Abend erzählt und sie wollte wissen, was ich anziehen will.

»Das ist nicht dein Ernst«, sagte sie, als ich antwortete, das hätte ich mir noch nicht überlegt.

Flora sagt, auf Partys muss man immer ganz besonders gut aussehen, weil man da besonders viele Leute gleichzeitig beeindrucken kann. Kurz nach Pumpkins Geburt hat Dad sie mal zu einer Filmpremiere mitgenommen. Flora sieht immer toll aus, aber da sie wusste, dass bei diesem Anlass jede Menge Filmstars und Agenten und solche Leute herumlaufen würden, hat sie sich so richtig ins Zeug gelegt. Sie hat sich extra neue Riemchenpumps gekauft, die so hohe Absätze hatten, dass sie damit keine Treppen runtergehen konnte. Dazu trug sie eine hautenge Schlangenleder-Jeans, Rüschensocken, ein zerrissenes Rockband-T-Shirt und eine schwarze Smokingjacke, hatte goldenes Glitzerpuder und violetten Lippenstift aufgelegt und das kurze blonde Haar stachlig nach oben gestylt. Das Ganze nannte sie ihren aufgedonnerten Rockmiezen-Pixie-Grunge-Look.

»So was Ähnliches kannst du doch auch machen«, schrieb sie mir.

»Ich glaube kaum, dass ich als aufgedonnerte Rockmieze überzeugend rüberkomme«, schrieb ich zurück. »Wäre vielleicht ein bisschen zu dick aufgetragen. Außerdem bin ich eher so die Rätselhafte, Geheimnisvolle.«

»Dann mach's halt eine Nummer kleiner, aber mach was. Schick mir ein Foto. Wenn ich rauskriege, dass du in Jeansshorts und Tanktop zu einem Treffen mit zwei Jungs gegangen bist, sage ich mich von dir los.«

Es ist gar nicht so einfach, rätselhaft und geheimnisvoll zu wirken, wenn man nur Jeans und Shorts und Flipflops besitzt und eine Großmutter hat, die einem keine Kontaktlinsen kaufen will. Am Ende fand ich in dem Schrank, in dem Grandma ihre abgelegten Sachen aufbewahrt, ein langes mintgrünes Trägertop aus Seide und das trug ich dann über einer weißen Leggings von Jas (die an mir sehr kurz war), dazu meine grünen Flipflops und ein bisschen rosa Lipgloss, das Flora bei ihrem letzten Besuch vergessen haben muss. Die Haare hatte ich zu einem Turm hochgesteckt, aus dem ich ein paar kunstvolle Strähnen herausgezupft hatte, die mein Gesicht umrahmten.

»Ach herrje«, sagte Grandma, als sie mich sah. »Mein altes Nachthemd.«

»Hübsche Zahnpasta«, sagte Jas.

»Sehr frisch«, bestätigte Twig und die beiden lachten sich scheckig.

Ich glaube, Skye hat überhaupt nicht registriert, was ich anhatte, aber Ollie schon. Nachdem Lizzie das Büffet eröffnet hatte, häuften sich alle ihre Teller voll und bummelten dann wieder raus in den Garten. Ich wollte ihnen gerade folgen, als Ollie oben an der Treppe zum Wintergarten stehen blieb und vorschlug, wir könnten uns doch dort hinsetzen.

»Dein Top gefällt mir«, sagte er. »Ist das so ’n Retro-Teil?«

Ich erzählte ihm, dass es Grandmas altes Nachthemd war, und er schien ziemlich beeindruckt.

»Im Nachthemd auf einer Party, das ist cool.«

Und dann war es ein bisschen peinlich, denn obwohl er mir gerade etwas Nettes gesagt hatte, war mir klar, dass ich jetzt die Sache auf dem Parkplatz ansprechen musste, aber ich wusste einfach nicht, wie.

»In meiner Schule tragen viele Mädchen solche Vintage-Sachen«, sagte Ollie. »Daher kenne ich das überhaupt nur. In Bath gibt es jede Menge Klamottenläden. Wenn du auf so was stehst, musst du mal kommen, dann führe ich dich rum.«

»Tut mir leid, dass Twig dich beim Weinen gefilmt hat«, brach es plötzlich aus mir heraus, und er verstummte, und dann wurde es so *richtig* peinlich.

»Eigentlich wollte er bloß die Katze filmen. Ich habe alles gelöscht. Wir haben dir nicht nachspioniert oder so. Das wollte ich dir nur sagen. Und mich entschuldigen.«

»Schon gut.« Ollie war ein bisschen rot geworden. Ich konzentrierte mich darauf, ein Stück Huhn klein zu schneiden. Eine Kartoffel flutschte mir vom Teller. Ollie starrte sie an und ich wusste nicht, ob ich sie aufheben oder liegen lassen sollte.

»Ich war bloß ziemlich geknickt, weil sie gleich wieder wegmussten.« Er sprach so leise, dass ich mich weit zu ihm hinüberlehnen musste, um ihn zu verstehen. »Eigentlich wollten sie ein paar Tage bleiben, aber sie haben echt superviel zu tun. Sie haben beide so richtige Spitzenjobs und sie waren ja auch gerade erst in Italien, du weißt schon, wegen ihrem Hochzeitstag. Ständig ging es nur darum, dass sie ja schon früher zurückmüssen und so, und eigentlich wollten sie mich auch gleich mitnehmen, aber dann meinte Lizzie, ich könne doch noch bleiben und nächste Woche mit nach Frankreich fahren.«

»Nach Frankreich?«

»Um Skyes Vater zu besuchen.«

»Nächste Woche?«

»Vielleicht auch schon früher, ich weiß nicht genau. Wird sicher ganz nett, aber ich war einfach total enttäuscht, weil ich gedacht hatte, dass sie noch länger bleiben.«

»Klar.« Ich versuchte nicht daran zu denken, dass Ollie und Skye nach Frankreich fahren würden. »Unser kleiner Bruder …« Und ich erzählte ihm von Pumpkin und von Mum und Dad, die ständig müde und mit irgendwas beschäftigt waren, und dass Mum nicht herkommen wollte und Dad in Neuseeland war und keiner mehr für irgendwen Zeit hatte, und dann bekam ich einen Kloß im Hals und musste aufhören. Ich schaute zu Skye, Twig und Jas hinüber, die etwas abseits von Lizzie und Grandma im Garten saßen.

»Ich wusste, dass du das verstehst«, murmelte Ollie und ich wurde ein bisschen rot.

Es wurde dunkel und die Fledermäuse kamen wieder heraus. Twig und Jas saßen Rücken an Rücken und hatten jeweils den Kopf auf die Schulter des anderen gelegt, um sie zu beobachten, während Skye neben ihnen auf dem Rücken lag.

»Es sieht aus, als würden sie tanzen«, hörte ich ihn sagen. »Kaum zu glauben, dass ich vor denen immer solche Angst hatte.«

Darüber musste ich lächeln, aber dann dachte ich an die Eule neulich abends, die mir wie eine Botschaft von Iris erschienen war, und mir fiel ein, dass es schon mal eine Zeit gegeben hatte, in der unsere Eltern so furchtbar beschäftigt gewesen waren – kurz nach dem Tod von Iris, als sie beide praktisch pausenlos gearbeitet hatten, um bloß nicht nach Hause kommen zu müssen, an den Ort, wo es Iris nicht mehr gab.

»Ich hatte mal eine Zwillingsschwester, die hieß Iris.« Ich dachte, es wäre vielleicht gut, ihm das zu erzählen, aber ich weiß nicht mal, ob er es gehört hat, denn er reagierte gar nicht, sondern war plötzlich wieder ganz fröhlich und rief Skye quer durch den Garten etwas zu, irgendwas wegen morgen und ob wir da zum Fluss bei Tarby fahren wollten. Skye drehte sich um und sah uns nebeneinandersitzen.

»Klar«, sagte er. »Warum nicht?«

Und dann wollten Jas und Twig natürlich alles darüber wissen, und wann wir losfahren würden, und vielleicht war es ja ganz gut, nicht über Iris zu reden. Vielleicht rede ich immer noch zu viel über sie.

Nachts duften Gärten immer besonders süß. Ich sitze in der Nische unter dem weit geöffneten Fenster, und es riecht nach Rosen und Gras und Kamille, und dazwischen ist auch noch was anderes, der Geruch des Hochmoors, nach Erde und Ginster und Tieren. Ich habe noch nie so viele Sterne gesehen – als hätte ein Kind eine Handvoll Glitzer über ein Bild gestreut – und ich kann hören, wie die Eule da draußen auf Jagd geht, und das Schnauben von Fat Hester und Marigold auf der Koppel. Die Fledermäuse sind außer Rand und Band, sie stürzen sich auf die Insekten der Nacht und Skye hat Recht.

Es sieht wirklich so aus, als würden sie tanzen.

Die Filmtagebücher der Bluebell Gadsby

8. Szene (Transkript)
Der Fluss bei Tarby

Draußen. Der Fluss bei Tarby ist breit und träge. Dort, wo er eine Biegung macht, ist ein tiefes Becken mit grünlichem Wasser, mehrere Meter lang und auch fast so breit, bevor der Flusslauf sich wieder verengt. Um zu diesem Becken zu gelangen, muss man entweder durchs flache Wasser hinüberwaten, wo man bis zu den Knöcheln im Schlamm versinkt, oder weiter oben den Fluss überqueren, indem man ein paar Felsen als Trittsteine verwendet. Wenn man dann zur tiefsten Stelle zurückläuft, kann man mit einem Seil, das dort an einem überhängenden Ast befestigt ist, aufs Wasser hinausschaukeln.
KAMERAMANN sitzt auf der flachen Uferseite im Gras und filmt JASMINE, TWIG und SKYE dabei, wie sie einer nach dem anderen am Seil baumeln und versuchen, beim Reinspringen den größten Platscher zu verursachen. Die Stile sind unterschiedlich. Elsie bellt sich die ganze Zeit fast die Seele aus dem Leib.

JASMINE

(baumelt knapp über dem Wasser und schreit)
Ist das hoch! IST DAS HOCH! SEHT ALLE HER!

SKYE

(stößt sich etwas zu energisch vom Ufer ab, knallt beim Zurückschwingen gegen den Baum, trudelt wieder in die Mitte des Flusses, lässt los und legt einen perfekten Bauchklatscher hin)

AAAAAAAAAAAAAHHHHHHHHH!

OLLIE, der neben dem Kameramann am Ufer sitzt, lacht auf. Kameramann schaut ihn vorwurfsvoll an.

OLLIE

Was denn? War doch lustig.

TWIG

(am Seil hochkletternd)

Das war ja nicht mal ein halber Meter, von wo du abgesprungen bist, Jas. Ich will weiter rauf.

JASMINE

NEIN, TWIG, DANN STIRBST DU!

TWIG

Ich bin … echt … richtig … gut im Klettern.

Jasmine und Skye schwimmen im Wasser auf der Stelle und feuern Twig an, der jetzt wie eine Mischung aus Affe und Frosch das Seil hinaufklettert, bis er oben den Ast berühren kann. Twig schaut strahlend in die Runde, guckt dann nach unten und schluckt mühsam.

KAMERAMANN

(besorgt)

Komm lieber wieder ein Stückchen runter, bevor du springst.

Twig lässt sich vorsichtig etwas tiefer rutschen, wie er es im Sportunterricht gelernt hat. Ungefähr einen Meter über dem Wasser (und damit immer noch höher als Jasmine und Skye) lässt er los und plumpst mit einem überraschten Quieken ins Wasser. Elsie stürzt sich ebenfalls in die Fluten und bellt lauter denn je.

Mittwoch, 30. Juli

Eigentlich wollte ich mit den anderen im Wasser herumtoben, aber Ollie hat mich gefragt, ob wir stattdessen einen Spaziergang machen wollen.

»Ich hab keine Lust auf Schwimmen«, sagte er fast flüsternd und ich dachte, vielleicht ist er ja immer noch geknickt wegen seiner Eltern.

»Im Ernst?« Skye sah uns ungläubig an. »Einen Spaziergang?«

Ich versuchte, in seine Richtung die Augen zu verdrehen, ohne dass die anderen es sahen, um zu signalisieren, dass ich nur mitging, um Ollie einen Gefallen zu tun, aber er hat es, glaube ich, nicht verstanden.

»Ich kann euch ja erst noch filmen«, bot ich an, worauf er nur die Achseln zuckte und sagte, »Wenn's dir Spaß macht.«

»Vielleicht sollten wir lieber hierbleiben?«, fragte ich Ollie nach dem Bauchklatscher.

»Dann schämt er sich bloß noch mehr«, sagte Ollie.

Außer Sichtweite, hinter der Flussbiegung, hatten Skye, Twig und Jas jetzt angefangen zu singen. Das Spiel bestand anscheinend darin, so weit wie möglich durch einen Musicalsong durchzukommen, bevor man auf dem Wasser aufschlug. Jas sang ›Lass jetzt los‹ aus der *Eiskönigin*. Twig sang das ›Lied des Volkes‹ aus *Les Misérables* und Skye ›Gee Officer Krupke‹ aus der *West Side Story*, und zwar sehr laut. Er hat übrigens eine ziemlich schöne Stimme.

Ollie und ich zogen unsere Schuhe aus und er forderte mich dazu heraus, ganz still stehen zu bleiben, während der Schlamm zwischen meinen Zehen hervorquoll und meine Füße schließlich komplett verschwanden. Dann setzte ich mich auf einen Felsen mitten im Fluss, während er ins tiefere Wasser hinauswatete, und es gab blau glänzende Libellen und hohe rosa Blumen am Ufer und der Gesang hinter der Biegung wurde immer lauter.

Ich fing an, ›Officer Krupke‹ mitzusummen. Ollie kletterte auf den Felsen neben mir.

»Das ist ja nicht mal ein richtiger Fluss«, sagte er. »Eher ein besserer Bach. Weißt du noch, wie wir von der Schicksalsbrücke zurückgekommen sind? Als ich gesagt hab, dass es noch eine andere Stelle gibt, wo man hinfahren kann?«

»Du hast gesagt, ich würde mich sowieso nicht trauen«, erinnerte ich mich.

»Willst du da mal hin?«

»Was, nur wir zwei?«

»Dafür braucht man bestimmt fast den ganzen Tag.«

Wir ließen die Füße ins Wasser hängen, die Sonne schien uns auf den Rücken und allein schon hier mit Ollie mitten im Fluss zu sitzen fand ich ziemlich aufregend. Einen ganzen Tag davon konnte ich mir gar nicht vorstellen. Der Gesang klang jetzt immer lauter und näher. Die anderen waren offenbar aus dem Becken gestiegen und kamen auf uns zu. Ein Teil von mir wollte ihnen entgegenlaufen.

Und der andere wollte hierbleiben.

Ollie lächelte.

»Klar«, sagte ich.

Und dann sauste Elsie um die Biegung, gefolgt von Skye und den anderen, die jetzt alle *Les Misérables* sangen. Skyes Blick fiel auf Ollies Hand, die auf meinem Rücken lag, um mir aus dem Wasser zu helfen.

Sein Gesicht wurde lang und mein Herz wurde schwer. Nur Ollie lächelte immer weiter.

Die Filmtagebücher der Bluebell Gadsby

9. Szene (Transkript)
New Bridge

DRAUSSEN. TAG.

KAMERAMANN (BLUE) steht auf dem Treidelpfad am Ufer des Ealme. Dieser Fluss sieht völlig anders aus als die Bäche im Dartmoor. Die Kamera erfasst ein paar Passanten, eine Ansammlung von Häusern, das Band einer Straße mit leichtem, aber regelmäßigem Verkehr, eine leere Chipstüte, die im Wasser treibt, weggeworfene Getränkedosen.
Das Wasser des Ealme ist tief und dunkel, seine Ufer mehr als zehn Meter voneinander entfernt. Der Ealme ist ohne jeden Zweifel ein richtiger Fluss. Und New Bridge ist immerhin so groß, dass eine zweispurige Straße hindurchführt, mit einer weißen Linie in der Mitte und einem schmalen Bürgersteig für Fußgänger. Zu beiden Seiten der Brücke verläuft ein Geländer, und jenseits des Geländers verläuft ein Sims, und auf diesem Sims, eingereiht in eine Horde Jugendlicher aus dem Ort, steht OLLIE und wartet darauf, dass er mit Springen dran ist.

OLLIE

(winkend, jetzt ganz vorn in der Schlange)

Hast du mich?

KAMERAMANN

(ruft)

Ja.

OLLIE

Okay, dann zähl bis drei!

Kameramann fängt an zu zählen. Bei drei stößt Ollie einen Schrei aus und springt ab, gerade wie ein Pfeil, die Arme über der Brust gekreuzt. Er verursacht kaum mehr als ein Kräuseln des Wassers, als er eintaucht und dann aus dem Blickfeld verschwindet - so lange, dass der Kameramann unruhig wird.

KAMERAMANN

(panisch)

Ollie? OLLIE! WO BIST DU?

Ollie kommt prustend an die Oberfläche, schüttelt den nassen Kopf und jubelt. Er winkt und schwimmt zum Ufer zurück, wo er mit schmatzenden Schritten durch das schlammige Wasser auf den Kameramann zuwatet. Hinter ihm plumpsen die Jugendlichen aus dem Ort einer nach dem anderem unter großem Gejubel ins Wasser.

OLLIE

Hast du das gefilmt? Ja? Hast du mich gefilmt?

Er hüpft von einem Fuß auf den anderen, während er sich mit einem Handtuch den Rücken trocken rubbelt. Seine Zähne klappern. Der Kameramann gibt keine Antwort. Ollie unterbricht sein Gehopse und grinst breit und spitzbübisch in die Kamera. Sein strubbeliges Haar steht in alle Richtungen ab. Seine blauen Augen funkeln in dem leicht gebräunten Gesicht.

OLLIE

Das war echt der Hammer! Jetzt bist du dran! Ich filme dich dabei!

Kameramann antwortet nicht. Ollie hört endgültig auf zu hopsen. Sein altbekanntes Feixen ist wieder da.

OLLIE

Du hast Angst.

KAMERAMANN

Hab ich nicht.

OLLIE

Kann ich dir nicht verdenken.
Das ist wirklich superhoch.

KAMERAMANN

So hoch finde ich's gar nicht.

OLLIE

(indem er nach der Kamera greift)

Dann beweise es! Und zeig mir, wie das hier funktioniert.

Das Bild dreht sich auf den Kopf und in alle Richtungen, während der Kameramann (Bluebell) Ollie beibringt, wie man die Kamera bedient, dann beruhigt es sich wieder und richtet sich schließlich auf Bluebell, die jetzt den Pfad zur Brücke hinauftrottet, wo die Jugendlichen aus dem Ort sich wieder versammelt haben. Sie klatschen Beifall, als sie schweren Schrittes auf sie zukommt, und machen Platz, damit sie übers Geländer klettern kann.

Eigentlich will sie gar nicht springen, aber es kommt ihr vor, als hätte sie jemand (Ollie) mit einem Bann belegt, so dass sie gar nicht anders kann, als zu tun, was er sagt.

Bluebell steht auf dem Sims, hinter sich die solide Brücke, vor sich den leeren Raum. Durch die Kamera kann man es nicht sehen, aber ihre Knie zittern. Sie sieht alles nur verschwommen (zum Teil aus Angst, zum Teil aber auch, weil sie ihre Brille abgesetzt hat). Ihr ist schlecht und sie gibt sich große Mühe, nicht in Tränen auszubrechen.

KAMERAMANN (OLLIE)
Jetzt kannst du nicht mehr kneifen!

Bluebell stößt ein Quieken aus. Die Jugendlichen hinter ihr werden langsam ungeduldig; sie wollen auch noch mal springen. Einer von ihnen knurrt, »Nun mach schon.« Ein anderer sagt ihm, er soll die Klappe halten, um Blue dann seinerseits mitzuteilen, dass sie nicht den ganzen Tag Zeit haben.

JUGENDLICHER AUS DEM ORT
Mach einfach die Augen zu und spring.

KAMERAMANN (OLLIE) schnalzt missbilligend mit der Zunge. Und Bluebell macht genau das, was man ihr sagt. Sie schließt die Augen und springt. Arme und Beine rudern durch die Luft, sie schreit auf dem ganzen Weg nach unten, kommt mit einem schmerzhaften Knall auf dem Wasser auf und verschwindet unter der Oberfläche. Die Kamera bleibt auf die leere Stelle gerichtet. Sekunden später ploppt ihr Kopf wieder nach oben. Sie keucht und spuckt und lacht und weint, während sie mit ungleichmäßigen Kraulbewegungen ans Ufer schwimmt.

BLUEBELL
(mit klappernden Zähnen, in ein Handtuch gehüllt)
Hast du mich gefilmt? Zeig her!
Ich will noch mal springen!

Donnerstag, 31. Juli

Ollie hat mich heute Morgen geweckt, indem er mir Steinchen durchs Fenster geworfen hat.

»Beeil dich!«, rief er, als ich hinaussah. »Skye ist noch beim Frühstück. Ich will weg sein, bevor er kommt.«

Grandma saß schon in der Küche und trank Tee, als ich runterkam.

»Zu heiß zum Schlafen«, sagte sie. »Da ist aber jemand früh auf.«

»Ollie will eine Radtour mit mir machen. Die dauert den ganzen Tag. Darf ich mit?«

»Wo will er denn hin?«

»Er ist draußen im Garten. Ich frage ihn mal eben.«

Ollie kam rein und erzählte Grandma, wir würden bis hinter Abbotsford fahren und dann zu einem Steinkreis wandern. »Über den habe ich neulich was gelesen«, sagte er. »Klang sehr interessant.«

Grandma glaubte ihm. Ich schlang hastig eine Schale Müsli hinunter. Ollie verdrückte auch noch eine. Grandma machte uns Brote und brachte uns bis zum Tor.

»Setz deinen Helm auf.« Sie umarmte mich. »Nimm dein Handy mit. Und hör auf, so schnell zu wachsen.«

Wir waren erst spät wieder zu Hause. Um zur Brücke hinzufahren, haben wir fast zwei Stunden gebraucht, und für den Rückweg sogar noch länger. Vom vielen Radfahren tut mir jeder Knochen weh, aber das war es mir wert. Nicht nur das Springen, der ganze Tag. Als wir auf dem Rückweg den letzten Hügel hinunterflogen, haben wir die Füße von den Pedalen genommen und die Beine nach vorne ausgestreckt und sind so schnell geworden, dass mir die Augen tränten, als wir den Abzweig nach Horsehill erreichten, und ich fühlte mich ... lebendig.

Ich bin von einer Brücke gesprungen. So was mache ich sonst *nie.*

Es war einfach toll.

An der Ecke hielt Ollie noch kurz mit mir an und seine Augen funkelten genauso wie meine.

»Wollen wir das morgen wieder machen?«, fragte er und ich sagte »Ja!«, denn dieses Gefühl, durch die Luft zu fliegen und ins Wasser einzutauchen – das war zwar ziemlich schrecklich, aber ich möchte es trotzdem noch mal machen.

Als ich mein Fahrrad wegstellte und ins Haus ging, hatte ich das Gefühl, ein völlig anderer Mensch zu sein, aber die anderen schienen meine Rückkehr kaum zu bemerken. Als ich reinkam, saß Jas am Küchentisch und malte und Grandma und Twig waren dabei, einen Kuchen zu backen.

»Um die Eier aufzubrauchen, die Lizzie ständig mitbringt«, sagte Jas, ohne den Blick zu heben. »Ich male Pumpkin ein Bild, als Beigabe zu meinem Gedicht. Das sind wir, unten am Bach.«

»Und das sind unsere Ponys?«, fragte ich. Die Bilder von Jas sind immer ein bisschen vage.

»Wir haben sie hingebracht, damit sie sich abkühlen können. Skye hat gesagt, das sollen wir machen. Wir sind ohne Sattel mit ihnen durchs Wasser geritten, eine ziemlich lange Strecke, sogar Twig.«

»Was soll das heißen, *sogar Twig*?«, fragte Twig.

»Und das da sind vier Leute?«, fragte ich.

Am liebsten wäre ich aufgesprungen und hätte gerufen, ›Seht mich an!‹ Ich wollte, dass ihnen klar wurde, wie sehr ich mich verändert hatte, aber sie machten einfach weiter wie immer.

»Die vier Leute sind Twig, Skye, Grandma und ich«, sagte Jas. »Wir haben ein Picknick gemacht. Und Grandma hat gesagt, morgen zieht sie ihren Bikini an.«

»Ihren Bikini!«

»Warum nicht?« Grandma hielt mir ihre mehlbestäubte Wange für einen Kuss hin. »War's schön heute?«

»Ich finde Ollie nicht mehr nett.« Jas betrachtete stirnrunzelnd ihr Bild und fing an, leuchtend violette Tupfer über die ganze Landschaft zu verteilen, die vermutlich Heidekraut sein sollten. »Er macht sich ständig über Skye lustig, und mich hat er angelogen, und die Einzige, die er beachtet, ist Blue.«

»Sei lieb, Jas«, sagte Grandma.

»Weißt du schon, dass sie nach Frankreich fahren?«, fragte Twig.

»Ollie hat davon gesprochen, ja.«

»Am Sonntag geht's los.«

»Am Sonntag!«

»Um Skyes Vater zu besuchen.« Jas kleckste jetzt gelbe Tusche auf ihr Bild. »Ginster«, erläuterte sie. »Und er hat wirklich gelogen. Er hat gesagt, wenn ich mich traue, in Melisandras Teich zu schwimmen, geht mein Wunsch in Erfüllung, aber das ist nicht passiert.«

»Vielleicht passiert es ja noch«, sagte ich. Sie verdrehte die Augen und kleckste weiter.

Zoran hat beschlossen, noch länger in Bosnien zu bleiben. Flora sagt, auf Glorias Facebook-Seite gäbe es kein anderes Thema mehr. Für jemanden mit einer stressigen Filmkarriere hat sie ziemlich viel freie Zeit.

»Sie haben sich gestritten«, sagte Flora. »Sie ist sauer, weil er sich nicht festlegen will, wann er zurückkommt. Und er hat gesagt, er würde gerade erst anfangen, sich im Land seiner Geburt wieder neu zu verwurzeln, und sie solle ihm Zeit lassen.«

»Das hat Zoran auf Facebook geschrieben?«

»Ich glaube, er dachte, er antwortet ihr privat«, sagte Flora. »Hast du schon einen Plan?«

»Nein«, sagte ich. »Aber ich glaube, du solltest ihnen die Lösung ihrer Probleme lieber selbst überlassen.«

»Seit du in diesen Cousin verknallt bist, hältst du dich wohl für eine Beziehungsexpertin, was?«

»Wie bitte? Ich bin in niemanden verknallt! Wie kommst du darauf?«

»Du redest einen ganzen Abend nur mit ihm … Du fährst mit ihm auf dem Fahrrad rum … Was habt ihr eigentlich den ganzen Tag *gemacht?*«

»Das geht dich überhaupt nichts an! *Woher weißt du das überhaupt?*«

»Jas hat's mir erzählt.«

»Wenigstens betrüge *ich* meinen Freund nicht mit einem Filmstar!«

Flora schickte mir einen gähnenden Smiley zurück.

»Ausgerechnet *du* willst mir was von Beständigkeit erzählen?«, schrieb sie. »Eine Zeit lang dachte ich eher, du fändest diesen anderen gut. Den lebensmüden Akrobaten.«

»Du bist die nervigste Schwester der Welt!«, antwortete ich.

Flora schrieb HAHAHAHAHAHAHAHAHAHA und loggte sich aus.

Freitag, 1. August

Allmählich wird mir klar, was Grandma an Lizzie Hanratty so anstrengend findet.

Und ich bin stinksauer auf Ollie und Skye.

Gestern beim Abschied hat Ollie gesagt, wir sollten lieber keinem erzählen, wo wir gewesen sind. Er meinte, das sollte ein Geheimnis bleiben, weil Erwachsene bei so was wie Von-Brücken-Springen ziemlich komisch werden können.

»Sie neigen dann zu Überreaktionen«, sagte er. »Vor allem Tante Lizzie.«

Also habe ich gelogen. Als Grandma, Jas und Twig sich schließlich doch noch dazu herabließen, mich zu fragen, was wir gemacht hatten, habe ich KEINEN MUCKS VERRATEN.

»Ein Picknick«, habe ich gesagt. »Eine lange Radtour. Diese Sache mit dem Steinkreis.«

»Ist das *alles*?«, fragte Jas, aber Grandma sagte, sie solle mich in Ruhe lassen, ich hätte schließlich auch ein Recht auf Privatsphäre.

Ich liebe Grandma, wenn sie so ist.

Aber dann kam Lizzie Hanratty heute Nachmittag angefahren, mit todernster Miene, um uns einen Früchtekuchen und noch mehr Eier vorbeizubringen, und hat Grandma dann praktisch alles erzählt, denn OLLIE HAT SKYE ERZÄHLT, WAS WIR GEMACHT HABEN.

UND SKYE HAT ES LIZZIE ERZÄHLT.

Lizzie ist nicht die einzige Erwachsene, die zu Überreaktionen neigt.

So sehr hat Grandma nicht mehr mit mir geschimpft, seit ich fünf war und am Heiligen Abend mal mit Iris zusammen den halben Christmas-Trifle verdrückt habe, der eigentlich fürs Weihnachtsessen am nächsten Tag gedacht war.

»Du hast mich angelogen!«, rief sie. »Letztes Jahr hat sich ein Junge beim Sprung von dieser Brücke schwer verletzt. Ausgerechnet du, Blue! Wie konntest du nur so unvernünftig sein?«

»Ich weiß auch nicht«, sagte ich, aber jetzt habe ich für den Rest meines Lebens Hausarrest.

»Was hat das hier überhaupt zu bedeuten?«, protestierte ich. »Wo genau darf ich denn jetzt nicht mehr hin?«

»NIRGENDS«, röhrte Grandma.

»PRIMA, EIGENTLICH WOLLTE ICH JA SOWIESO NICHT HERKOMMEN!«, brüllte ich zurück.

Es tat mir sofort leid, dass ich das gesagt hatte – sehr sogar. Andererseits fand ich sie wirklich ungerecht.

»Dann pack doch deine Sachen und verschwinde«, blaffte Grandma.

Damit ging sie aus der Küche und ich bin in den Garten gerannt und sitze jetzt in der großen Eiche. Twig und Jas waren auch schon hier, ziemlich aufgelöst, weil sie inzwischen, wie sich herausstellte, beide nicht mehr nach Hause wollen.

»Skye sagt, ich darf demnächst galoppieren«, sagte Jas.

»Alles ist viel besser geworden«, sagte Twig.

»Außer Ollie«, erinnerte ihn Jas. »Ollie finden wir nicht mehr nett. Nicht, wenn er uns anlügt. Und schon gar nicht, wenn er versucht, Blue umzubringen. Und außerdem solltest du nicht so mit Grandma reden. Sie ist völlig außer sich.«

»*Ich* bin außer mir!«, protestierte ich. »Und Ollie hat überhaupt nicht versucht, mich umzubringen!«

Und dann kam Skye und stand unten am Baum und fragte, ob er bitte mit mir sprechen könnte.

Seine Brille war schon wieder voller Pflasterstreifen.

»Unter vier Augen«, fügte er hinzu, als Twig und Jas sich nicht rührten.

Ich versuchte, ihn nicht zu beachten, aber das ist gar nicht so einfach, wenn man oben in einem Baum festsitzt und die Person, der man nicht begegnen will, gerade zu einem hochklettert. Er zog sich bis zu einem Ast direkt unter meinem hinauf.

»Ich wollte mich entschuldigen. Weil du meinetwegen Ärger bekommen hast.«

Und dann saß er nur da, schweigend und mit gerunzelter Stirn, und pulte Rindenstückchen vom Stamm ab.

»Was ist mit deiner Brille passiert?«, fragte ich.

»Ich habe mich mit Ollie geprügelt.« Er rieb sich die Nase, so dass seine Brille hinterher ganz schief saß, aber ich glaube, das hat er gar nicht bemerkt. »Der war so unglaublich selbstgefällig.«

»Selbstgefällig?«

»Die ganze Zeit ging das nur *Rate mal, was ich heute gemacht hab* und *Alter, sie mag mich viel lieber als dich*.«

Ich wurde rot.

»Und deshalb bist du auf ihn los?«

»Nur ganz kurz. Dann ist Mum dazwischengegangen. Sonst hätte ich's ihr auch gar nicht erzählt. Ich bin keine Petze. Aber der Junge, der sich damals verletzt hat, der war auf meiner Schule, deshalb hatte sie davon gehört und ist gleich ausgeflippt.«

»Ich kann gar nicht glauben, dass du dich mit ihm geprügelt hast.«

»Na ja, wie gesagt.« Er zögerte. »Ollie ist nicht immer der Coole. Manchmal ist er auch irgendwie …«

»Was denn?«

»Neidisch auf mich.«

»*Ollie* ist neidisch auf *dich*?«

Skye presste die Lippen aufeinander. »Entschuldige«, sagte ich. »So war das nicht gemeint.«

Er wollte schon wieder runterklettern, überlegte es sich dann aber anders und wandte sich noch mal zu mir um.

»Hör mal, am Sonntag fahren wir ja schon los, aber vorher wollte ich dir noch was zeigen ... Nur wenn du Lust hast natürlich, aber ...«

»Ich habe Hausarrest«, sagte ich und er sagte »Oh«, und dann starrte er in die Blätter hinauf und dachte nach.

»Wir müssten halt ziemlich früh aufbrechen«, sagte er. Er sah mich wieder an. »Sozusagen grauenhaft früh.«

»Dann kriege ich doch bloß noch mehr Ärger!«

»Bestimmt nicht, versprochen. Wir sind zurück, bevor überhaupt einer merkt, dass du weg warst.«

»Skye ...«

»Um fünf warte ich an der Küchentür auf dich.«

Und dann fiel er mehr vom Baum, als dass er kletterte, und verschwand.

Ich ging rein und schickte Flora eine Nachricht, in der ich ihr alles erzählte – von Ollie, was wir gestern gemacht hatten, von der Brücke und von Skye.

»Sie kämpfen um dich«, schrieb Flora zurück. »Und jetzt versucht Skye, es Ollie heimzuzahlen.«

»Aber ich will das gar nicht!«

»Meine Güte. Genieß es doch einfach. Sei mal ein bisschen verrückt!«

»War ich doch. Und was hat es mir eingebracht?«

»Du meinst den Hausarrest? Pah! Sei noch verrückter.«

Als ich aus dem Arbeitszimmer kam, saßen Grandma und Jas in der Küche und pulten Erbsen. Twig hat mir erzählt, dass Grandma den ganzen Nachmittag im Gemüsegarten war. »Sie hat nicht mal ihre Teepause gemacht«, sagte er. »Und auch kein Nickerchen.« Sie blickte auf, als ich hereinkam, aber keiner von uns sagte etwas. Ich setzte mich zu ihnen, nahm eine Handvoll Erbsen und fing auch an zu pulen. Als ich damit fertig war, schob sie eine weitere Handvoll zu mir rüber. Ich begegnete ihrem Blick und sie schenkte mir die winzigste Andeutung eines Lächelns.

»Es tut mir leid«, sagte ich.

»Lüg mich nie wieder an, hast du gehört?«, sagte sie.

Was immer Skye morgen vorhat, ich kann nur hoffen, dass Grandma niemals dahinterkommt.

Samstag, 2. August

Um kurz nach fünf stand Skye tatsächlich schon wartend in den Schatten vor der Küchentür, wie er es gesagt hatte.

»Wo gehen wir denn hin?« In der Nacht klang meine Stimme richtig laut. Skye legte einen Finger an die Lippen und winkte mir, ihm zu folgen. Es war so dunkel, dass ich gerade so eben seine Umrisse erkennen konnte, während ich ihm in Richtung der Koppel folgte. Ich erwartete jeden Moment, dass er über irgendwas stolpern würde, aber das tat er nicht.

Hester und Marigold standen schon bereit, fertig aufgezäumt und am Zaun festgebunden.

»Wir machen einen Ausritt?«

»Du kannst doch reiten, oder?«, fragte er besorgt.

»Ja klar!«

Ehrlich gesagt war Reiten nie so mein Lieblingshobby, hauptsächlich deshalb, weil die meisten Reitstunden meines Lebens entweder daraus bestanden haben, dass Grandma mich anbrüllte, ich sollte SCHNELLER reiten, oder dass Gloria dafür sorgte, dass ich abgeworfen wurde. Aber an diesem Morgen, als ich Skye in der Dunkelheit aufs Moor hinaus folgte, kam es mir wie das Aufregendste vor, das ich je gemacht habe.

Wenn man so durch die morgendliche Kühle reitet, obwohl man eigentlich Hausarrest hat, fühlt man sich ein bisschen wie ein Schmuggler, der gerade seine Ware an Land schafft. Oder wie ein Wegelagerer, der von einem nächtlichen Raubzug heimkehrt, oder wie ein Soldat, der in den Krieg zieht, oder wie ein Spion mit Geheimauftrag.

Man fühlt sich wie eine Romanfigur oder als käme man aus einem anderen Land.

Skye ließ Marigold in Trab fallen. Ihre Silhouette vor mir war jetzt fest umrissen, ein klares Schwarz vor dem heller werdenden Himmel. Ich trieb Hester an, um Skye einzuholen, was dann wiederum Marigold nicht auf sich sitzenlassen konnte, bis beide Ponys schließlich in Galopp fielen, aber das war auch in Ordnung. Ich mag Galopp sowieso viel lieber als Trab. Traben ist immer so ein Gehoppel, während Galoppieren sich fast wie Fliegen anfühlt.

Und so galoppierten wir eine Weile schweigend dahin, Elsie immer dicht neben uns, und ich konnte nicht verhindern, dass sich ein großes, glückliches Lächeln auf meinem Gesicht ausbreitete, weil alles so schön und verzaubert war, und dann sagte Skye plötzlich, »Hooo, langsam«, und wir ritten im Schritt weiter und bogen dann in den Weg ein, der zum Satansfelsen hinaufführt, und ich fragte, »Im Ernst?«, und Skye sagte, »Wieso nicht?«

Selbst im Hellen wirkt der Satansfelsen ziemlich bedrohlich. Und wenn es gerade so eben nicht mehr Nacht ist, aber auch noch nicht wieder Tag, ist er einfach nur eine riesige dunkle Masse, die sich höher und höher vor einem auftürmt, und die zackigen Umrisse des Gipfels sehen richtig böse aus.

»Alles nur Geschichten«, sagte ich.

Wir machten uns an den Aufstieg. Anfangs war der Weg noch breit und grasbewachsen, aber er hörte schon weit unterhalb des Gipfels auf. An seinem Ende stand eine Art niedriger Holzschranke, an der wir die Ponys festbanden, und dann folgten wir zu Fuß einem schmalen Trampelpfad, der sich zwischen Heidekraut und gesprenkelten Felsblöcken hinaufschlängelte, bis auch der verschwand und wir nur noch über Felsen kletterten, bis rauf zum Gipfel, wo plötzlich die ganze Welt vor uns wegbrach, so steil und so tief nach unten, dass mir schwindelig wurde.

Der Himmel verblasste immer mehr, aber die Sonne ließ sich noch nicht blicken. »Keine Schatten«, sagte ich. »Als wären wir gar nicht hier.«

Auf dem Gipfel des Satansfelsens gibt es eine kleine Mulde, in der dieses federnde, etwas stachelige Moorgras wächst und ein glatter Felsen steht, an den man sich anlehnen kann. Skye ließ sich dort nieder und fing an, in seinem Rucksack zu kramen. Ich blieb stehen und berührte den Felsen mit der Hand.

»Was machst du da?«

Ich erzählte ihm, dass Grandpa und Dad beide schon mal versucht hatten, hier oben die Nacht zu verbringen.

»Vielleicht haben sie genau an dieser Stelle gesessen«, sagte ich. »Es kommt mir vor, als könnte ich sie berühren. Als gäbe es zwischen uns nur einen dünnen Schleier oder so, und sie wären gleich dahinter. Als würde die Zeit gar nicht wirklich existieren. Ziemlich abgedreht, was?«

»So wird man hier im Moor«, sagte Skye. »Willst du einen Cupcake? Die hat Mum gestern Abend gebacken.«

Die Cupcakes lagen in einer blau gepunkteten Dose, mit Kringeln aus zerdrückter rosa Glasur und silbernen Kügelchen verziert. Ich lachte laut auf. Skye grinste.

»Die sehen echt albern aus, ich weiß. Aber ich konnte nichts anderes finden.«

Die Cupcakes waren perfekt, genau die richtige Mischung aus luftig, butterig und süß. Wir aßen schweigend und leckten uns die Glasur von den Fingern, während Elsie hoffnungsvoll nach Krümeln Ausschau hielt. Um uns herum wurde der Himmel immer heller und die ersten zarten Schatten erschienen.

»Wann geht die Sonne auf?«, fragte ich.

»Gleich.«

»Da sind aber Wolken.« Ich zeigte auf ein schmales Band, das sich über den Himmel zog.

»Wolken sind gut, du wirst schon sehen. Aus welchem Grund wollten denn dein Großvater und dein Vater hier oben übernachten?«

Ich erzählte ihm den Rest der Legende.

»Das ist ja noch schlimmer als die Geschichte von Melisandra«, sagte er.

»Mein Großvater hat uns viele solcher Geschichten erzählt. Ich kann mich nicht mehr an alle erinnern, weil er gestorben ist, als wir noch ziemlich klein waren, aber sie haben uns ganz schön Angst eingejagt. Grandma hat deshalb oft mit ihm geschimpft. Und Flora hat sie dann abends im Bett immer nachgespielt, bis Iris und ich wieder anfingen zu schreien.«

Es gab eine Pause und ich fragte mich, ob ich ihm eine Erklärung geben sollte.

»Iris war meine Zwillingsschwester«, sagte ich schließlich. »Sie ist gestorben.«

»Ich weiß. Mum hat es uns erzählt, bevor ihr gekommen seid. Es tut mir sehr leid.«

Und dann saßen wir eine Weile schweigend da und sahen zu, wie es hell wurde, aber es war völlig in Ordnung, nicht zu reden, weil Stillsein irgendwie genug war.

»Grandpa kannte aber auch schöne Geschichten«, fuhr ich irgendwann fort und ich erzählte ihm die von der Brücke in Horsehill und dass man angeblich vor Ablauf des Jahres verheiratet war, wenn man mit seiner einzig wahren Liebe darüberging. Skye sagte, das fände er ja fast noch gruseliger als die anderen Geschichten, und wir lachten beide. Das Geräusch weckte Elsie. Sie hob den Kopf, stellte die Ohren auf und schaute zwischen mir und Skye hin und her. Ich tätschelte ihren Kopf. Seufzend schloss sie die Augen und legte den Kopf auf mein Knie.

»Das heißt, dass du ihre Freundin bist«, sagte Skye.

Und dann ... ich kann diesen Sonnenaufgang nicht mal ansatzweise beschreiben. Jedes Mal, wenn ich die Augen zumachte, brannte sein Licht unter meinen Lidern weiter. Und jedes Mal, wenn ich sie wieder öffnete, war die Sonne ein bisschen größer geworden, erst eine schmale Sichel, dann ein riesiger Ball, und auf einmal stand sie am Himmel, als wäre sie nie weg gewesen. Und Skye hatte Recht, die Wolken waren wirklich gut. Es dauerte nicht lang, aber für ein paar Minuten, als die Sonne genau unter diesen Wolken stand, da sah es so aus, als stünden sie in Flammen, nur dass dieses Feuer leuchtend rosa, orange und golden war, und selbst der violette Himmel ringsherum brannte lichterloh.

Es war, als würde die Welt neu erschaffen.

Dann sprang Elsie plötzlich auf, mit gespitzten Ohren. Unten am Hang wieherte eins der Ponys. Elsie bellte. Skye nahm sie am Halsband.

»Was ist los?«, fragte ich.

Er streckte den Arm aus. Weit unter uns galoppierte eine Herde wilder Ponys auf den Felsen zu. Dunkel und stämmig, mit zotteligen Mähnen und Schweifen, die bis zum Boden reichten. Immer näher kamen sie und ihre Hufe hämmerten auf dem Boden, dass es wie Trommeln klang.

Marigold und Hester wieherten noch schriller.

»Was haben sie denn?«

»Sie wollen sich der Herde anschließen«, sagte Skye.

Er stand direkt an der Felskante und starrte zu den Ponys hinunter. Das Donnern ihrer Hufe wurde lauter und dann wieder schwächer, während sie an uns vorbeizogen und schließlich aus unserem Blickfeld verschwanden, bis nur noch die Erinnerung an sie zurückblieb, wie eine Verwirbelung der Luft, und ich wusste, dass auch Skye jetzt alles darum geben würde, mit ihnen dort draußen zu sein.

Grandma hat Recht, wenn sie sagt, dass Skye nicht für die Schule gemacht ist. Er ist für so was hier gemacht – für wilde Pferde, uralte Felsen und das Leben im Freien.

Die Sonne stieg höher, bis die Wolken wieder einfach nur Wolken waren, graue Fetzen, die sich im Licht des Morgens allmählich auflösten. Die Landschaft lag ringsherum ausgebreitet, aber irgendwie war sie anders als gestern. Dieser Ritt durch die Dunkelheit und dann der Sonnenaufgang – so wie heute Morgen habe ich Dartmoor noch nie gesehen: magisch und gefährlich und ganz neu.

Skye stieß einen langen Seufzer aus, so als hätte er die ganze Zeit die Luft angehalten, und sagte dann, wir sollten jetzt lieber zu Marigold und Hester zurückgehen. Als wir bei ihnen ankamen, zitterten sie immer noch und zerrten an ihren Stricken. Skye flüsterte ihnen beruhigende Worte zu, strich ihnen über die Ohren und tätschelte ihren Hals.

Irgendwo außer Sichtweite wieherten die wilden Ponys. Alle fuhren wir in die Richtung herum und lauschten. Hester und Marigold stellten die Ohren auf. Elsie hob eine Pfote, als wollte sie jeden Augenblick losstürmen, aber das Geräusch wurde immer schwächer und inzwischen war es heller Tag. Marigold wieherte leise. Hester schüttelte sich. Elsie fing an, irgendwelchen Kaninchen hinterherzuschnüffeln, und wir stiegen wieder in den Sattel. Die Ponys wirkten erschöpft, als wir uns wieder in Richtung Horsehill wandten, wurden aber immer schneller, je mehr wir uns der Farm näherten, so dass wir sie sogar zügeln mussten, damit ihre Hufe auf der Straße nicht zu viel Lärm machten.

Rasch nahmen wir ihnen Sattel und Zaumzeug ab, weil uns wieder einfiel, dass ich ja eigentlich Hausarrest hatte. Es war später, als ich angenommen hatte, und Grandma würde sicher bald aufstehen. Dann striegelten wir die Ponys und ließen sie auf die Koppel.

»Also«, sagte Skye und »Also« erwiderte ich.

»Hat es dir gefallen?«, fragte er.

»Es war toll«, sagte ich.

»Besser, als von so ’ner lahmen alten Brücke zu springen, oder?« Er grinste.

Und in gewisser Hinsicht war es das auch. Von der Brücke zu springen, hat einen Riesenspaß gemacht, aber ich war doch ein bisschen erleichtert, als es vorbei war. So was wie heute Morgen dagegen ... das könnte ich an jedem Tag meines Lebens tun, ohne dass es mir langweilig würde.

Aber Skye sah mich dabei auf so eine Art an – als würde er denken, jetzt hätte er gewonnen.

»Mit Ollie hat es auch Spaß gemacht«, sagte ich.

Ich brachte meinen Sattel und mein Zaumzeug in den Stall. Eigentlich sollten das nicht meine letzten Worte an ihn sein, aber als ich wieder rauskam, war Skye schon weg und ich habe ihn den ganzen Tag nicht mehr gesehen.

Und morgen fahren sie nach Frankreich.

Sonntag, 3. August

Heute früh sind sie alle noch mal vorbeigekommen, Lizzie, Skye und Ollie, in dem grau-roten Auto. Ich war in meinem Zimmer und erst dachte ich, ich bleibe einfach drin, weil ich Skye nach unserem Abschied gestern lieber nicht mehr begegnen wollte, und Ollie auch nicht, nach all dem Theater. Aber dann klopfte Jas bei mir an die Tür und sagte, ich solle runterkommen und Tschüss sagen, weil sie jetzt nach Frankreich fahren würden, und außerdem wollte Skye noch mit mir reden.

»Worüber denn?«

»Woher soll *ich* das wissen?«

Ich lief durch die Küche nach draußen. Lizzie war im Gemüsegarten und unterhielt sich mit Grandma, die sich schwer auf ihre Schaufel stützte und mit ihrem großen Gartenhut Luft zufächelte. Ich wollte gleich wieder kehrtmachen, aber Lizzie hatte mich schon gesehen.

»Ah, Blue!«, rief sie. »Lauf nicht weg! Du darfst nicht glauben, dass ich dir böse bin, Liebes. Wenn überhaupt, dann bin ich meinem Neffen böse – was hat der sich bloß dabei gedacht, dich von dieser Brücke springen zu lassen? Aber du musst verstehen, dass ich so etwas nicht vor deiner Granny geheim halten kann.«

Grandma sah mich an und verdrehte die Augen.

»Tut mir leid«, murmelte ich.

»Lieb von dir, dich zu entschuldigen«, sagte Grandma. Sie wirkte erschöpft.

»Die Jungs sind an der Koppel«, sagte Lizzie. »Aber bitte keine Faxen, ja? Wir wollen gleich los, da kann ich keine gebrochenen Knochen mehr gebrauchen!«

Das sollte vermutlich ein Scherz sein.

Ollie war aber gar nicht an der Koppel, sondern lungerte beim Auto herum.

»Hey«, sagte er, als er mich sah.

»Hey«, antwortete ich.

»Hör mal, es tut mir leid, das mit Lizzie und so. Sie macht zwar immer einen auf cool, aber dann reagiert sie manchmal ganz schön extrem.«

»Du hättest es ihr nicht erzählen dürfen.«

»Skye hat es ihr erzählt!«

»Dann hättest du es Skye eben nicht erzählen dürfen. Ich habe keiner Menschenseele erzählt, wo wir waren. Und außerdem …«

»Was außerdem?«

»War es wirklich gefährlich!«

»Ach, komm schon, Blue! Jetzt sei nicht langweilig.«

»Ich bin nicht langweilig«, sagte ich ruhig.

Ich konnte die anderen auf der Koppel sehen, alle drei zusammen: Jas ließ sich gerade von Skye in der Ponypflege unterweisen, während Twig, der Elsie das Apportieren beibringen wollte, an einem Stöckchen in ihrem Maul herumzerrte, das sie partout nicht loslassen wollte. Auch wenn ich noch nicht wusste, was Skye mir noch sagen wollte, wusste ich auf einmal ganz genau, was ich *ihm* noch sagen wollte.

Was ich gestern nicht mehr sagen konnte: dass ich gesehen hatte, wie die Welt neu erschaffen wird.

Aber ich kam gar nicht erst bis zur Koppel. Auf halber Strecke hörte ich Lizzie nach mir rufen. Als ich mich umdrehte, stand sie in der Haustür und winkte mich zurück.

»Deine Granny hatte einen Schwächeanfall«, sagte sie, als ich angerannt kam, und schob mich ins Haus.

Grandma saß im Wohnzimmer auf dem Sofa und hatte die Beine hochgelegt.

»Kein Grund zur Sorge«, sagte Lizzie, »aber ich muss dir doch wenigstens erklären, was passiert ist.«

»NICHTS IST PASSIERT!«, sagte Grandma, aber genau genommen konnte sie gar nicht richtig schreien. Sie sah bloß so wütend aus, dass ich wusste, dass sie es eigentlich wollte.

»Was meinen Sie mit Schwächeanfall?«, fragte ich.

»Alles Unsinn!«

»Sie ist ohnmächtig geworden«, erklärte mir Lizzie.

»Für ein paar Sekunden ...«

»Und mit dem Kopf aufgeschlagen. Ich hab den Arzt angerufen, aber der kann erst morgen kommen.«

»Dem ist es offenbar egal, wenn ich heute Nacht noch sterbe«, knurrte Grandma.

»Grandma stirbt?« Jas erschien mit entsetzter Miene in der Tür, dicht gefolgt von Twig und Skye.

»Gerade hast du noch gesagt, es wäre nichts passiert«, sagte ich.

»Ist es ja auch nicht«, seufzte Grandma.

»Ihr müsst dafür sorgen, dass eure Granny sich ausruht, bis der Arzt morgen kommt. Sie darf keine Dummheiten mehr machen.«

Twig und Jas kicherten. Grandma schloss die Augen, aber nicht wie jemand, der Ruhe braucht. Eher wie ein Kind, das darauf hofft, dass alle verschwunden sind, wenn es sie wieder öffnet. Ich gab mir

Mühe, wie jemand auszusehen, der seine Großmutter davon abhalten kann, genau das zu tun, was sie will. Lizzie bat mich, mit ihr in die Küche zu kommen. Skye folgte uns.

»Suppe!«, sagte Lizzie und fing an, Gemüse in einen Topf zu werfen. »Schau her!«

Skye berührte mich am Ellbogen. »Ich muss mit dir reden«, flüsterte er.

»Wenn es um gestern geht ...«

»Komm einfach mit, ganz leise.«

»Möhren, Sellerie, Zwiebeln, Knoblauch!« Lizzie merkte gar nicht, wie wir auf Zehenspitzen in die Waschküche schlichen. »Ich hab Elsies Körbchen hier reingestellt und ihr ganzes Futter«, sagte Skye, immer noch flüsternd. »Ansonsten ist sie ganz pflegeleicht.«

»Du meinst, ich soll so lange auf sie aufpassen?«

»Sie mag dich richtig gern.«

»Ich mag sie auch richtig gern«, sagte ich.

»Nach Frankreich können wir sie nicht mitnehmen. Mum wollte sie im Zwinger lassen, aber ich weiß, dass sie hier viel glücklicher wäre.«

Ein verlegenes Schweigen trat ein, so als würden wir beide überlegen, ob wir uns für die Art, wie der Ausritt gestern geendet hatte, entschuldigen sollten oder nicht, aber ich glaube, wir haben dann beide beschlossen, es nicht zu tun. Skye fing an zu erklären, was Elsie wann zu fressen kriegen soll, wo sie schlafen soll und wie ich sie rufen muss, wenn sie nicht hört, und dann bemerkte Lizzie endlich, dass ich ihr gar nicht beim Suppekochen zusah, entdeckte Elsies Körbchen in der Waschküche und sagte, »Der Hund kann *auf keinen Fall* hierbleiben, solange die alte Dame krank ist.«

Grandma erschien in der Küchentür, auf ihren Stock gestützt.

»Wer ist hier eine alte Dame?« Lizzie entschuldigte sich und erklärte ihr die Sache mit Elsie. Grandma sagte, es sei uns eine Ehre, auf sie aufzupassen, und ob jetzt bitte alle gehen könnten?

»Ich habe deinen Vater angerufen«, sagte Lizzie noch zu mir, bevor sie losfuhren. »Er geht natürlich nicht dran, weil es in Neuseeland mitten in der Nacht ist, aber ich habe ihm eine Nachricht hinterlassen.«

Grandma knurrte, mein Vater am anderen Ende der Welt sei ihr noch weniger eine Hilfe als der Arzt. Lizzie sagte, »Mag sein, aber nach diesem Sturz im letzten Frühjahr hat er mich ausdrücklich gebeten, ein Auge auf dich zu haben.«

»Wie auf einen Hund!«, schnaubte Grandma, aber Lizzie hörte gar nicht hin.

Ollie blieb neben mir stehen, bevor er ins Auto stieg. »Tut mir wirklich leid«, flüsterte er. Er gab mir einen hastigen Kuss auf die Wange. »Wieder Freunde?«

Ich wurde rot. Skye kam mit Twig und Jas aus dem Haus, aber ich glaube, er hat es nicht gesehen.

»Ich hab Elsie in die Waschküche gesperrt«, sagte er. »Deine Grandma meint, es sei besser, wenn sie nicht sieht, wie ich fahre.«

»Gute Idee«, sagte ich.

»Danke fürs Aufpassen und so.«

»Kein Problem«, sagte ich. Ich dachte schon, er würde mir auch einen Kuss geben, aber er winkte nur kurz, wie immer.

Als die anderen weg waren, haben Twig und Jas mit Elsie im Garten gespielt. Grandma legte sich in ihren Liegestuhl und ich setzte mich neben sie ins Gras.

»Ist das wegen Freitag passiert?«, fragte ich.

»Was war denn am Freitag?«

»Twig hat gesagt, nach unserem Streit hättest du dich gar nicht ausgeruht.«

»Ach das!«, rief Grandma. »Natürlich ist das nicht der Grund! Ich hatte einfach einen kleinen Schwächeanfall, sonst nichts. Die Hitze. Da wird mir manchmal schwindelig.«

»Zachs Großvater hatte letztes Jahr auch einen kleinen Schwächeanfall«, sagte ich. »Und war dann ewig im Krankenhaus. Und Glorias Vater ist nach seinem kleinen Schwächeanfall gestorben.«

»Also, ich habe jedenfalls nicht vor zu sterben«, sagte Grandma. »Allein der Gedanke!«

Während wir draußen waren, Elsie zuschauten und uns unterhielten, war das ganze Wasser in Lizzies Suppe verkocht und das Gemüse als verkohlter Klumpen auf dem Topfboden zurückgeblieben. Grandma sagte, wir sollten stattdessen eine Dosensuppe aufwärmen und Schinkenbrote machen. Sie meinte, das sei eine ihrer Lieblingsspeisen, die sie immer für besondere Notfälle bereithält.

»Heute essen wir vorm Fernseher«, verkündete sie dann. »Wo ich schon mal krank bin. Blue, sieh doch mal nach, ob es noch Eis in der Kühltruhe gibt.«

»Bist du wirklich krank?«, fragte Jas.

»Natürlich nicht«, sagte Grandma. »Wir tun nur so als ob.«

Es gab noch Eis und auch noch ein paar von Lizzies Schoko-Brownies, mit einem Schuss Notfallbrandy für Grandma und tropischem Fruchtsaft für uns, dazu *Die Braut des Prinzen* auf DVD. Elsie hatte sich auf dem Sofa ausgestreckt und zuckte im Schlaf zufrieden vor sich hin. Ich machte ein Foto von uns allen mit meiner Kamera und postete es auf Facebook.

»Endlich ein Hund!«, schrieb ich dazu, und dann noch: »Ich find's toll, wenn Grandma krank ist.«

Die Filmtagebücher der Bluebell Gadsby
(diesmal aufgenommen von Jasmine)

10. Szene (Transkript)
Der Hund von Baskerville

DRAUSSEN. TAG.

Der Bach hinter der Horsehill Farm. Es ist immer noch heiß und der Himmel von einem knalligen Blau. Die Luft flimmert. Der Bach ist flacher als am Anfang der Ferien, aber er plätschert noch und ist immer noch nass. BLUEBELL und TWIG stehen im Wasser und fechten einen verlorenen Kampf mit ELSIE aus.
GRANDMA liegt in ihrem Liegestuhl unter einem rosafarbenen, fransenbehangenen Sonnenschirm. Sie trägt ein langes weißes T-Shirt über einem geblümten Badeanzug, ihren Strohhut, eine riesige Sonnenbrille und ihre lilafarbenen Crocs. Auf dem Stein neben ihr steht eine Thermoskanne Tee und eine Dose mit Notfallkeksen. Auf ihrem Schoß liegt ein Buch, aber statt darin zu lesen, erteilt sie Anweisungen.

GRANDMA
Ihr müsst strenger mit ihr reden! Legt ihr eine Hand auf den Po und schiebt sie in den Bach!

Skyes treue, zuverlässige Gefährtin ist verschwunden und durch Monster-Elsie ersetzt worden. Die neue Elsie windet sich, zappelt, kläfft, knurrt. Und stinkt nach Fuchskacke.

ANMERKUNG: Hunde finden es toll, sich in Fuchskacke zu wälzen. Für einen Menschen riecht Fuchskacke so, als hätte man die widerlichsten Gerüche der Welt alle zusammen in eine Plastiktüte gesteckt und dann tagelang zum Gären in die Sonne gelegt. Für einen Hund riecht sie dagegen wie frisch gebackene Kekse.

Bluebell und Twig wollen Elsie die Kacke abwaschen. Aber Elsie will nicht abgewaschen werden.

JASMINE

Ihr müsst sie in den Arm nehmen.

BLUEBELL

(mit zusammengebissenen Zähnen)

Kannst *du* ja mal versuchen.

GRANDMA

Zeigt ihr, wer der Boss ist!
Nimm sie zwischen die Beine, Twig.
Und Blue hält sie am Halsband fest!
Seht zu, dass ihr diesen grässlichen
Gestank von ihr runterkriegt!

Verwirrung bricht aus, als Blue und Twig beide gleichzeitig versuchen, Elsie zwischen die Beine zu nehmen.

Elsie wittert ihre Chance, entwindet sich ihrem Griff und stürmt in die Freiheit davon. Twig will sich auf sie werfen, verfehlt sie aber, landet bäuchlings im Bach und rempelt dabei auch noch Bluebell an. Bluebells Beine knicken ein. Sie landet auf dem Hintern und sitzt dann im knöcheltiefen Wasser, den Mund zu einem kreisrunden O geformt. Elsie, die das Ganze für ein Spiel hält, rast mit heraushängender Zunge zu den beiden zurück, springt bellend von einem zum anderen und über sie hinweg, leckt ihnen das Gesicht und schmiert sie dabei mit so viel Fuchskacke voll, wie sie nur kann.

GRANDMA

Aua, mein Bauch! Mein Bauch tut weh vor lauter Lachen!

Das Bild verwackelt, weil Jas sich ebenfalls vor Lachen biegt. Bluebell und Twig sind beide vollständig angezogen, aber sie könnten nicht nasser sein, wenn sie splitterfasernackt in der Wanne säßen.

Montag, 4. August

Dad hat heute Morgen angerufen. Ziemlich genervt, weil Flora ihm meine Facebook-Seite gezeigt hatte und er glaubte, wir hätten jetzt einen Hund.

»Nur so halb«, erklärte ich ihm. »Ich meine, nicht für immer. Wir passen nur eine Weile auf ihn auf.«

»Erst kriege ich eine Nachricht von Lizzie Hanratty, derzufolge deine Großmutter fast im Sterben liegt, und dann zeigt mir deine Schwester Fotos von Hunden und euren zügellosen Ausschweifungen!«

»Zügellose Ausschweifungen?«

»Ein Riesenpott Eis! Brandy, Brownies und Hunde auf dem Sofa!«

Dann kam Grandma rein und sagte, ich solle ihr den Hörer geben.

»Machst du etwa schon wieder Theater?«, sagte sie zu Dad. »Mit mir ist alles in bester Ordnung.«

Dad klang zunehmend gereizt. Ein paar Wortfetzen konnte sogar ich verstehen, obwohl ich gar nicht den Hörer hielt. »Lizzie hat gesagt ...« und »Ein Hund! Ein *Hund*?«

»Ich hab schon öfter Hunde gehabt«, sagte Grandma, und dann, »Du musst wirklich aufhören, dir Sorgen um mich zu machen.«

Ich ging in die Küche, die völlig verqualmt war, weil Jas und Twig sich Würstchen zum Frühstück brieten.

»Grandma hat gesagt, wir dürfen uns machen, was wir wollen«, sagte Twig. »Und Jas wollte Würstchen.«

Ich öffnete die Tür zum Garten und Elsie stürmte herein, ein Stöckchen im Maul.

»Den hat sie uns ständig gegen die Beine gerammt«, sagte Jas. »Deshalb haben wir sie rausgebracht.«

»Aus!«, befahl ich, aber Elsie beachtete mich gar nicht.

»So, vor eurem Vater haben wir jetzt erst mal Ruhe.« Grandma kam in die Küche gerauscht, sofern man mit einem Gehstock rauschen kann. »Er fährt heute auf See, Wale beobachten.«

»Wale beobachten!«, wiederholte Twig.

»Ist das Teil deines Jobs?, habe ich ihn am Telefon gefragt. *Nein*, hat er gesagt, *das ist Teil meines wohlverdienten Urlaubs. Wie schön für dich*, habe ich gesagt. *Vielleicht bist du danach ja nicht mehr ganz so gestresst.«*

Twig sagte, »Ich wollte *immer* schon mal Wale beobachten«, woraufhin Grandma sagte, »Tja, mein Schatz, dann hättest du mit deinem Vater nach Neuseeland fliegen müssen«, und dann ging die Pfanne in Flammen auf, Elsie fing an zu bellen und der Arzt stand in der Tür.

Aus seiner Sicht haben wir vermutlich keinen sehr guten Eindruck gemacht. Grandma sieht morgens vorm Anziehen sowieso immer ziemlich wild aus mit den grauen Haaren, die ihr bis zur Taille reichen, dem alten bodenlangen Nachthemd, Grandpas Bademantel und den lilafarbenen Crocs, aber der Rest von uns war auch nicht viel besser: Twig in seinem zu kleinen Schlafanzug, ich in Grandmas mintgrünem Nachthemd (das ist einfach zu schön, um es nur bei Partys zu tragen) und Jas in Bikini und Sonnenbrille. »Wegen der Hitze«, erklärte sie. »Und weil die Würstchen so qualmen.«

Der Arzt (der Tom Reynolds heißt) spähte durch die Rauchschwaden zu uns herein. Grandma starrte finster zurück. Elsie saß unterm Tisch und würgte kleine Holzstückchen hoch. »Mrs Hanratty hat gesagt, Sie seien ohnmächtig geworden«, sagte Dr. Reynolds.

»Mrs Hanratty übertreibt immer maßlos«, sagte Grandma.

»Und mit dem Kopf aufgeschlagen.«

»Nur ganz leicht«, schnaubte Grandma, aber Dr. Reynolds sagte, »Ich würde Sie trotzdem gerne untersuchen, Constance, vorzugsweise irgendwo, wo ich Sie richtig sehen kann«, und dann folgten wir ihm alle aus der Küche.

Dr. Reynolds sagt, Grandma ist dehydriert. Er sagt, sie hätte sich überanstrengt, mit ihrer Gartenarbeit und wahrscheinlich auch damit, uns ständig hinterherzurennen. »Ihr glaubt vielleicht, eure Großmutter sei immer noch stark wie ein Ochse«, sagte er zu uns, »aber im Frühjahr ist sie böse gefallen und sie muss lernen, sich zu schonen.«

Jas sagte, Grandma würde doch schon jeden Nachmittag ein Nickerchen machen. Daraufhin sagte Dr. Reynolds, das sei ganz prima, gut gemacht, Grandma. Daraufhin merkte Grandma an, sie hätte Dr. Reynolds schon gekannt, als der noch ein kleiner Junge mit sehr schmutzigen Knien war.

»Was genau bedeutet eigentlich dehydriert?«, fragte ich.

»Das bedeutet, dass sie zu wenig Flüssigkeit aufgenommen hat«, erklärte Dr. Reynolds. »Bei dieser Hitze muss man die Sonne meiden und sehr viel trinken, sonst kann man Kopfschmerzen und Migräne bekommen, und manchmal auch Schwindelanfälle, bis hin zur Ohnmacht. Außerdem können unsere Nieren dann nicht mehr richtig arbeiten und das ist wirklich gefährlich. Habt ihr die Funktion der Nieren schon mal in der Schule durchgenommen?«

»Die machen unser Pipi sauber«, sagte Twig.

»Genau! Und wenn wir nicht gut auf unsere Nieren aufpassen, können uns die toxischen Stoffe im Urin irgendwann regelrecht vergiften und das schadet dann auch unserem Gehirn.«

»Vom Pipi vergiftet!« Jas prustete so laut los, dass ihr der Schnodder aus der Nase kam.

»Ich denke, das reicht jetzt«, schnaubte Grandma.

»Zwei Liter Flüssigkeit am Tag!«, sagte Dr. Reynolds zu ihr. »Ich lasse Ihnen auch noch ein paar Packungen Rehydratations-Pulver da. Keine Gartenarbeit, Füße hochlegen und nicht den Enkeln hinterherrennen. Die können sich zur Abwechslung mal um Sie kümmern. Wo ist David?«

»Wale beobachten in Neuseeland«, sagte Twig düster.

»Und Cassie?«

»Babys beobachten in Basingstoke«, sagte ich.

Dr. Reynolds seufzte. Ich glaube, er kennt Mum und Dad schon ziemlich lange.

»Na ja, ein weiterer Erwachsener vor Ort wäre schon eine gute Sache, aber ihr werdet das auch so hinkriegen«, sagte er zu uns. »Glücklicherweise fehlt ihr nichts, was ein bisschen Ruhe nicht kurieren könnte. Übermorgen komme ich wieder vorbei.«

Bei diesen Worten drohte er Grandma mit dem Zeigefinger und einen Moment lang dachte ich, sie beißt ihn gleich ab.

»Diese Ärzte!«, rief sie, als er weg war. »Sobald ich angezogen bin, schaue ich erst mal nach meinen Tomaten. Dann versorge ich mit Jas zusammen die Ponys und danach gehen wir alle runter zum Bach. Guck mich nicht so an, Blue.«

»Er hat gesagt, du sollst dich ausruhen.«

»Mache ich doch auch. Unten am Bach. Wenn alles getan ist, was getan werden muss. Ich lass mir doch von dem kleinen Tommy Reynolds keine Vorschriften machen.«

Ich habe Skye eine Mail geschrieben, wegen Elsie. Bevor sie losgefahren sind, hat er mir noch seine Adresse gegeben. Ich wollte bloß wissen, ob man irgendwas tun kann, um weitere Fuchskacke-Vorfälle zu vermeiden. Grandma sagt, ich würde nicht genügend Autorität ausstrahlen. »Hunde brauchen eine feste Hand«, sagt sie. Elsie betet

Grandma an und tut alles, was sie sagt, aber auf mich hört sie überhaupt nicht, und wenn ich noch so sehr versuche, streng zu sein. Erst wollte sie bei Grandma schlafen, aber die meinte, Hunde hätten im Schlafzimmer nichts zu suchen und ich solle sie in ihr Körbchen bringen. Also liegt sie jetzt auf *meinem* Bett, quer über meinen Füßen, was auch völlig in Ordnung wäre, wenn sie nicht immer noch ein bisschen stinken würde. Eben habe ich versucht, sie runterzuschubsen, aber da hat sie mich angeknurrt. Und als ich sie dann gelassen habe, hat sie gelächelt, ich schwör's!

Dienstag, 5. August, sehr, sehr früh

Es ist noch nicht mal hell, aber ich bin schon wach und ich habe richtig, richtig Angst.

Es war zu heiß am Bach. Grandma hat zwar gesagt, das wäre es nicht, aber ich konnte sehen, dass sie ganz schön zu kämpfen hatte, und als sie aufgestanden ist, um ins Wasser zu gehen, ist sie gestolpert. In dem Moment ist mir das nicht weiter aufgefallen, zumal sie behauptet hat, sie wäre mit dem Fuß an einem Stein hängengeblieben, aber jetzt weiß ich, dass das nicht der Grund war.

Elsie hat sie heute Nacht als Erste gehört. Ich bin aufgewacht, als sie vom Bett runtersprang und mit der Nase die Zimmertür aufschob. Zuerst habe ich die Augen wieder zugemacht, aber ein paar Minuten später kam sie zurück und winselte und zerrte an meiner Bettdecke.

»Hätte Skye dich doch bloß in den Zwinger gesperrt«, maulte ich, aber dann hörte ich es auch.

Die Musik, die aus Grandmas Zimmer kam. Ihre Tür stand offen, Licht fiel in den Flur und sie sang mit.

Die Zimmertür von Jas und Twig ging auf und beide kamen herausgeschlurft, im Halbschlaf, Jas noch in ihr Laken verheddert.

»Ist das 'ne Party oder so?«, fragte Twig.

»Oder Gespenster?«, fragte Jas.

»Wir sollten mal nachsehen«, sagte ich.

Aber wir zögerten. Ich glaube, schon vorm Reingehen war uns allen klar, dass da was nicht stimmte. Grandma kann oft nicht schlafen, aber das war neu. Diese Musik.

Elsie lief vor uns her, als wir den Flur entlangschlichen und vor der offenen Tür stehen blieben.

Grandma saß in ihrem Zimmer am Frisiertisch, hatte einen langen Pelzmantel über ihr Nachthemd gezogen und einen kleinen Pillboxhut auf dem Kopf. Sie war dabei, sich zu schminken – Grandma, die sonst höchstens mal ein bisschen blassrosa Lippenstift auflegt. Ich weiß nicht, wo sie das ganze Zeug noch hatte. Es muss jedenfalls schon ziemlich alt gewesen sein und sie hatte auch alles falsch gemacht – wie ein kleines Mädchen beim Spielen. Der blaue Lidschatten reichte bis zu den Augenbrauen, die Lippen waren knallrot und ihr Gesicht schneeweiß vor lauter Puder.

»Sie sieht aus wie ein Zirkusclown«, flüsterte Jas.

Elsie legte Grandma eine Pfote auf den Schoß, aber Grandma schob sie weg. Sie kam zu uns zurückgeschlichen und Jas nahm sie in die Arme.

»Jetzt aber schnell!«, rief Grandma. »Sonst kommen wir zu spät!«

Twig und Jas schubsten mich nach vorn.

»Wohin kommen wir zu spät?«

»Zur Kirche natürlich!«

Ich warf einen Blick über die Schulter. Twig zuckte die Achseln. Jas umschlang den Hund noch fester mit den Armen.

»Zur Kirche?«, wiederholte ich.

»Zu meiner Hochzeit.« Grandmas Stimme klang schrill und atemlos. »Ich warte auf Daddy.«

»Warum redet sie so komisch?«, fragte Jas.

»Ist der Wagen schon da?«, sagte Grandma. »Sind die Schleifen dran befestigt und die Blumen?«

»Ich mag das nicht.« Jas' Unterlippe begann zu zittern.

Grandma trug jetzt mit wüsten, ausschweifenden Bewegungen Wimperntusche auf und hatte hinterher schwarze Streifen an den Schläfen.

»Lass mich das mal machen«, sagte ich.

Ich nahm einen Wattebausch vom Frisiertisch und fing an, ihr das Gesicht abzuwischen.

»Du hast ein bisschen zu viel aufgetragen«, sagte ich.

Twig trat neben mich.

»Wir müssen es ihr sagen«, murmelte er.

»Was denn?«

»Die Wahrheit.«

»Und wie?«

Twig kniete sich vor Grandma hin und umfasste ihre Hände.

»Ich glaube, du bist ein bisschen durcheinander, Grandma«, sagte er sanft. »Grandpa ist tot.«

Grandma lächelte, ein seliges, liebevolles Lächeln.

»Wie kann er denn tot sein, mein Schatz?«, fragte sie. »Wir sind doch noch nicht mal verheiratet.«

Drüben an der Tür hielt Jas immer noch Elsie fest umklammert. Twig presste die Kiefer aufeinander und mir brannten die Augen.

»Aber es stimmt, Grandma«, sagte ich. »Er ist vor sechs Jahren gestorben.«

»Tot?«, wiederholte Grandma.

Und dann fing sie an zu weinen. Sie weinte und weinte. Ich versuchte sie zu trösten. Ich dachte, am besten wischen wir ihr die restliche Schminke ab und bringen sie wieder ins Bett, so als wäre sie nur schlafgewandelt oder hätte einen Albtraum gehabt oder so, aber als wir damit anfingen, sagte sie schluchzend, wir sollten sie allein lassen.

Wir schlichen uns aus dem Zimmer und nahmen Elsie mit.

Ich hätte dafür sorgen müssen, dass sie sich heute Nachmittag ausruht, wie Dr. Reynolds gesagt hat. Ich habe jeden angerufen, der mir einfiel, und allen eine Nachricht hinterlassen: Dr. Reynolds in Plumpton, Mum in der Nähe von Bath, Dad in Neuseeland und Lizzie in Frankreich und sogar Zoran in Sarajevo. Aber keiner ruft zurück. Wir haben die beiden Betten in meinem Zimmer zusammengeschoben und uns alle darin zusammengekuschelt, einschließlich Elsie. Von Zeit zu Zeit schleiche ich auf Zehenspitzen den Flur hinunter. Das Weinen hat aufgehört. Gerade habe ich durch den Türspalt gelugt. Grandma saß in dem Sessel am Fenster, drehte sich aber nicht um. Jas ist wieder eingeschlafen, mit Elsie im Arm. Twig und ich sitzen mit dem Rücken ans Kopfteil gelehnt da und starren auf die Tür, die wir offen gelassen haben, damit wir auf jeden Fall das Telefon unten hören.

Gerade hat das Telefon geklingelt und uns alle geweckt. Twig ist aus dem Bett gesprungen und hingerannt, ich gleich hinterher.

»Wer ist dran?«, habe ich ihn gefragt.

Twig hielt mir den Hörer hin.

»Zoran«, sagte er. »Er sagt, er ist aus Bosnien zurück und schon auf dem Weg hierher.«

Draußen wird es gerade hell. Aber diese Morgendämmerung ist so ganz anders als die vor zwei Tagen. Wir können nichts tun als warten.

Dienstag, 5. August, später

Wir haben alle noch geschlafen, als sie kamen. Elsie hat an der Haustür gebellt und uns damit geweckt. Als ich aus dem Fenster sah, stiegen Zoran und Gloria gerade aus Glorias zerbeultem alten Ford.

Ich bin nach unten gerannt und Zoran direkt in die Arme. Sein Bart kratzte mir über die Wange und das war so ein sicheres und vertrautes Gefühl, dass ich gar nicht mehr loslassen wollte.

»Wir sind so schnell wie möglich hergekommen«, sagte er.

»Ich dachte, du wärst noch in Sarajevo«, antwortete ich. »Ich hab dich nur angerufen, weil sonst keiner zu erreichen war.«

»Er ist gestern Abend zurückgekommen«, sagte Gloria. Sie klang nicht begeistert, aber ich nehme an, fast fünfhundert Kilometer mit dem Auto zu fahren, um den ehemaligen Au-pair-Kindern ihres Freundes zu helfen, deren Großmutter sich einbildet, sie würde heute heiraten, entsprach nicht so ganz ihrer Vorstellung von einem romantischen Wiedersehen. Aber dann stürmte Jas die Treppe herunter und warf sich Gloria in die Arme, und sie wurde ganz sanft und sagte, »Hallo Jas, du hast mir gefehlt.«

Mit ihrer engen schwarzen Kleidung und dem langen dunklen Haar sieht Gloria zwar eher wie eine Furcht einflößende Kriegerprinzessin aus, aber innen drin ist sie jemand, dessen Herz beim Anblick junger Katzen dahinschmilzt. Ich glaube, Jas liebt Gloria fast genauso sehr wie Zoran.

»Und jetzt bring uns zu deiner Großmutter«, wies Gloria sie an. Sie hat so eine Art, dass man einfach tut, was sie sagt – vielleicht, weil sie beim Reitunterricht dauernd irgendwelche Kommandos brüllen muss. Wir folgten ihr im Gänsemarsch durchs Haus, einschließlich Elsie, die von ihrer Schnuppertour durch den Garten zurück war, und

Twig, der gähnend aus meinem Zimmer gestolpert kam. Trotz der langen Fahrt wirkte Gloria so makellos und majestätisch, dass wahrscheinlich jeder von uns dachte, alles würde wieder gut, nur weil sie es so wollte.

Grandma lag jetzt auf dem Bett. Sie trug immer noch den Pelzmantel und ihr verrücktes, vollkommen verschmiertes Make-up, aber sie schlief tief und fest und sah so friedlich aus, dass die Ereignisse der letzten Nacht kaum noch vorstellbar schienen. Ihre Augenlider öffneten sich flatternd und dann lächelte sie so selig, wie ich es noch nie bei ihr gesehen habe, wodurch sie irgendwie jünger und weniger einschüchternd wirkte.

»Du bist aufgewacht!« Jas rannte zum Bett.

Einen Moment lang machte Grandma ein verwirrtes Gesicht – ein schöner Moment, weil ich immer noch dachte, alles wäre wieder gut. Als sie uns erkannte, glättete sich ihre Miene, sie lächelte und sagte, »Zoran, mein Lieber, wie schön dich zu sehen! Kommst du uns besuchen? Und deine reizende Gloria hast du auch mitgebracht.«

Und da wusste ich sofort, dass überhaupt nichts gut war, denn *niemals*, nicht in tausend Jahren, hätte Grandma zugelassen, dass Zoran sie so sieht, im Nachthemd und in diesem Zustand. Zoran trat ans Bett und nahm ihre Hand.

»Ich habe verschlafen«, erklärte sie ihm. »Wir müssen uns beeilen. Caspian wartet sicher schon.«

»Wer ist Caspian?«, fragte Gloria flüsternd.

»Mein Großvater«, antwortete ich.

»Er ist tot«, erklärte Twig.

»Ich weiß nicht, wo Daddy bleibt«, sagte Grandma.

Gloria schob uns aus dem Zimmer und in die Küche hinunter, während sie gleichzeitig schon den Krankenwagen rief.

Ich glaube, Elsie kriegt irgendwie mit, dass gerade etwas Schlimmes passiert. Während wir auf den Krankenwagen warteten, saß sie so ruhig neben uns, wie ich es noch nie bei ihr erlebt habe. Und als die Sanitäter Grandma die Treppe hinunterführten, trottete Elsie ihnen bis nach draußen hinterher und schob ihre Schnauze in Grandmas Hand.

Grandma beugte sich vor, um Elsie hinter den Ohren zu kraulen, streichelte ihr den Kopf und küsste sie auf die Nase.

»Braver Hund«, sagte sie. »Wir kommen gleich nach der Kirche zurück.«

Dann richtete sie sich auf und strahlte. »Ideales Wetter für eine Hochzeit«, sagte sie.

»Wollen wir jetzt mal einsteigen, meine Liebe?«, fragte einer der Sanitäter. Grandma musterte ihn stirnrunzelnd.

»Wer zum Teufel sind *Sie* denn?«, fragte sie.

Zoran nahm den Landrover und folgte ihnen zum Krankenhaus. Ich wollte auch mitfahren, aber er meinte, ich solle lieber hierbleiben. Elsie sitzt immer noch draußen im Hof, genau an der Stelle, wo Grandma in den Krankenwagen eingestiegen ist. Twig sagt, er hat versucht, sie da wegzuziehen, aber sie rührte sich nicht vom Fleck.

Jetzt ist es schon später.

Zoran sagt, die Ärzte hätten Grandma Beruhigungsmittel gegeben und sie zur Rehydrierung an einen Tropf gehängt, und zusätzlich würde sie noch Antibiotika bekommen, weil ihre Nieren tatsächlich entzündet wären, und das hätte dann auch ihr Gehirn geschädigt.

»Also ist es wirklich eine Vergiftung«, meinte Twig. »Wie Dr. Reynolds gesagt hat. Und deshalb ist sie auch so verwirrt. Wie bei einer Quecksilber- oder Arsen- oder Bleivergiftung.«

»Aber das bleibt nicht so«, versicherte uns Zoran. »Sobald die Infektion verschwindet, ist sie wieder die Alte.«

Mum hat angerufen und gefragt, ob sie kommen soll, aber Zoran hat gesagt, wir würden ihr morgen Bescheid geben, wenn wir Genaueres wissen. Lizzie hat auch angerufen und angeboten, aus Frankreich zurückzukommen, aber Zoran, der keinen blassen Schimmer hatte, wer sie war, hat Nein gesagt.

»Und ich soll euch noch was ausrichten«, fügte er mit gerunzelter Stirn hinzu. »Irgendwas von einem Skye, der schöne Grüße bestellt und sagt, das mit der Fuchskacke täte ihm leid, aber da könne man nichts machen, ihr sollt sie einfach, so gut es geht, mit dem Schlauch abspritzen.«

»Sonst nichts?«, fragte ich, aber Zoran sagte, er fände das schon eine ganze Menge. Wir haben auch versucht, Dad zu erreichen, aber sein Handy ist abgeschaltet.

Hätten wir uns nicht solche Sorgen um Grandma gemacht, wäre heute ein total netter Tag gewesen. Das soll jetzt nicht gefühllos klingen, denn wir haben uns wirklich Sorgen gemacht. Aber seit Zoran angekommen ist, sind auch wieder ein paar richtig schöne Sachen passiert.

»Hier gibt es Ponys«, sagte Jas zu Gloria.

»Das hörte ich bereits«, sagte Gloria.

Obwohl sie mit Pferden ihr Geld verdient, war Gloria für mich immer ein Stadtmensch. Ihr Reitstall ist winzig und liegt direkt unter der Autobahnbrücke und neben einer Bahnlinie, sie trägt ausschließlich Stadtkleidung und hat einen Londoner Akzent. Aber wie sich jetzt herausstellt, ist sie gleichzeitig auch ein richtiger Landmensch. Kaum dass wir ihr den Bach gezeigt hatten, zog sie auch schon ihre Stiefel aus und planschte im Wasser herum. Sie kennt sogar noch mehr Vogelarten als Twig. Sie ist ohne Sattel auf Marigold über die Wiese geprescht. Sie hat eine Schubkarre Pferdemist zum Gemüsegarten geschoben und uns gezeigt, wie man das Zeug in den Boden einarbeitet. Sie hat die erste reife Tomate im Gewächshaus entdeckt. Sie hat gesagt, wir sollen auf der Wiese eine Mulde ausheben und Feuerholz sammeln.

Und als Zoran vom Krankenhaus zurückkam, hat er Grandpas alten Flügel entdeckt. Der ist seit Jahren nicht mehr gestimmt worden, weil Grandma nicht Klavier spielen kann, aber Zoran meinte, das sei eines der schönsten Instrumente, die er je gesehen hat. Er hat stundenlang gespielt und sich durch den Stapel verstaubter Noten gearbeitet, der schon, seit ich denken kann, oben auf dem Flügel liegt. Wir anderen sind währenddessen mit Gloria nach Plumpton gefahren, um Grillsachen für unsere neue Feuerstelle einzukaufen, Würstchen, Burger und Marshmallows. Am frühen Abend haben wir das Feuer angezündet und mit dem Essen angefangen, als es gerade dunkel wurde. Wir haben im Gras gesessen und uns die Finger verbrannt, während uns der Fleischsaft übers Kinn lief und Elsie wie ein Geier darauf lauerte, dass uns irgendwas runterfiel.

»Daran könnte ich mich gewöhnen«, sagte Zoran und Gloria sagte, sie auch.

Zum Nachtisch gab es Eis mit den letzten Erdbeeren aus dem Garten und eine Flasche Wein, die Gloria mit Zoran zusammen getrunken hat. Jas meinte, mit ihren langen dunklen Haaren, den geröteten Wangen und den bloßen Füßen sähe Gloria wunderschön und wild aus. Zoran ließ sie kaum aus den Augen. Nach dem Essen, als es schon fast dunkel war, haben wir nach den Ponys gesehen und dann sagte Twig zu Gloria: »Es ist noch so warm, warum gehst du nicht noch mal mit Zoran zum Bach runter?«

Jas sagte, »Wir können doch alle noch mal gehen, zum Mitternachtsplanschen!«, und dann sagte sie »Aua!«, weil Twig ihr vors Schienbein getreten hatte.

»Ich hätte auch Lust auf ein nächtliches Bad«, sagte ich. »Kaum zu glauben, dass wir das noch nie gemacht haben.«

»Wenn *du* jetzt zum Bach gehst«, sagte Twig, »will Elsie garantiert auch mit rein, und dann bist du den Rest der Nacht damit beschäftigt, sie trocken zu kriegen, bevor sie zu dir ins Bett kommt. Zoran und Gloria sollten lieber alleine gehen.«

Twig wandte sich zu ihnen um, so dass er Jas und mich von ihnen abschirmte, und sagte in einem seltsam förmlichen Tonfall: »Da unten ist es wirklich sehr hübsch. Und ihr müsst auch unbedingt über die Brücke gehen, von dort hat man den schönsten Blick.«

Jas sagte, »Oh!«, und Twig versetzte ihr wieder einen Tritt. Sie schlug die Hand vor den Mund, aber das bekamen Zoran und Gloria gar nicht mehr mit, weil sie schon Hand in Hand auf den Bach zuliefen.

Über ihnen, an einem perfekt mit Sternen übersäten Himmel, hing ein ebenso perfekt gerundeter Vollmond.

Die Filmtagebücher der Bluebell Gadsby

11. Szene (Transkript)
In der geriatrischen Abteilung

DRINNEN. TAG.

Ein ruhiger Raum in einem Kleinstadt-Krankenhaus. Draußen ist wieder herrliches Wetter, aber die Fenster sind alle geschlossen. Die Schwingtüren am Eingang sind nur mit Sicherheitsschaltern zu öffnen. Ohne Erlaubnis kommt hier keiner rein oder raus. Dadurch fühlt man sich wie im Gefängnis.
Zwölf Krankenhausbetten, solche auf Rollen, die man hoch- und runterstellen kann, mit Plastikfolie unter weißen Krankenhauslaken. Neben jedem Bett steht ein Spind und zwischen den Betten sind Vorhänge angebracht, mit denen man kleine Räume abteilen kann, aber die meisten sind offen.
In jedem Bett liegt eine alte Frau. Sie sehen alle gleich aus: blass, grau und irgendwie verschrumpelt. Ihre Haare sind dünn und ihre Haut ist wie Papier, straff über ihre Knochen gespannt. Alle dösen vor sich hin, mit Ausnahme einer alten Dame, die eine pinkfarbene Stola und noch pinkfarbeneren Lippenstift trägt, Süßigkeiten isst und eine Zeitschrift liest. Es riecht nach Putzmitteln, alten Leuten und Urin.
In einem Bett am Ende des Raums liegt GRANDMA und sieht

auch schon ein bisschen so aus wie die anderen. Sie schläft, den Mund leicht geöffnet, die Hände über der Bettdecke gefaltet. Ihr Atem geht flach. Ein Tropf steht neben ihrem Bett, der Plastikschlauch führt in ihren Arm und ist dort mit Pflastern festgeklebt. Zoran erklärt, dass der andere Schlauch, der unter der Bettdecke verschwindet, ihr Pipi in einen Beutel leitet. Eine KRANKENSCHWESTER kommt mit ärgerlicher Miene auf uns zu.

SCHWESTER

Was tust du denn da? Hier darf man nicht filmen. Mach das Ding sofort aus.

KAMERAMANN (BLUE) senkt die Kamera, lässt sie aber laufen, so dass der Ton weiterhin aufgezeichnet wird. Sie kann der Schwester nicht in die Augen sehen. Sie will hier nichts und niemanden ansehen, außer durch die Kamera. Hinter ihr können JASMINE und TWIG den Blick kaum von Grandma abwenden.

ZORAN

(sanft)

Diese Kinder wollen ihre Großmutter besuchen, Constance Gadsby. Sie sind ziemlich mitgenommen. Das Filmen … ist ihr eine Hilfe. Ich verspreche Ihnen, dass niemand diese Aufnahmen zu sehen bekommt, ich garantiere Ihnen sogar, dass ich sie persönlich wieder löschen werde.

ALTE DAME IN PINKFARBENER STOLA
(außerhalb des Bildes, gackernd)
Lass sie doch, Nora! Ich wollte
schon immer mal ein Filmstar sein.

GRANDMA
(aufwachend, ebenfalls außerhalb des Bildes)
Caspian? Bist du das?

ZORAN
Caspian konnte heute leider nicht kommen, Constance.

GRANDMA
Und wo ist Mr Pigeon?

ALTE DAME IN PINKFARBENER STOLA
Mr Pigeon? Wer soll das nun wieder sein?

ZORAN
(leise, seitwärts)
Das ist ihr Hund. Oder vielmehr, er war es.
Mr Pigeon ist nämlich schon tot.
(lauter, an Grandma gewandt)
Mr Pigeon jagt gerade Kaninchen.
Vielleicht kann ich ihn morgen mitbringen.

Grandma schläft wieder ein.

ALTE DAME IN PINKFARBENER STOLA

(ruft laut)

Nora! Nora! Wenn diese bekloppte Alte ihren toten Hund mitbringen darf, will ich aber meine Katze hier haben! Haben Sie gehört? Ich will meine Tabby, und zwar SOFORT!

Mittwoch, 6. August

Als dann auch noch die nächste alte Dame zu keifen anfing, sie wolle gefälligst ihren Wellensittich, erklärte Zoran, es sei Zeit zu gehen.

»Wir kommen morgen wieder.«

Jas sagte, da würde sie nie wieder hingehen, niemals. Und Zoran sagte, das sei auch in Ordnung.

»Grandma sieht aus, als läge sie im Sterben«, sagte Jas.

»Sie sieht nicht gut aus«, räumte Zoran ein. »Aber sterben wird sie nicht, das kann ich dir versprechen. Um genau zu sein, geht es ihr sogar schon sehr viel besser.«

»Wenn es ihr schon sehr viel besser geht«, fragte Twig, »warum ist sie dann immer noch durcheinander?«

Zoran sagte, vielleicht wäre sie nur erschöpft, aber er wirkte selbst nicht sehr überzeugt.

Mum sagt, wir müssen nach Hause fahren. Zoran hat sie angerufen, als wir aus dem Krankenhaus zurück waren. »Constance ist dort in den besten Händen«, sagte er und Mum erwiderte, das sei sehr schön, aber vielleicht wäre es doch für alle das Beste, wenn wir jetzt einfach nach London zurückkämen.

»Aber das geht nicht!«, rief ich. Alle wandten sich zu mir um und ich wurde rot. »Wir müssen uns doch um Elsie kümmern. Das haben wir Skye versprochen.«

»Und der Garten«, sagte Twig. »Den können wir nicht einfach im Stich lassen. Grandma hat sich solche Mühe mit ihm gemacht.«

»Und du, Jas?«, fragte Zoran. »Du willst doch sicher gern nach Hause und deinen kleinen Bruder wiedersehen, oder?«

Jas' Unterlippe zitterte, aber sie sagte, »Wir müssen uns doch auch um Marigold und Hester kümmern.«

»Und Constance können wir auch nicht einfach so allein lassen«, sagte Zoran.

»Bleibst du dann mit uns hier?«, fragte ich ihn.

Zoran hob den Blick und sah Gloria an. Sie schüttelte den Kopf, nur ganz leicht, so dass man es kaum sehen konnte. Zoran runzelte die Stirn.

»Natürlich bleibe ich«, sagte er.

Gloria hatte heute Morgen eine alte Reithose von Grandma entdeckt, so eine aus der Zeit, bevor Elastan erfunden wurde, mit engen Beinen und einem ganz weiten Hintern. Die meisten Leute sehen darin total unförmig aus, aber Gloria natürlich nicht. Sie sieht darin aus wie eine wunderschöne und fast noch furchteinflößendere Reitlehrerin aus den 1940er Jahren, als es noch erlaubt war, Kinder mit Reitgerten zu schlagen. Nun starrte sie Zoran wütend an. Er hielt ihrem Blick stand.

»So lange, wie ihr mich braucht«, fügte er noch hinzu.

Gloria marschierte aus dem Haus in Richtung Koppel. Kurz darauf sahen wir sie mit Marigold aufs Moor hinausreiten.

Als sie zurückkam, haben sie sich in der Küche gestritten. Wir drängten uns vor der Tür, um zu lauschen.

»Ich verstehe nicht, warum du so wütend bist«, sagte Zoran gerade.

»Ich bin wütend, weil diese Familie nur mit den Fingern schnippen muss und schon kommst du angerannt.«

»Sind wir ›diese Familie‹?«, flüsterte Jas.

»Ich fürchte, ja«, murmelte ich zurück.

»Aber sie brauchen mich, Gloria!«, sagte Zoran bittend. »Constance ist krank und hier ist sonst niemand, wir können sie doch nicht einfach ganz allein im Krankenhaus zurücklassen!«

»*Ich* brauche dich, Zoran, du bist ewig lange weg gewesen und wir müssen reden.«

»Bald«, versprach Zoran.

»Wo ist David? Wieso kann Cassie nicht herkommen? Warum bist *immer nur du* derjenige, der sich hier um alles kümmert?«

»Ich weiß es nicht! Weil sie mir nicht egal sind?«

Als sie mit ihren Taschen runterkam, folgten wir ihr alle nach draußen. Sie gab jedem von uns einen Kuss und sagte, hoffentlich ginge es Grandma bald wieder besser, und dann stieg sie ins Auto, ohne sich von Zoran zu verabschieden.

Er legte eine Hand auf die Autotür und wir traten zurück.

»Bitte bleib«, hörten wir ihn sagen, und dann noch: »Ich liebe dich, Gloria. Bitte fahr nicht weg.«

Aber Gloria schaute ihn nur so richtig traurig an und sagte, dass sie, anders als er, Verpflichtungen hätte und dass eine Reitschule sich nicht von alleine leitet. »So was nennt man das richtige Leben«, sagte sie. »Und darin bist du nicht gerade besonders gut.«

Sie zog die Fahrertür zu. Zoran machte einen Schritt zurück. Sie ließ den Motor an.

»Das ist genau dasselbe wie mit dem Dorf deines Großvaters«, fügte sie noch hinzu.

Zoran trat gegen einen Baumstumpf, fluchte und setzte sich an den Flügel. Twig machte sich im Garten zu schaffen. Ich setzte mich in die Diele, um zu schreiben. Nach einer Weile tauchte Jas in der Tür zwischen Diele und Wohnzimmer auf und sagte, ihr sei langweilig.

»Warum malst du nicht ein schönes Bild für deine Großmutter?«, fragte Zoran, ohne von seinen Noten aufzublicken.

Jas maulte, so was würde man immer zu kleinen Kindern sagen, damit sie die Klappe halten. Zoran spielte weiter.

»Oder schreib ein Gedicht«, schlug ich vor.

Jas meinte nur, vergiss es, und sie hätte eine bessere Idee. Ein paar Minuten später sah ich, wie sie aus der Haustür marschierte und den Weg zur Koppel einschlug, mit Grandmas Gartenhut in der einen und einer Schere in der anderen Hand.

Zoran hämmerte noch ein paar Akkorde und klappte dann den Deckel zu.

»Hat keinen Sinn«, sagte er. »Ich kann mich nicht konzentrieren.«

Ich ging zu ihm ins Wohnzimmer und legte mich aufs Sofa.

»Warum ist Gloria so sauer?«, fragte ich.

Zoran sagte, das sei eine Erwachsenensache, das würde ich sowieso nicht verstehen.

»Das ist aber ziemlich unfreundlich«, sagte ich.

Er klappte den Deckel wieder hoch und spielte missgelaunt eine Tonleiter.

»Vielleicht, weil du nicht mit ihr zusammenziehen willst?«

Seine Finger donnerten auf die Tasten hinunter.

»Diese Familie!«, rief er. »Woher weißt du denn das schon wieder?«

Ich zuckte die Achseln. »Flora«, sagte ich. »Die weiß doch immer alles. Sie meint, du hättest Bindungsängste.«

»Na klar, Flora. Wer sonst.«

»Was meint Gloria mit *das ist dasselbe wie mit dem Dorf deines Großvaters?*«, fragte ich und Zoran rieb sich lange übers Gesicht, was er in letzter Zeit immer öfter tut, wenn er nicht weiß, was er sagen soll.

»Sie meint damit, dass ich dort nicht hingehöre«, sagte er.

»Aber wieso nicht? Auf dem Foto mit dir und deiner Schwester am Brunnen siehst du richtig glücklich aus.«

»Das Dorf existiert gar nicht mehr«, sagte Zoran. »Es wurde im Krieg zerstört. Der Brunnen ist als Einziges noch übrig.«

Manchmal vergisst man, dass Fotos immer nur einen Teil der Geschichte erzählen.

Zoran fing an, mit einem Finger eine Melodie auf dem Flügel zusammenzusuchen.

»Das kenne ich irgendwoher«, sagte ich.

»Ach ja?«

»Was ist das?«

Jas kreuzte auf und sagte, sie bräuchte meine Kamera. »Das ist die Melodie, die Glorias Vater immer gepfiffen hat«, fügte sie hinzu.

»Meine Kamera ist oben«, sagte ich zu ihr und sie stürmte wieder davon.

»Und außerdem ist es was anderes. Du gehörst wohl hierher«, sagte ich, wieder an Zoran gewandt. »Zu uns. Du bist doch ein Teil der Familie.«

Er rieb sich wieder das Gesicht. Ich umarmte ihn. Jas sprintete an der Tür vorbei, meine Kamera in der Hand.

»Was willst du denn damit?«, rief ich ihr hinterher.

»Nichts, nichts!«

»Nichts kann man das nun wirklich nicht nennen.« Twig kam barfuß aus dem Garten herein und stopfte sich eine Handvoll Himbeeren in den Mund. »Ich find's zum Totlachen, aber ich weiß nicht, ob Grandma so begeistert sein wird.«

»Es soll sie an ihre Hochzeitsreise erinnern!«, rief Jas, während wir ihr alle nach draußen folgten.

Auf den Fotos, die ich heute Nachmittag gemacht habe, ist Twig zu sehen, wie er sich vor Lachen biegt, das Gesicht mit rotem Himbeersaft verschmiert. Zoran fasst sich an den Kopf und versucht, ein missbilligendes Gesicht zu machen, aber man sieht genau, dass er am liebsten mitlachen würde. Marigold hat einen Kranz aus Gänseblümchen um den Kopf, Elsie eine rote Schleife um den Hals und Fat Hester ist eine wahre Pracht: Ihr scheckiges Fell glänzt, die Hufe sind poliert, Mähne und Schweif geflochten und auf ihrem Kopf sitzt, mit Löchern für ihre Ohren versehen und von einem langen Seidenschal gehalten, Grandmas Gartenhut.

Nichts, aber auch gar nichts weist darauf hin, dass irgendwas nicht in Ordnung ist.

Freitag, 8. August

Elsie grämt sich und keiner kann schlafen.

Von morgens bis abends sitzt sie an derselben Stelle, wie an dem Tag, als Grandma abgeholt worden ist. Wenn ich sie abends reinhole, jault sie. In der ersten Nacht, als Grandma im Krankenhaus war, hat sie die ganze Zeit an der Tür zu Grandmas Zimmer gekratzt, aber als ich sie dann reingelassen habe, hat sie bloß geheult. Schließlich hat Zoran sie in die Küche gesperrt. Als wir morgens runterkamen, hatte sie den ganzen Boden vollgepinkelt. Jetzt lasse ich nachts immer alle Türen auf, in der Hoffnung, dass sie irgendwo zur Ruhe kommt, aber sie trottet immer nur von einem Zimmer ins nächste, winselnd und jammernd, und hält uns alle wach. Ich habe Skye eine Mail geschrieben und gefragt, ob er uns auch dafür einen Tipp geben kann. Ich hätte nie gedacht, wie schwierig es sein kann, einen Hund zu hüten.

Wir dürfen Grandma »bis auf weiteres« nicht mehr besuchen, hat Nora zu Zoran gesagt. Er war gestern im Krankenhaus und heute auch, aber bis es ihr wieder deutlich besser geht, »braucht Granny absolute Ruhe und Frieden«, sagt Nora. Jas hat ihren Entschluss, nie wieder einen Fuß in dieses Krankenhaus zu setzen, offenbar geändert und sagt, das sei nicht fair.

»Wir wären auch ganz, ganz still«, sagte sie.

»Nein«, sagte Zoran.

»Mucksmäuschenstill.«

»Sie bekommt sowieso noch starke Beruhigungsmittel. Sie würde gar nicht merken, dass ihr da seid.«

»Und ob sie das merken würde«, murrte Twig hinter Zorans Rücken. »Sie würde uns *spüren.*«

Heute Nachmittag war es etwas weniger heiß und ich habe Elsie auf einen Spaziergang übers Moor mitgenommen. Erst wollte sie nicht mitkommen. Sie lag unter Grandmas Liegestuhl an der Gartenmauer und hat mich sogar angeknurrt. Ich konnte sie nur mit Hundeleckerlis herauslocken, aber sobald wir auf freiem Feld waren, wo sie nicht dauernd an Skye und Grandma erinnert wurde, lebte sie auf und fing an herumzurennen.

Es ist ganz anders, wenn man mit einem Hund spazieren geht. Grandma und Grandpa hatten früher auch Hunde, aber da waren wir noch klein und Grandma und Grandpa waren immer mit dabei. Heute war ich zum ersten Mal allein mit einem Hund unterwegs und das fühlte sich irgendwie erwachsen an, weil ich jetzt nicht mehr nur für mich selbst, sondern auch für jemand anderes verantwortlich war. Und umgekehrt passte dieser Jemand auch auf *mich* auf, lief immer wieder weg und kam dann zurück, um zu sehen, ob ich noch da war. Wir waren ewig unterwegs. Wir sind durch schmale Bäche gewatet und haben im Heidekraut gelegen, und ich habe mir einen kleinen Sonnenbrand geholt, weil ich vergessen hatte, mich einzucremen.

Und erst ganz am Ende, als ich am späten Nachmittag wieder auf Horsehill zusteuerte und Grandmas seltsam verdrehten Baum sah, fiel mir auf, dass ich keine Sekunde lang an Iris gedacht hatte.

Das hat Skye geschafft, mit seinem Sonnenaufgang und seinem Hund.

Früher bestand Dartmoor für mich nur aus Iris. Iris, wie sie rennt, Iris, die nach mir ruft und sich immer neue Spiele ausdenkt. Aber obwohl ich es kaum bemerkt habe, ist das Leben doch weitergegangen. Skye hat mir eine Seite von Dartmoor gezeigt, die Iris niemals sehen wird.

Und ich weiß gar nicht so genau, ob ich das gut finden soll. Ich weiß nicht, ob ich dazu schon bereit bin.

Wenn Jas nicht gerade bei den Ponys ist, um Skyes tägliche Pflichten zu übernehmen und reiten zu üben, dann schreibt sie. Sie sagt, ihr Gedicht sei sehr dunkel und tragisch geworden, weil sie alles mit reingenommen hat, all die Sachen im Krankenhaus und die verrückten Alten, die ihre Haustiere haben wollen, und auch, wie Grandma jetzt aussieht. Pumpkin soll alles wissen, aber so langsam ist sie es leid.

»Warum kommt Mum denn nicht einfach her?«, hat sie heute beim Abendessen gefragt. »Dann könnte Pumpkin das alles selber sehen.«

Und ich glaube, ich weiß jetzt endlich, warum.

Wenn Mum mit Pumpkin herkommen würde, würde auch er bald ein Teil von Horsehill werden. Nach und nach würde der lebende Pumpkin die tote Iris ersetzen. Und vielleicht ist auch Mum einfach noch nicht dazu bereit.

Und so warten wir: darauf, dass Mum ihren Kummer überwindet, dass es Grandma wieder besser geht und dass die Jungs aus Frankreich zurückkommen. Twig arbeitet im Gemüsegarten – für den ist *er* zuständig, so wie Jas für die Ponys und ich für Elsie – und wartet darauf, dass die Tomaten reif werden. Langsam wird der Garten zur Wildnis. So viel er auch arbeitet, er kann nicht verhindern, dass die Sonne das Gras verbrennt, die Rosen sich in Dornengestrüpp verwandeln und Unkraut und Wildblumen in den Beeten sprießen. Seine Hände sind immer voller Erde. Die Haare von Jas sehen aus wie die Mähne eines wilden Ponys, in dessen langen, dunklen Zotteln ständig kleine Strohhalme und Dornenzweige hängenbleiben. Die Sonne hat ihre Haut zu einem dunklen Kupferton gebräunt, so dass ihre dunklen Augen fast schwarz aussehen, und ihr Kleid ist sogar noch zerrissener als bei unserer Ankunft und plötzlich auch zu kurz. Ich bin in den letzten Tagen nur noch barfuß gelaufen, genau wie Twig, und meine Fußsohlen sind schon ganz hart und rissig.

Die Tage gehen so dahin, untermalt von Zorans Klaviermusik. Immer noch keine Nachricht von Dad. Zoran versucht regelmäßig, ihn vielleicht doch zu erreichen, aber Mum sagte, Dad hätte sie schon gewarnt, dass er auf See eine Woche lang kein Netz haben würde. Irgendwer muss aber bald mal herkommen, weil es für Zoran langsam Zeit wird, nach London zurückzufahren, glaube ich. Es gab noch einen Streit mit Gloria und seitdem hat er auch von ihr nichts mehr gehört. Und so besucht er Grandma, kümmert sich um uns und um das Haus und spielt stundenlang Klavier. Aber er wartet auch, wartet darauf, dass sein Leben endlich weitergehen kann, mit Gloria und ohne uns.

Skye hat geantwortet. Er sagt, ich soll Elsie irgendwas von Grandma ins Körbchen legen, eine Decke, einen Pullover oder einen Schal. Der Geruch würde sie vielleicht trösten. Ich habe Grandmas altes graues Kaschmirjäckchen vorgeschlagen, mit dem sie ständig rumläuft und das schon Löcher an den Ellbogen hat, und er meinte, das würde sich genau richtig anhören.

Ich habe überlegt, ob ich ihm von meinem Spaziergang erzählen soll und davon, dass ich jetzt vieles ganz anders sehe, mit neuen Augen – mit seinen Augen, nehme ich an. Aber ich fand es komisch, so was in einer Mail zu schreiben. Also habe ich nur gefragt, wie es in Frankreich so läuft, und er sagte gut, aber Horsehill würde ihm fehlen und morgen in einer Woche wären sie wieder zurück. Ich schickte einen Smiley und dann habe ich mich schnell ausgeloggt, denn mal ehrlich: ein Smiley? Langsam werde ich schon so wie Flora.

Ollie hat sich noch gar nicht gemeldet, aber ich habe mir den Film von unserem Tag an der Brücke noch mal angesehen. Ich kann kaum glauben, dass das erst eine Woche her ist. Und noch weniger kann ich glauben, was ich an dem Tag gemacht habe. Auf dem Video lacht Ollie fast die ganze Zeit und ich spüre, wie ich von neuem in seinen Bann gezogen werde.

Samstag, 9. August, sehr früh am Morgen

Es ist kurz nach Mitternacht und ich bin gerade aus dem Schlaf hochgeschreckt. Ich weiß gar nicht, wie das geht, dass man in der einen Sekunde noch tief und fest schläft und in der nächsten plötzlich hellwach ist, mit einem so nahe liegenden Gedanken im Kopf, dass man sich fragt, wie man den bisher übersehen konnte.

Je eher Dad hierherkommt, desto eher kann Zoran nach London zurück, um die Sache mit Gloria in Ordnung zu bringen. Logisch.

Und die Einzige, zu der noch niemand wegen Grandma Kontakt aufgenommen hat, ist Flora. Was 1. nicht in Ordnung ist, weil Flora

Grandma sehr gernhat, und 2. auch richtig dumm, weil sie im Moment am nächsten an Dad dran ist.

Also bin ich aufgestanden und nach unten gegangen, um ihr eine Mail zu schreiben. Ich nahm mir vor, möglichst dramatisch zu klingen, weil Flora auf Dramatik ungefähr genauso reagiert wie ein Vampir auf den Geruch von Blut.

»Grandma liegt im Krankenhaus«, schrieb ich. »Sie haben sie an einen Tropf angeschlossen. Sie ist von lauter Leichen umgeben und wird sicher auch bald sterben.«

Flora brauchte keine zwei Minuten, um zu antworten.

11:36

FLORA GADSBY

Oh mein Gott!

11:36

FLORA GADSBY

Im Ernst, lauter Leichen?

11:37

FLORA GADSBY

Gibt es keine Hoffnung mehr?

11:37

BLUEBELL GADSBY

Sie ist stark dehydriert und hat eine Nierenentzündung. Sag Dad, er muss sofort kommen. Wo sind die Wale?

11:38

FLORA GADSBY

Kilometerweit entfernt! Genauer gesagt: Tage.

Ich reise sofort ab!

11:38

BLUEBELL GADSBY

Geht das denn? Was ist mit der Arbeit?

11:39

FLORA GADSBY

Die werden mich nicht vermissen.

Ich sitze hier sowieso nur rum.

Keine Angst, ich hole euch Dad schon nach Hause.

Auf dem Weg nach oben warf ich noch einen Blick in die Küche und musste lächeln, als ich Elsie fest schlafend in ihrem Körbchen liegen sah, zwischen den Fetzen von Grandmas Kaschmirjäckchen.

Um 11:42 war ich wieder im Bett.

Samstag, 9. August (Fortsetzung)

»Bitte steh auf und mach irgendwas«, hat Zoran mich heute Morgen beim Frühstück angefleht. »Wenn ich dich noch eine Minute länger hier rumlungern sehe, werfe ich dich in den Bach.«

»Ich lungere nicht rum!«, sagte ich.

»Tust du wohl. Wenn du nicht gerade seufzt oder ins Leere starrst oder wie eine Irre grinst, dann lungerst du rum. Man könnte meinen, du bist verliebt und nicht hochgradig besorgt.«

»Verliebt?«, fragte Jas. »In Ollie?«

»Ich bin in niemanden verliebt«, sagte ich. Aber ich schnappte mir trotzdem mein Rad und machte mich davon.

Der Bach am Teich der Melisandra ist auch ziemlich flach geworden. Er sieht nicht mehr halb so einladend aus wie vorher. Ich lief den Hügel zu den alten Steinhäusern hinauf, die Twig und Skye erkundet haben, stellte mich auf die Brücke und schaute auf den Teich hinunter, der immer noch nicht türkis, sondern grün und trüb aussah, voller Wasserflöhe und anderer Krabbeltiere, die über seine Oberfläche glitten. Dann habe ich ewig lange im Badeanzug am Strand gesessen, bevor ich endlich den Mut aufbrachte, reinzugehen.

Unter der Brücke ist es dunkel und auch wirklich gruselig, erst recht, wenn das Wasser so niedrig steht, dass einem die Algen beim Schwimmen den Bauch entlangstreichen, und niemand dabei ist, der einen anspornt, aber ich habe es trotzdem geschafft.

Beinahe hätte ich mir Iris zurückgewünscht, wie immer. Dann fiel mir Jas ein und ich hätte mir beinahe gewünscht, dass Mum und Pumpkin herkommen. Und dann hätte ich mir auch beinahe noch gewünscht, dass Skye und Ollie zurückkommen und dass Ollie mich genauso mag wie ich ihn.

Aber Wünsche sind kostbar und man sollte gut überlegen, bevor man sie ausspricht, vor allem wenn vielleicht eine Hexe zuhört, und so wünschte ich mir das Einzige, was im Augenblick wirklich zählt.

Ich wünschte mir, dass Grandma wieder gesund wird.

Ich schwamm bis in die Mitte des Teichs, zum Beweis, dass ich keine Angst hatte, und ich schwöre, in dem Moment, als ich mich auf den Rücken drehte und meinen Wunsch laut aussprach, brach plötzlich die Sonne durch die Bäume und das Wasser wurde zwar nicht türkis, aber golden.

Lizzie hat heute Abend angerufen, um sich nach Grandma zu erkundigen, und ich habe kurz mit Skye gesprochen.

»Wie geht's Elsie?«, fragte er.

Ich berichtete ihm, dass sie Grandmas Strickjacke komplett zerfetzt hatte.

»Aber es wirkt«, sagte ich. »Sie ist wieder viel fröhlicher.«

»Und wie geht es deiner Großmutter?«

»Etwas besser, hoffe ich. Wir dürfen sie nicht besuchen. Kann ich dich mal was Doofes fragen? Diese Sache mit dem Teich der Melisandra. Glaubst du, das funktioniert?«

Er schwieg einen Moment und ich dachte schon, jetzt hält er mich für völlig bescheuert.

»Glaubst *du*, dass es ein Gespenst auf dem Satansfelsen gibt?«

»Könnte ich mir schon vorstellen«, räumte ich ein.

»Na also«, sagte er. Und dann: »Ich wette, dass er in Erfüllung geht.«

Ich wollte nach Ollie fragen, wusste aber nicht, wie ich das anstellen sollte, ohne dass es so aussah, als würde ich eigentlich bloß fragen, ob er mich irgendwie erwähnt hat. Also sagte ich stattdessen, »Grüß alle von mir«, und Skye erwiderte nur, »Mach ich.«

Montag, 11. August

Grandma ist jetzt seit fast einer Woche im Krankenhaus und heute durften wir endlich wieder zu ihr. Es war viel ruhiger als beim ersten Mal, aber trotzdem schrecklich.

Nora hatte Dienst. Als sie uns sah, dachte ich erst, sie würde uns nicht reinlassen, aber sie sagte nur, »Dass ihr mir meine alten Leutchen nicht wieder durcheinanderbringt«, und wir gingen auf Zehenspitzen hinein.

Als wir den Flur entlanggingen, trat jemand neben uns aus einer Tür. Laute Stimmen drangen heraus. »Der Tagesraum«, erklärte Nora, als wir fragten. »Sie sehen fern.«

»Ist Grandma auch da drin?« Jas lief zur Tür, um einen Blick hineinzuwerfen, und erstarrte mitten in der Bewegung.

»Oh«, sagte ich, als ich neben ihr stand, und »Oh« machte auch Twig.

Im Tagesraum saßen eine Menge alter Leute herum. Der Fernseher lief in voller Lautstärke, aber keiner schaute hin, nicht einmal die, die direkt davorsaßen. Die meisten schliefen, glaube ich, das Kinn auf die Brust gesackt. Eine alte Dame sabberte vor sich hin und ein alter Mann zerrte an seinem Schlafanzug, als wollte er ihn sich ausziehen, während eine Schwester ihn davon abzuhalten versuchte.

»Wenn Sie sich nicht benehmen, geht's wieder ab ins Bett«, schimpfte sie mit ihm.

»Das ist schrecklich«, sagte Jas.

»Ein Vorgeschmack der Hölle«, bestätigte Twig.

»Ist Grandma auch manchmal hier drin?«, fragte ich Nora.

»Deine Granny liegt in ihrem Bett«, sagte Nora. »Und das ist kein Vorgeschmack der Hölle.«

Grandma schlief, als wir kamen. Die Schläuche sind weg, aber sie hat einen blauen Fleck auf dem Arm, da, wo der Tropf angeschlossen war. Die Infektion ist jetzt ganz verschwunden und sie ist auch wieder vollständig rehydriert, aber ich habe noch nie jemanden gesehen, der so krank aussah. Ihre Sonnenbräune ist verblasst, ihr dunkelgraues Haar ist heller geworden und sie hat so viel abgenommen, dass ihre Haut genauso aussieht wie die der anderen alten Leute, straff über ihre Knochen gespannt.

»Sie braucht immer noch Ruhe«, sagte Nora warnend.

Ich glaube, Grandma ist während der ganzen Zeit, die wir dort waren, kein einziges Mal richtig wach gewesen. Wir saßen um sie herum und überlegten im Flüsterton, ob wir trotzdem mit ihr reden sollten, auch wenn sie uns gar nicht hören konnte; so wie sie das im Fernsehen immer bei Leuten machen, die im Sterben liegen oder im Koma, und die Angehörigen dann plötzlich irgendwas beichten, zum Beispiel, »Ich hab damals dein Meerschweinchen umgebracht«, oder »Ich bin dein richtiger Vater.« Aber von uns hatte keiner was zu beichten, außer Jas das mit dem Gartenhut, aber die meinte, das würde sie lieber nicht sagen, falls Grandma doch hören konnte.

Der Arzt kam vorbei. Er sah sich Grandmas Krankenakte an und sagte, er würde sie gern noch ein paar Tage im Krankenhaus behalten.

»Aber ich dachte, die Infektion ist weg?«, sagte ich.

Der Arzt meinte, das sei sie auch, aber bei alten Leuten könne man nie vorsichtig genug sein.

Jas flüsterte, sehr laut, Grandma würde im Moment sogar noch schlechter aussehen als an dem Tag, als sie ins Krankenhaus gekommen war. Und Twig sagte, er hätte irgendwo gelesen, dass die Leute im Krankenhaus erst so richtig krank würden, wegen dieser Superbakterien, die sich überall dort vermehren, wo es Krankheiten gibt. Nora straffte den Rücken und sagte, »Nicht auf meiner Station.«

»Glaubt mir«, sagte der Arzt. »Eure Großmutter ist hier besser aufgehoben.«

Grandmas Augenlider flatterten und der Arzt beugte sich über sie. »Meinen Sie nicht auch, dass Sie hier besser aufgehoben sind, Mrs Gadsby?«, fragte er sie.

»Ich will nach Hause«, murmelte Grandma.

»Sehen Sie?«, rief Twig.

Zoran sagte, wir sollten jetzt alle mal still sein, und fragte den Arzt, was passieren würde, wenn Grandma jetzt nach Hause käme.

»Sie braucht ständige Pflege und Aufmerksamkeit«, sagte der Arzt.

»Das können wir doch machen!«, sagte ich.

»Sie ist hier wirklich besser aufgehoben«, sagte der Arzt.

»Aber warum?«, fragte ich und Zoran sagte, jetzt würde es reichen.

»Ihr könnt euch noch kurz von ihr verabschieden«, sagte Nora und eilte dem Arzt hinterher. Jas streckte ihr hinter ihrem Rücken die Zunge raus und dann stieß Twig einen Schrei aus, weil Grandmas Hand plötzlich hervorschoss und ihn am Handgelenk packte.

Nora kam zurückgeeilt. Grandmas leuchtend blaue Augen waren weit geöffnet und starr und ein bisschen Sabber lief aus ihrem Mundwinkel, wie bei der alten Dame im Fernsehzimmer. »Raus!«, sagte Nora.

»Bringt mich nach Hause«, zischte Grandma. »Sonst verzeihe ich euch das *nie*.«

»Aber warum darf sie denn nicht nach Hause, Zoran?«, fragte Jas im Auto. »Wenn es ihr doch wieder besser geht, warum muss sie dann noch bleiben?«

»Der Arzt möchte, dass sie sich noch ausruht.«

»Sie kann sich doch auch zu Hause ausruhen«, wandte ich ein. »Wir können uns um sie kümmern. Sie darf da nicht bleiben, Zoran. Sie ist nicht wie diese anderen Leute. Grandma braucht ...« Ich stockte, während ich überlegte, was Grandma brauchte. »Sie braucht ihren Garten und den Rosenduft und das Moor und Elsie, die verrückte Sachen macht, und ihr eigenes Schlafzimmer. Es geht nicht um Ärzte und Krankenschwestern, sondern um das, was sie liebt. Ich glaube wirklich, es könnte ihr Tod sein, wenn sie da noch länger bleibt.«

Jas fing an zu weinen und sagte, sie wüsste genau, wie man sich fühlt, wenn man unbedingt nach Hause will. Ich steckte den Arm durch das Hundegitter nach hinten und nahm ihre Hand. Auf der Bank ihr gegenüber saß Twig, rieb sich das Handgelenk und sah aus dem Fenster.

»Und was meinst du?«, fragte ich ihn.

Mühsam löste er den Blick vom Fenster und richtete ihn auf mich.

»Es ist wie ein Fluch«, sagte er.

»Wir sind verflucht!«, schluchzte Jas.

»Sie hat gesagt, sie würde uns nie verzeihen.«

»Bitte mach dem Arzt klar, dass sie nach Hause kommen muss«, flehte ich Zoran an.

»Jetzt werdet hier mal nicht melodramatisch«, schimpfte Zoran und blickte sich über die Schulter zu uns um. Das Auto machte einen Schlenker nach links und wäre fast von der Straße abgekommen. Alle schrien auf. Zoran riss das Steuer nach rechts und ein Lastwagen donnerte hupend an uns vorbei. »Alles in Ordnung, nichts passiert«, sagte Zoran, aber seine Stimme zitterte. »Der wahre Fluch dieser Familie ist ihr Hang zur Dramatik. Manchmal muss man auch einfach mal akzeptieren, dass die Erwachsenen es besser wissen. Und jetzt lasst uns über was anderes reden. Zum Beispiel über dieses verdammte Auto mit seiner fürchterlichen Lenkung.« Und dann ließ er sich endlos darüber aus, was für ein Albtraum es sei, den Landrover zu fahren, und dass er immer nach links ziehen würde, als wäre es gar nicht seine Schuld, dass wir nur knapp am Tod vorbeigeschrammt waren. »Den müsste man eigentlich verschrotten!«, sagte er, aber keiner hörte zu.

Ich glaube, Zoran weiß, dass wir sauer auf ihn sind, denn nach dem Mittagessen hat er sich nicht mehr blickenlassen, sondern den Rest des Tages am Flügel verbracht. Er sagt, er komponiert eine Sonate.

Elsie ist wieder ganz die Alte. Sie hat den Nachmittag damit verbracht, erst mal ein ganzes Beet voller Zwiebeln von Grandmas Lieblingstulpen auszubuddeln, und ist mir dann bei unserem Spaziergang übers Moor ständig ausgebüxt, so dass *ich* den Großteil des Nachmittags damit verbracht habe, kreuz und quer durchs Gelände zu stapfen und nach ihr zu rufen. Als ich sie endlich wieder zu Hause hatte, saßen Twig und Jas im Landrover und warteten auf mich.

»Nein«, habe ich gesagt.

»Es geht nicht anders«, sagte Twig.

»Denk an den Fluch«, flehte Jas.

Ich erklärte ihnen lang und breit, warum das, was sie vorhatten, nicht ging. Ich sagte, es sei gefährlich und unverantwortlich und wir würden garantiert Ärger bekommen. Ich hielt ihnen jedes vernünftige Argument entgegen, das mir einfiel, aber sie wollten nicht hören.

»Wenn du uns nicht hilfst«, sagte Jas, »machen wir's eben allein.«

»Ohne mich *könnt* ihr das gar nicht«, sagte ich.

»Dann musst du uns eben helfen«, sagte Twig.

»Und wenn ich es Zoran erzähle?«

»Das würdest du nie tun!«, stieß Jas hervor.

»Stimmt«, räumte ich ein. »Das würde ich nie tun.«

Und so ist jetzt alles vorbereitet. Der Landrover ist mit Kissen, Lebensmitteln, Wasser und Decken ausgestattet und wir haben unsere Rollen so lange geprobt, bis wir sie auswendig konnten. Jetzt müssen wir den Plan nur noch ausführen.

Morgen retten wir Grandma.

Dienstag, 12. August

Wir haben Zoran dazu gebracht, uns gleich nach dem Frühstück ins Krankenhaus zu fahren, weil Grandma morgens noch am meisten Kraft hat. Sobald wir dort waren, verkündete Jas, sie müsste aufs Klo und ob Zoran bitte auf sie warten würde.

Als Twig und ich ins Zimmer traten, saß Grandma im Bett und las in einer Zeitschrift und man sah sofort, dass es ihr viel besser ging als gestern. Sie hatte ihre Haare gemacht und starrte uns so grimmig entgegen, wie Melisandra wahrscheinlich ihre Henker angeschaut hat, als die sie ins Wasser stoßen wollten.

»Also keine Aussicht auf Begnadigung«, sagte sie.

»Kannst du laufen?«, fragte Twig.

»Natürlich kann ich laufen«, blaffte Grandma.

»An welchem Tag hast du geheiratet?«

»Wie bitte?«

»Beantworte einfach die Frage«, flehte ich sie an.

»Am 17. Juni 1966.«

Die nächste Frage hatte ich eigentlich nicht stellen wollen, aber Twig hatte darauf bestanden, um sicherzugehen, dass Grandma wirklich wiederhergestellt war.

»Wann ist Grandpa gestorben?«, fragte Twig.

»Am 23. November 2008«, sagte Grandma. »Der zweite Weltkrieg endete am 8. Mai 1945. Jedenfalls in Europa. In Asien erst am 15. August. George VI. starb am 6. Februar 1952 und das Beatles-Album *Sergeant Pepper's Lonely Hearts Club Band* kam 1967 heraus. Was wollt ihr sonst noch wissen, meine Kontonummer?«

»Da kommt Jas«, sagte Twig. »Ohne Zoran.«

Jas humpelte mit jammervoller Miene auf uns zu.

»Du übertreibst«, zischte ich ihr zu.

»Zoran geht mir eine Cola kaufen«, sagte Jas. »Ich habe gesagt, mir wäre schlecht und die würde mir bestimmt helfen.«

»Gute Idee«, sagte Twig und die Operation *Rettet Grandma* lief an.

Die Filmtagebücher der Bluebell Gadsby

12. Szene (Transkript)
(wenn ich sie gefilmt hätte,
was ich natürlich nicht konnte)
Operation Rettet Grandma

DRINNEN. TAG. DIE GERIATRISCHE ABTEILUNG im St.-Oswald-Krankenhaus.

TWIG
(Haltung und Tonfall eines Geheimagenten imitierend)
Beeilt euch. Wir haben nicht viel Zeit.
Grandma, du musst ganz genau tun, was wir dir sagen.

GRANDMA
Nicht, bevor ich nicht weiß, was hier los ist.

JASMINE
Du musst aber!

BLUEBELL
Pssst, da kommt Zoran!

JASMINE
(hält sich stöhnend den Bauch und sinkt auf die Knie)
Aaahh, das tut so weh!

NORA

(die wie durch ein Wunder plötzlich vor uns steht)

Was ist hier los?

ZORAN

(mit skeptischem Blick)

Dieses Kind ist offenbar krank.

NORA

Nicht auf meiner Station!

JASMINE

Ich glaube, ich habe eine Blinddarmentzündung.

NORA

Ich bringe sie schnell zur Kinderstation.

Nora, Zoran und Jasmine gehen weg. Twig wartet, bis sie außer Sichtweite sind, dann schließt er die Vorhänge rings um das Bett und reicht Blue einen leeren Rucksack.

TWIG

Stopf all ihre Wertsachen hier rein. Grandma, zieh dir eine Jacke für draußen über, aber behalt dein Nachthemd an. Wir wollen schließlich keinen Verdacht erregen.

GRANDMA

Welchen Verdacht wollt ihr nicht erregen?

TWIG

Dass wir dich entführen.

Twig geht raus. Grandma strahlt und fängt sofort an, mir Anweisungen zu erteilen.

GRANDMA

Lass die Zahnbürste hier! Pack die Gesichtscreme ein! Hol mir die Bürste und gib mir meinen Schmuck.

Twig kommt zurück, mit engelsgleicher Miene, einen Rollstuhl vor sich und eine Krankenschwester im Schlepptau.

TWIG

Grandma, diese nette Schwester sagt, wir dürfen ein bisschen mit dir an die frische Luft. Nur ein paar Minuten, sagt sie, aber das ist doch gut, oder?

GRANDMA

(ihre dümmlichste Miene aufsetzend)

Aber ja, mein Schatz. Wie herrlich!

BLUEBELL

(die sich bemüht, ebenso engelsgleich auszusehen wie Twig)

Bist du auch gut eingepackt?

Komm, ich helfe dir in diesen schönen Rollstuhl.

SCHWESTER

Und ihr wollt wirklich nicht,
dass euch jemand begleitet?

TWIG

Wir kommen schon zurecht. Sie haben doch so viel zu tun und wir gehen sowieso nur bis zu diesem kleinen Gärtchen. Wir müssen nicht mal die Straße überqueren. Vielen Dank für Ihre Hilfe.

Die Schwester lächelt entzückt, als hätte sie noch nie einen so höflichen Jungen erlebt. Twig, Bluebell und Grandma ziehen los, scheinbar ganz entspannt. Sobald sie die Station verlassen haben, erhöhen sie das Tempo. Twig zieht eine Dose Fanta aus seinem Rucksack, schüttelt sie kräftig und reicht sie dann Blue.

TWIG

Du weißt, was du zu tun hast.

Bluebell bleibt auf den Stufen zum Krankenhaus stehen und zieht an dem Dosenring. Die klebrige, gelbe Flüssigkeit spritzt in alle Richtungen. Bluebell schreit los. Aller Augen richten sich auf sie - die der Patienten, Angehörigen, Krankenpfleger, Empfangsdamen, des vorbeifahrenden Postboten und eines Blumenlieferanten. Twig und Grandma verschwinden im Laufschritt in Richtung Parkplatz.

Dienstag, 12. August (Fortsetzung)

Mit großem Trara machte ich mich daran, den Boden selber aufzuwischen, erst mit einem Taschentuch, dann mit Papierhandtüchern aus der Damentoilette. Bis die Reinigungskraft mit einem Scheuerlappen kam, hatten alle das Interesse an mir verloren. Ich rannte zur Kinderstation, wo Jas und Zoran auf Plastikstühlen saßen und darauf warteten, dass man sie aufrief. Jas hielt sich immer noch den Bauch und jammerte.

»Dauert's noch lange bei euch?«, fragte ich. »Grandma ist schon wieder eingeschlafen und wir wollen nach Hause.«

Zoran sagte, »Blue, deine Schwester ist ernsthaft krank.«

Jas sagte, »Eigentlich geht's mir schon wieder viel besser.«

Twig wartete am Eingang zur Kinderstation auf uns.

»Ich sollte mich noch von Constance verabschieden«, sagte Zoran.

»Aber sie schläft«, sagte Twig.

»Nora hat uns weggeschickt«, fügte ich hinzu.

»Ich will jetzt nach Hause«, quengelte Jas.

Zoran seufzte und sagte, »Also gut, dann los.«

Wir hatten ein bisschen Sorge, Grandma könnte wieder einen Anfall oder Zusammenbruch oder so was kriegen, aber sie ist wirklich die erstaunlichste Großmutter, die ich kenne. Und es war natürlich auch ein Glück, dass sie so klein ist und dass im Landrover so ein Chaos herrscht. Den hinteren Teil hatten wir gestern Abend mit Kissen und Decken ausgelegt. Falls Zoran danach gefragt hätte, sollte Jas sich beklagen, dass die Fahrt zum Krankenhaus immer so langweilig sei und dass sie spielen wolle, sie wäre ein Hund, der auf dem Boden schläft. Aber es ist ihm gar nicht aufgefallen; genauso wenig wie er später beim Krankenhaus, als wir hinten in den Landrover kletterten, zwischen all den Kissen die Grandma-förmige Wölbung bemerkt hat, die sich unter der Decke abzeichnete.

Die Fahrt aus der Stadt hinaus kam mir vor wie die längste meines Lebens, zumal Zoran ständig solche Sachen sagte wie »Wollen wir nicht irgendwo anhalten und zu Mittag essen?«, oder »Vielleicht sollten wir gleich noch einen Großeinkauf machen.«

»Jas hat Bauchschmerzen«, sagte ich, und: »Was wir brauchen, kriegen wir auch alles in Plumpton.«

»Die Fahrt hätten wir uns wirklich sparen können«, sagte Zoran. »Wir waren keine zehn Minuten im Krankenhaus.«

Am Stadtrand hielt er an, weil wir noch tanken mussten. Jas und Twig hingen die ganze Zeit an der Rückscheibe und schnitten Grimassen, damit er nicht reingucken konnte. Dann steckte Zoran den Kopf wieder durch die Fahrertür, um sein Portemonnaie zu holen.

»Soll ich noch irgendwas mitbringen?«, fragte er, bevor er zur Kasse ging.

»Nein, danke!«, riefen wir alle im Chor.

»Du kannst dich kurz mal aufsetzen«, sagte ich zu Grandma, als er weg war. Mit strahlender Miene schälte sie sich aus den Decken. Ich schwöre, dass ihre Wangen schon ein bisschen mehr Farbe hatten, und bestimmt nicht nur wegen der Hitze.

Als Zoran zurückkam, machten Twig und Jas die ganze Zeit Affengeräusche, um ihn abzulenken, weil Grandma ziemlich lange brauchte, um wieder zu verschwinden. Zoran sagte, sie würden sich aufführen wie die Wilden, woraufhin sie noch mehr Getöse machten. Ich drehte das Radio so laut es ging, und wir mussten uns alle ein Kichern verkneifen, als er sich darüber beschwerte.

»Das war ja eine schreckliche Fahrt«, verkündete er, als wir zu Hause waren. »Ich weiß nicht, was heute in euch gefahren ist, aber ich kann euch sagen, dass mir das überhaupt nicht gefällt.«

»Komm, wir befreien Elsie aus der Küche«, sagte ich besänftigend. »Und dann kochen wir uns einen schönen Tee.«

Grandma hätte es fast bis rauf in ihr Zimmer geschafft, aber Zoran hat sie von der Küche aus gesehen, als sie gerade durch die Diele huschte. Er brüllte so laut »Constance!«, dass alle zusammenzuckten, und da war es dann zu spät.

Alle sind sauer auf uns. Zoran sagt, wir hätten ihn zum Idioten gemacht und er wüsste nicht, warum er sich überhaupt noch mit uns abgibt. Das Krankenhaus hat angerufen und ziemlich viel rumgeschrien, und dann kam Dr. Reynolds vorbei und hat mit Grandma geschimpft.

Grandma, die den ganzen Nachmittag Toast essend und Tee trinkend im Bett verbracht hat, bei weit geöffnetem Fenster und mit Elsie neben sich, sagte nur, sie hätte sich noch nie besser gefühlt (wenn man krank ist, sind Hunde im Schlafzimmer offenbar doch erlaubt). Dr. Reynolds hat ihre Temperatur und ihren Puls gemessen, ihr mit so einer Art Taschenlampe, wie Ärzte sie immer haben, in die Augen geleuchtet und gesagt, die Bezirkspflegerin käme morgen vorbei.

»Entführt!«, schimpfte er.

»Ich gehe auf keinen Fall zurück«, warnte ihn Grandma.

»Sie sind wirklich sehr unvernünftig«, sagte er. Ich glaube, Grandma hat das als Kompliment aufgefasst.

Es ist immer schwer zu sagen, ob Dr. Reynolds lächelt, weil er einen Bart trägt, aber ich glaube, insgeheim hat er Grandma richtig gern. Ich habe gehört, wie er zu Zoran sagte, sie sei eine »bemerkenswerte alte Dame«. Sie haben ziemlich lange miteinander gesprochen, aber als Zoran sah, dass ich zuhörte, scheuchte er mich weg und die beiden gingen zu den Autos rüber, so dass ich nichts mehr verstehen konnte.

Die Filmtagebücher der Bluebell Gadsby

13. Szene (Transkript)
Das Krankenzimmer

DRINNEN. TAG.

GRANDMAS Schlafzimmer steht voller Sachen, die man mit Kranksein in Verbindung bringt: ein Feldblumenstrauß in einem zu kleinen Krug, ein Körbchen mit Arzneipackungen, eine ganze Armee kleiner Mineralwasserflaschen in Reih und Glied auf dem Nachttisch, daneben ein Teller mit Weintrauben und eine handgemalte Karte mit Genesungswünschen.
JASMINE trägt ein blassblaues Kleid von Grandma, das von Sicherheitsnadeln hochgehalten wird und sich unter einer weißen Schürze bauscht, die sie fest um ihre Taille geschnürt hat. Ein rotes Tuch liegt über ihren Schultern und um den Kopf hat sie sich ein weißes Geschirrtuch geschlungen. Sie wuselt geschäftig herum, räumt auf, gießt aus einem Wasserkocher in der Ecke frischen Tee auf, richtet Kekse auf einem Teller her und kündigt hin und wieder an, es sei Zeit, bei Grandma Fieber zu messen, was Grandma, die sich im Bett aufgesetzt hat und mit TWIG Backgammon spielt, jedoch verweigert.
ZORAN sitzt in einem Sessel am Fenster und arbeitet an der Partitur seiner Sonate.

GRANDMA

(die ein weiteres Mal gegen Twig verloren hat)

Ich will jetzt aufstehen.

ZORAN

(ohne den Blick von seiner Partitur zu heben)

Der Arzt hat Ruhe verordnet.

GRANDMA

Ich habe Hunger!

ZORAN

Dann bring ich dir was zu essen rauf.

Er steht auf und geht durch den Raum. An der Tür zögert er kurz, die Hand an dem Schlüssel im Schloss.

GRANDMA

Wage es nicht, mich hier einzusperren!

ZORAN

(ruhig)

Dann wage du es nicht,
dich hier rauszuschleichen.

Grandma grummelt vor sich hin und fordert Twig dann auf, das Brett für das nächste Spiel vorzubereiten. Bald wird klar, dass Zoran, eine Etage tiefer, es nicht geschafft hat, am Flügel vorbeizukommen und in die Küche zu gehen. Ausnahmsweise arbeitet er nicht an seiner Sonate weiter (die Partitur hat er auf dem Sessel liegenlassen), sondern nimmt sich wieder Grandpas Stapel alter Noten vor.

GRANDMA

(seufzt)

Ah, Chopin …

Sie lehnt sich in die Kissen zurück, alles andere ist vergessen. Klaviermusik schallt durchs Haus. Grandma schließt die Augen und lächelt, das gleiche selige Lächeln wie in der Nacht, als sie verrückt geworden war und dachte, es wäre ihr Hochzeitstag.
Auf dem Boden, am Fußende des Bettes, liegt Elsie und ihre Ohren zucken im Schlaf.

Mittwoch, 13. August

Dad hat heute Nachmittag angerufen, als ich gerade aus dem Garten wieder reinkam, und er war nicht gerade gut gelaunt.

»Was zum Teufel ist da los?«, fragte er unwirsch. »Kaum dass ich von meinem Walboot an Land gehe, muss ich hören, dass Flora *zusammen mit Brandon Taylor* vom Filmset verschwunden ist und die ganze Insel nach mir absucht, um mir mitzuteilen, dass eure Großmutter *im Sterben* liegt. Dann rufe ich bei Dr. Reynolds an und der erzählt mir, dass sie aus dem Krankenhaus weggelaufen ist!«

»Weggelaufen stimmt nicht so ganz …«

»*Brandon Taylor!* Hollywoods größter Herzensbrecher verschwindet spurlos, weil deine Schwester ihn gebeten hat, sie mit dem Auto herumzufahren! Das ganze Produktionsteam ist fuchsteufelswild!«

»Na ja, tut mir wirklich leid …«

»Wer kümmert sich denn jetzt um eure Großmutter? Warum seid ihr immer noch da? Und wie krank ist sie nun wirklich? Gib sie mir doch mal!«

»Ich glaube, sie schläft.«

»Mitten am Tag!«

»Sie ist müde, Dad.«

»Das wundert mich gar nicht!«

»Oh, warte mal, da kommt Zoran.«

Armer Zoran. Er war nur heruntergekommen, um noch ein bisschen Eistee für Grandma zu holen, und musste sich dann plötzlich Dads Gequäke vom anderen Ende der Welt anhören. Twig und Jas waren auch reingekommen und wir blieben alle stehen, um zu lauschen, aber das Gespräch ergab nicht allzu viel Sinn, weil Zoran kaum ein Wort dazwischenbekam.

»Ich habe mit Dr. Reynolds gesprochen ...« »Natürlich ist das keine langfristige Lösung ...« »Na gut, dann sehen wir dich ja demnächst ...«

»Was hat er gesagt?«, fragte ich, als er endlich auflegte.

»Er macht sich Sorgen«, erklärte Zoran.

»Er ist sauer«, korrigierte ich ihn. »Was hat er denn gesagt? Was ist keine langfristige Lösung? Kommt er jetzt her?«

Zoran rieb sich das Gesicht.

»Er möchte, dass ihr alle nach London zurückfahrt«, sagte er. »Cassie nimmt euch dort in Empfang. Er braucht noch etwas Zeit, um einen Flug zu buchen und alles mit seinem Produzenten zu regeln, aber dann kommt er her und löst mich ab.«

»Aber wir können nicht nach Hause fahren!«, sagte ich. »Ich muss mich doch um Elsie kümmern!«

»Ich weiß«, sagte Zoran. »Meine Sonate ist auch noch nicht fertig.«

Jas sagte, »Und ich habe noch kein Ende für mein Gedicht gefunden.«

»Twig?«, fragte ich und er zuckte mit den Achseln und sagte nur, ob schon irgendwer gesehen hätte, wie viele fast reife Tomaten da hängen würden, die bald gepflückt werden müssten.

»Dann wäre das also entschieden«, sagte ich. »Keiner von uns fährt nach Hause.«

Flora ist wieder online. »Was hast du zu Dad gesagt, dass er so sauer geworden ist?«, habe ich sie heute Abend gefragt.

»Nur das, was du mir erzählt hast. Tut mir leid, dass es so lange gedauert hat, ihn zu finden. Mir war nicht klar, dass er so viel unterwegs sein würde.«

»Ich glaube, eigentlich muss er gar nicht mehr so dringend herkommen. Grandma geht es schon wieder viel besser.«

»Na toll«, antwortete Flora. »Nachdem ich hier Himmel und Hölle in Bewegung gesetzt habe!«

»Keiner von uns will hier weg«, erklärte ich.

»Hat das vielleicht irgendwie mit diesen Jungs zu tun?«

»Vielleicht ein kleines bisschen«, räumte ich ein.

»Na gut«, schrieb Flora. »Ich werde sehen, was ich tun kann.«

Ich liebe Flora, ich liebe sie wirklich sehr.

Freitag, 15. August

Nachdem sie jetzt drei Tage im Bett gelegen hat und von Zoran bekocht worden ist, geht es Grandma schon viel besser. Heute wollte sie unbedingt nach unten kommen und ein bisschen rausgehen. Zoran war erst strikt dagegen, aber am Ende sind sie zu einer Einigung gekommen und wir haben alle zusammen ein Bett in den Garten getragen, in dem sie dann den ganzen Tag wie eine Königin ruhte und uns Anweisungen gab: Jas wegen ihrer Sitzhaltung, als sie erst mit Marigold und dann mit Hester durch den Garten geritten kam. Twig und mir darüber, wie man Tomatenpflanzen hochbindet und welke Rosenblüten schneidet. Zoran wegen allem, angefangen damit, dass er den Landrover nicht in der Sonne parken soll, bis hin zur einzig richtigen Methode, den Teig für seine Gemüse-Tarte zuzubereiten.

»Du bist wirklich eine herrische alte Frau«, sagte er nach dem Mittagessen. »Aber immerhin heißt das auch, dass es dir schon sehr, sehr viel besser geht. Vielleicht war es doch richtig, dass die Kinder dich entführt haben.«

Grandma leckte die letzten Reste seiner perfekt gelungenen Johannisbeer-Fruchtcreme von den Fingern, erklärte sie für zu sauer und gab zu, dass sie eine schlechte Kranke war.

Heute Abend hat sie gekocht oder vielmehr hat sie in dem Sessel gesessen, den Zoran ihr in die Küche gestellt hat, und ständig Bemerkungen eingestreut wie »In der Soße fehlt noch Oregano« und »Der Eischnee muss richtig strammstehen, sonst fallen dir deine Baisertörtchen gleich wieder zusammen«.

»Ich koche schon seit Jahren selber Spaghetti«, teilte Jas ihr mit, nachdem Grandma behauptet hatte, die Nudeln seien noch nicht gar.

»Was nicht bedeutet, dass du es kannst«, sagte Grandma.

Grandma hatte entschieden, dass es heute Abend ein Festmahl geben sollte, und das wurde es dann auch. Die Nudeln waren am Ende doch noch einwandfrei, die Soße enthielt genau die richtige Menge Oregano, die Baisertörtchen waren außen glänzend und knusprig und innen weich und ein bisschen klebrig, die Erdbeeren köstlich. Nach dem Essen legte Twig Grandmas alte Platten auf, eine seiner Lieblingsbeschäftigungen, wenn wir hier sind. Grandma saß auf dem Sofa, die Füße hochgelegt, und versuchte, uns die Schritte für Tänze wie den Jitterbug und den Lindy Hop beizubringen. Sie lachte sich scheckig, wenn wir einen Fehler machten, und stopfte sich in einem irren Tempo mit Pralinen voll. Niemand konnte glauben, dass dieselbe Frau letzte Woche noch gedacht hatte, ihr längst verstorbener Hund käme sie im Krankenhaus besuchen.

Ich gab mir alle Mühe, bei den Platten mitzusingen und beim Tanzen mitzumachen, aber ich konnte mich nicht konzentrieren, weil morgen die Jungs zurückkommen und ich die ganze Zeit immer nur dachte: Was, wenn sie schon früher kommen? Den ganzen Abend wartete ich darauf, draußen in der Einfahrt das Motorengeräusch eines Autos zu hören oder das Quietschen rostiger Fahrradketten. Als Elsie einmal jäh den Kopf hob und die Ohren aufstellte, blieb mir fast das Herz stehen.

Was völlig bescheuert war. Es sind doch bloß ganz normale Jungs. Keine Schauspieler oder Rockstars. Die gleichen Jungs wie Jake und Colin und Tom und hundert andere an meiner Schule.

Aber trotzdem auch anders.

Samstag, 16. August

Es ist sehr viel anders, sich mit jemandem per Mail zu unterhalten, als ihm Auge in Auge gegenüberzustehen.

Ich war so cool heute Morgen, Flora wäre stolz auf mich gewesen. Obwohl ich gestern Abend beim Insbettgehen schon so aufgeregt war, dass ich kaum wusste, wie ich die Nacht überleben sollte, habe ich nach dem Aufwachen ganz genau darauf geachtet, alles so zu machen wie immer, damit ja keiner merkte, wie sehr ich auf das besagte Motorengeräusch oder die quietschenden Fahrradketten wartete. Ich habe erst noch ein bisschen im Bett gelesen (immer wieder die gleiche Seite, so wie Twig bei *Les Misérables*, das er inzwischen, glaube ich, aufgegeben hat) und dann habe ich mir ganz langsam meine allernormalsten Klamotten angezogen und meine Zöpfe geflochten. Sie kamen erst, als wir schon beim Frühstück saßen (alle zusammen im Auto). Elsie raste durch die Hintertür hinaus, quiekend wie ein Ferkel und dicht gefolgt von Jas und Twig, aber ICH HABE EINFACH MEIN MÜSLI WEITERGEGESSEN.

Als ich schließlich rausging, war Skye schon bei den Ponys. Jas turnte um ihn herum und erzählte, wie gut sie sich um Marigold und

Hester gekümmert hatte, während Twig versuchte, auch mal ein Wort dazwischenzukriegen, und Elsie vor lauter Freude eine Runde nach der anderen um die Koppel drehte, und dann hörte ich einfach auf, mir Sorgen darüber zu machen, was die Leute denken könnten, und bin auf sie zugerannt.

»Blue!« Ollie saß an seinem üblichen Platz auf dem Zaun und winkte mir zu.

Ich glaube, er ist in der Zwischenzeit gewachsen. Seine blassgoldene Haut ist jetzt richtig braun, so dass seine Augen richtig blau aussehen, und sein Haar ist fast weißblond gebleicht.

Er lächelte. Und alles andere war nicht mehr wichtig.

»War's schön bei euch?«, fragte ich.

Er kramte in seiner Hosentasche. »Ich habe dir was mitgebracht.«

»Mir?«

»Ta-dah!«

Er zog einen kleinen, hellblauen Beutel mit Zugband hervor und hielt ihn mir hin.

»Was ist das?«

»Mach's auf!«

Ich lockerte das Bändchen und kippte den Beutel über meiner Handfläche aus. Ein feines Silberkettchen floss heraus, mit einem Anhänger, der wie eine Blüte geformt war.

»Das ist ein Gänseblümchen«, sagte Ollie. »Habe ich auf einem Markt gekauft. Eigentlich wollte ich eine Glockenblume, wegen deinem Namen, aber es gab keine.«

»Die ist aber hübsch.«

»Mach sie mal um«, sagte Ollie.

Skye und Jas kamen gerade von der Koppel, mit Elsie dicht auf seinen Fersen, ganz der brave, mustergültige Hund. Als Skye sich umwandte, um das Gatter wieder zu schließen, legte Ollie mir gerade die Kette um den Hals.

Selbst aus dieser Entfernung konnte ich erkennen, wie sein Gesicht erstarrte.

Ich hob die Hand und winkte, aber Skye hatte sich schon umgedreht und ging davon.

Als wir wieder in die Küche kamen, hatten die Erwachsenen gerade eine Diskussion.

»Blue!«, rief Lizzie, als ich eintrat. »Vielleicht kannst *du* deine Granny zur Vernunft bringen! Ich habe ihr vorgeschlagen, morgen mit euch allen an den Strand zu fahren, aber sie will nichts davon hören.«

»Ich kann selber mit den Kindern an den Strand fahren«, sagte Grandma stur.

»Das kannst du nicht, Constance«, sagte Zoran. »Lizzie kann doch den Landrover nehmen. Und ich bleibe hier bei dir.«

Jas und Twig kamen herein, gefolgt von Skye und Ollie.

»Was ist denn los?«, fragte Twig.

Grandma hob das Kinn und sie hatte dieses Glitzern in den Augen, das bedeutet, dass sie auf keinen Fall nachgeben wird.

»*Ich* fahre mit euch an den Strand«, sagte sie.

Lizzie und Zoran wollten widersprechen, aber keiner hörte mehr auf die beiden, weil Jas schon kreischend auf und ab hüpfte. Auf ihrer persönlichen Hitliste kommt der Strand gleich nach Pumpkin, den Ponys, Skye, Elsie, Gloria und Gedichteschreiben.

»Endlich!«, rief sie. »Können wir den ganzen Tag bleiben, Grandma, bis die Sonne untergeht? Können wir im Meer sitzen und dabei Eis essen? Können wir Kescher mitnehmen und Krebse fangen und überm Feuer grillen?«

»Das ist doch Wahnsinn!«, rief Lizzie.

»Können wir Zoran im Sand eingraben, bis nur noch sein Kopf rausguckt, ein Kreuz auf ihn drauflegen und so tun, als wäre er tot?«

»Kommt nicht in Frage«, sagte Zoran, aber er musste sich abwenden, damit wir nicht sahen, wie seine Mundwinkel zuckten.

»Können wir Elsie mitnehmen und ihr das Surfen beibringen?«, fragte Twig.

Jetzt fing selbst Skye an zu lachen.

»Also, Blue, Liebes, offenbar hängt unser Ausflug jetzt nur noch von dir ab.« Grandma hatte immer noch das Kinn gereckt, aber als sie ihre Tasse an die Lippen hob, sah ich, wie ihre Hände zitterten, und ich fand es einfach nur unfair, dass Lizzie so ein Wort wie *Wahnsinn* in Bezug auf Grandma rausgerutscht war und dass Grandma nicht mehr alles machen konnte, was sie gerne tat, und dass ich jetzt die Entscheidung fällen sollte.

Quer durch die Küche begegnete ich dem Blick von Skye.

»Ich würde sehr gern mit euch allen an den Strand fahren«, sagte ich. Skye senkte den Blick und scharrte mit seinen Schuhen über den Boden, aber ich sah, dass er ein Lächeln unterdrückte. Ich schaute zu Ollie hinüber und sah, dass er uns beobachtete.

»Dann wäre das also entschieden!«, gurrte Grandma. Ich wandte mich wieder zu ihr um und versuchte, so sanft wie möglich zu klingen.

»Aber du, Grandma, du solltest wirklich nicht mitkommen. Und das weißt du eigentlich auch. Es ist einfach zu heiß und dir geht es doch gerade erst wieder ein bisschen besser.«

In der Küche wurde es sehr still. Twig und Jas schoben sich näher aneinander. Lizzie fing an, in ihrer Handtasche nach dem Autoschlüssel zu kramen. Zoran räumte die letzten Reste vom Frühstückstisch ab.

»Ich werde alles filmen«, sagte ich. »Jeden einzelnen Moment, dann hast du das Gefühl, als wärst du wirklich dabei gewesen.«

»Aber ich bin nicht wirklich dabei, oder?«, sagte Grandma. »Das ist doch der Punkt. Ich bin nicht wirklich dabei.«

Sie verließ den Raum. Ollie stieß einen leisen Pfiff aus.

»Das ist nicht lustig«, sagte Skye.

»Ich lache ja auch gar nicht«, erwiderte Ollie.

Skye ging auch nach draußen.

Ich suchte Elsies Futterdosen, ihren Napf und ihr Körbchen zusammen. Twig und Jas halfen mir, alles rauszubringen, wo Skye am Auto seiner Mutter lehnte und auf seinem Daumennagel kaute.

»Ich gebe dir auch Grandmas Strickjacke mit«, sagte ich. »Die kann sie sowieso nicht mehr anziehen.«

»Danke«, sagte er.

»Elsie war echt toll. Also, nach der Trauerphase jedenfalls. Sie mag Grandma wirklich gern.«

»Alle mögen deine Grandma gern.«

»Mein Wunsch ist übrigens in Erfüllung gegangen. Sie ist raus aus dem Krankenhaus.«

Ein Lächeln huschte über sein Gesicht. »Habe ich doch gesagt.«

»Du hast gesagt, du *wettest*, dass er in Erfüllung geht«, korrigierte ich ihn.

»Welcher Wunsch denn überhaupt?«, fragte Twig.

»Der, den ich im Teich der Melisandra ausgesprochen habe«, sagte ich.

»Du bist unter der Brücke durchgeschwommen?«

»Alter, dann bist du jetzt ja der Einzige, der sich nicht getraut hat.« Ollie war auch rausgekommen. »Da musst du aber noch einiges nachholen. Hast du immer noch Schiss im Dunkeln?«

Erst jetzt fiel mir auf, wie sehr Twig in diesem Sommer gewachsen ist. Nicht so sehr körperlich, auch in anderer Hinsicht. Er ist jetzt kein Junge mehr, der anderen imponieren will, indem er dicke Wälzer liest, sondern einer, der seine Großmutter aus dem Krankenhaus rettet, ein barfüßiger Gärtner, der einer Armee von Fledermäusen trotzt. Und ich hatte vergessen, dass Ollie auch diese Seite hat, dass er nämlich manchmal ein bisschen fies ist. Twig zog den Kopf ein und plötzlich war er wieder ein kleiner Junge.

»Was geht dich das an?«, sagte er, aber seine Stimme klang dünn.

»Hey, Twig«, sagte Skye. »Morgen am Strand, da zeige ich dir, wie man surft, okay?«

»Ist gut.« Twig zuckte die Achseln, als sei das keine große Sache, aber er hörte auf, den Kopf einzuziehen.

Ich lächelte Skye an. Er lächelte zurück. Ollie trat einen Schritt vor und legte mir den Arm um die Schulter.

»Wie gefällt euch Blues neue Kette?«, fragte er.

Skyes Blick fiel auf meinen Hals. Ollie verstärkte seinen Griff, als wüsste er, dass ich eigentlich auf Abstand gehen wollte, und ich wünschte mir, mein Bauch würde nicht immer so komische Sachen machen, wenn er in meiner Nähe ist.

Als wäre alles nicht auch so schon kompliziert genug.

Ich hatte damit gerechnet, dass Skye sich wieder umdrehen und weggehen würde, wie er das sonst immer tut, wenn ihm was nicht passt. Aber das tat er nicht, jedenfalls nicht sofort. Stattdessen sah er mich an, schaute mir direkt in die Augen, wie er das noch nie getan hat, und ausnahmsweise stotterte er auch nicht rum oder wurde rot oder machte sonst irgendwas Ungeschicktes, sondern sagte nur so leise, dass ich ihn kaum verstehen konnte, »Ist doch egal, ob sie mir gefällt oder nicht. Die Frage ist, ob sie Blue gefällt.«

Und dann ging er wirklich weg. Und Ollie dann auch. Und ich habe keine Ahnung, was ich von alldem halten soll.

Jas fand es gar nicht schlimm, dass Skye schon wieder weg war, bevor sie ihm gezeigt hatte, wie gut sie jetzt schon reiten kann. Sie ist den ganzen Tag nur durch die Gegend gelaufen, hat alberne Verse gereimt und so was wie »Morgen fahr ich an den Strand und bin schon außer Rand und Band«, und »Pack die Badehose ein« gesungen.

»Lasst sie doch«, sagte Grandma, als wir uns sie zum Schweigen bringen wollten. »Ist doch schön, wenn sich jemand freut.«

Grandma hat gesagt, Zoran soll mit an den Strand fahren. Zoran wollte sie nicht allein lassen, aber sie meinte seufzend, daran müsse sie sich über kurz oder lang sowieso gewöhnen, er könne schließlich nicht ewig bei ihr bleiben, und danach konnte sie nicht mal seine Pflaumen-Tarte mit Karamellcreme wieder aufmuntern.

Die Filmtagebücher der Bluebell Gadsby

14. Szene (Transkript)
Ein Tag am Strand!
(unterlegt mit *Octopus's Garden* von den Beatles, oder *By the Beautiful Sea* von Harold Atteridge und Harry Carroll, oder irgendeiner anderen Strandmusik)

1. LIZZIE liegt im Schatten eines blau-weiß gestreiften Sonnenschirms auf einer Decke, leise schnarchend, ein aufgeschlagenes Taschenbuch über dem Gesicht, während ELSIE die geschmolzenen Reste aus dem Eisbecher neben ihr leckt.
2. ZORAN erhebt sich wie ein Zombie aus seinem Sandgrab und rennt dann wie ein Sandmonster, brüllend und mit den Armen rudernd, hinter TWIG und JASMINE her, die kreischend ins Wasser flüchten.
3. SKYE und Twig stehen im Flachen, die Köpfe über ein Surfbrett gebeugt. Skye erklärt etwas und Twig nickt. Twig paddelt raus, erwischt eine Welle (der Teil ist leicht, Bodysurfen hat er schon oft gemacht), versucht sich hinzustellen und kippt hintenüber ins Wasser. Er versucht es noch mal und noch mal und noch mal, bis zu dem Moment des Triumphs, wo er es SCHAFFT und völlig cool bis ans Ufer gleitet, diese Art von Grinsen auf dem Gesicht, die man schon von einem Jungen kennt, der auf dem Rücken eines galoppierenden Pferdes steht.

Alle jubeln.
4. Elsie (übermütig von dem vielen Eis?) schubst Twig vom Brett herunter. Er nimmt sie hoch und hebt sie aufs Brett. Platt wie ein Pfannkuchen, knurrend und mit angelegten Ohren kauert sie dort, während Skye, Jasmine und Twig sie durchs flache Wasser schieben.
5. OLLIE zieht BLUEBELL in die Wellen. Immer wieder tauchen sie unter den Wellenkämmen hindurch, die sich am Ufer brechen. Er neckt sie und bringt sie zum Kreischen, als er ihr unter Wasser die Beine wegzieht. Er sagt ihr, dass sie wie eine Seejungfrau aussieht (Ollie hat die wieder aufgewachte Lizzie gebeten diesen Teil zu filmen, aber aus der Entfernung kann sie natürlich keine Geräusche aufnehmen, so dass die Seejungfrau-Bemerkungen streng privat bleiben). Blue weiß nicht, wie sie darauf reagieren soll.
6. Das Mittagessen wird ausgepackt, es sieht ziemlich mitgenommen aus. Wellige Brotscheiben, zerlaufener Käse, krümeliger Kuchen, matschige Bananen und warme Limonade – alles verschwindet binnen Sekunden. Manche wollen sogar noch mehr.
Die Ebbe setzt ein. Im sanften Licht des Spätnachmittags suchen Jasmine und Zoran in den Tümpeln zwischen den Felsen nach Krebsen. Ollie und Twig üben weiter Wellenreiten, auch wenn es kaum noch Wellen gibt (Ollie ist natürlich der bessere Surfer). Jetzt, wo die See etwas ruhiger ist, geht auch Lizzie ins Wasser und schwimmt mit gleichmäßigen Zügen hinaus.

Skye tröstet eine unglückliche Elsie, die es kaum erträgt, Lizzie so weit draußen zu sehen.

Das Bild schwankt, als der KAMERAMANN (BLUE) den Strand hinuntergeht, bis zu den Felsen am Ende der Bucht. Bevor sie zu klettern anfängt, hängt sie sich die Kamera um den Hals, die dann mal hier, mal dort einen nackten Fuß einfängt, eine Hand, ein Knie, grauen Felsen und glitzernde Pfützen, das dunkle Rot einer Seeanemone, einen vorbeihuschenden Krebs, das weiß gezackte Haus einer Napfschnecke. Der Kameramann setzt sich hin und das Bild beruhigt sich. Er hat sich die einsamste Stelle am ganzen Strand ausgesucht, einen breiten Felsvorsprung oberhalb der Bucht, ein erstklassiger Aussichtspunkt, höher noch als die kreischenden Möwen. Von hier oben sieht man nur Himmel und Meer, Sonnenlicht, das auf dem Wasser tanzt, und goldenen Sand, übersät mit Schirmen, Handtüchern und Menschen.
Eine Gestalt löst sich aus dem fröhlichen Treiben und läuft auf die Felsen zu.
Sandfarbenes Haar. Kaputte Brille. Sie stolpert, als sie einem Kleinkind mit Eimer und Schaufel auszuweichen versucht.
Die Gestalt fängt an zu klettern. Es ist Skye.

Sonntag, 17. August

»Ich habe dir auch was mitgebracht«, murmelte Skye. »Nicht so schön wie das von Ollie, also, es ist nicht aus Silber oder wertvoll oder so, aber ich dachte … es könnte dir vielleicht gefallen.«

Skyes Geschenk war nicht in einem Samtbeutel verpackt wie das von Ollie. Es steckte in der Tasche seiner Shorts und war sandig und ein bisschen feucht geworden. Es war noch ein Kettenanhänger, diesmal eine winzige Iris, die auf ein rundes, weißes Keramikplättchen gemalt und an einem kurzen Lederriemen befestigt war.

Ich spürte einen Kloß im Hals.

»Der Typ hat Wünsche entgegengenommen. Ich habe ihn gefragt, ob er mir eine Iris malt.«

»Die ist wunderschön«, sagte ich.

Auf Skyes Gesicht breitete sich ein strahlendes Lächeln aus.

»Ich dachte, die Iris …«

»Ich mache sie gleich um.«

Ich hielt mir das Band an den Hals und meine Finger streiften Ollies Gänseblümchen.

»Oh«, sagte ich.

»Ist doch egal«, sagte Skye. »Trag sie einfach irgendwann.«

»Ich muss nur eben diese hier abnehmen.«

»Nein, wirklich. Ich wollte sie dir nur endlich geben. Behalt das Gänseblümchen um, das sieht hübsch aus.«

Er kletterte schon wieder die Felsen hinunter.

»Skye, warte!«, rief ich ihm nach.

Er hielt inne. »Die ist wirklich wunderschön«, sagte ich.

Er sah aus, als wollte er noch etwas sagen, aber dann schüttelte er den Kopf und ließ sich auf den Strand hinunterfallen.

Ich folgte ihm, aber bis ich ihn eingeholt hatte, war er schon wieder bei Lizzie, die gerade telefonierte.

»Zeit zum Aufbruch«, sagte sie, während sie ihr Handy mit der Hand abdeckte.

Auch die anderen fanden sich einer nach dem anderen wieder ein und unser Tag am Strand war vorbei.

Auf der ganzen Rückfahrt spielte ich mit meinen beiden Ketten, mit der um meinen Hals und der anderen in meiner Tasche; mit dem Gänseblümchen, das keine Glockenblume war, und mit der Iris, während sich Twig immer wieder den Film mit seinen Surfversuchen anschaute und Jas mich mit Fragen über den Teich der Melisandra bestürmte – wann ich dort gewesen sei, ob das Wasser sich verfärbt hätte und ob mein Wunsch in Erfüllung gegangen sei.

»Ist er«, sagte ich und sie sagte, gut, dann würde ihrer das wohl auch noch tun.

Es war Nacht, als wir zu Hause ankamen, aber gar nicht dunkel, denn der Himmel war klar und voller Sterne. Als wir uns dem Abzweig nach Horsehill näherten, drückte Lizzie kurz auf die Hupe ihres Citroën und winkte. Zoran hupte zurück und dann fuhren wir den Weg entlang und durch die Hofeinfahrt. Wir hatten alle schon geschlafen und es war ein komisches Gefühl, als wir jetzt aus dem Wagen stolperten und uns gähnend die Augen rieben. Fast so, als hätte schon ein ganz anderer Tag begonnen.

»Da steht ja noch ein Auto«, stellte ich fest und dann öffnete sich die Haustür und Dad trat heraus.

»DADDY!«, kreischte Jas und rannte auf ihn zu.

»Aber Flora sollte doch dafür sorgen, dass er in Neuseeland bleibt!«, sagte ich.

»Das ist aber keine angemessene Reaktion auf die Rückkehr deines Vaters«, sagte Zoran tadelnd.

»Ich muss ihm gleich erzählen, dass ich gesurft bin!«, sagte Twig.

Er sprintete Jas hinterher. »Na hopp«, sagte Zoran zu mir und ich rannte ebenfalls los.

Für ein paar Momente, bevor er dann sauer wurde, hat Dad sich richtig gefreut. Früher, als wir noch klein waren, sind wir ständig auf ihm rumgeklettert, aber inzwischen ist er es nicht mehr so gewöhnt, dass wir ihn belagern. Er nahm uns alle drei in seine Arme und es war, als wären wir wieder ganz klein. Niemand sagte irgendwas außer »Blue! Twig! Jas! Daddy!«, und dann noch »Ich bin gesurft, ich bin gesurft!«.

Grandma erschien im Türrahmen. »Ist das nicht eine schöne Überraschung?«, sagte sie.

»Wann bist du angekommen?«, fragte ich.

»Heute Morgen, kurz nachdem ihr zum Strand losgefahren seid«, antwortete Dad.

»Ist Mum auch schon hier? Und Pumpkin?«, wollte Jas wissen.

»Wie war's am Strand?«, erkundigte sich Grandma.

»Ich bin gesurft!«

»Wo ist Flora?«, fragte ich.

»Kommt doch alle erst mal rein!«, rief Dad. »Lasst eure Großmutter nicht so lange warten.«

Alles ist anders, wenn Dad hier ist. Ich meine, ich habe ihn natürlich sehr lieb, aber er ist ganz anders als Zoran. Wenn Dad darauf besteht, Grandma irgendwas abzunehmen, wirkt das nicht unbedingt so, als wollte er helfen. Eher so, als wollte er alles an sich reißen.

»Jetzt gibt's erst mal eine heiße Schokolade«, sagte Grandma beim Reingehen.

»Das mache ich«, sagte Dad.

»Ich bin durchaus noch in der Lage, meinen Enkeln eine heiße Schokolade zu machen«, seufzte Grandma.

»Aber ich mache das doch *gern.*«

Grandma riss Dad den Topf aus der Hand, knallte ihn auf die Herdplatte, goss eine große Packung Milch hinein und fing an, eine Tafel Schokolade auf den Küchentresen zu hämmern, um sie zu zerkleinern.

Dad legte ihr die Hand auf den Arm. »Du sollst dich schonen«, sagte er.

»Ich habe mich den ganzen Tag geschont«, gab Grandma zurück und hämmerte weiter.

»Aber ich bin extra gekommen, um dir zu helfen!«, rief Dad.

»Blue hat mich dabei gefilmt. Zeig ihm den Film, Blue.«

»Herrgott noch mal, Twig!«, brüllte Dad. »Das ist jetzt nicht der Moment, mir von deiner blöden Surferei zu erzählen.«

»Tja, das hättest du dir sparen können.« Grandma ließ die zertrümmerte Schokolade in den Topf fallen und bespritzte sich dabei mit Milch. »Wie du siehst, komme ich bestens zurecht.«

Jas, die bisher sehr still gewesen war, fragte, warum Mum und Pumpkin nicht hier wären und ob sie bald kommen würden. Dad sagte, das wüsste er nicht, schließlich bräuchten die beiden viel Ruhe und Frieden, und darauf bestünde hier ja wohl wenig Aussicht. Jas brach in Tränen aus, rief, dann wäre sie jetzt für immer unglücklich, und rannte nach draußen. Grandma verkündete, sie würde jetzt nach oben gehen und sich ein Bad einlaufen lassen und Zoran solle die heiße Schokolade übernehmen. Zoran war in der Waschküche und stopfte gerade Badehandtücher in die Waschmaschine, so dass er sie nicht hörte. Die heiße Schokolade kochte über und brannte an.

»ICH HABE MIR SORGEN UM DICH GEMACHT!«, brüllte Dad die Treppe zu Grandma hoch.

Jas kam aus dem Garten zurück und verkündete, Twig sei verschwunden und sein Fahrrad auch.

»Was soll das heißen, *verschwunden*?«, fragte Dad.

»Ich kann ihn nicht finden.«

»Er ist wahrscheinlich ins Bett gegangen, auf der Flucht vor diesem ganzen Alarm«, sagte Zoran. Bei dem Wort ›Alarm‹ schaute er Dad vorwurfsvoll an, aber der tat so, als würde er es gar nicht bemerken und stieg schon die Treppe hinauf, wobei er noch sagte, für Jas sei es ebenfalls höchste Zeit, ins Bett zu gehen.

»Aber sein Fahrrad ist auch nicht mehr da«, protestierte Jas. »Das würde er wohl kaum mit ins *Bett* nehmen, oder?«

»Vielleicht hat er es irgendwo anders abgestellt«, sagte Zoran.

Jas stampfte mit dem Fuß auf und sagte, Twig würde sein Rad immer am selben Ort abstellen, was stimmt – vorne an der Einfahrt, wo jetzt auch Dads Auto steht, mit dem Lenker zur Straße, um im Notfall schnell wegzukommen, wie er sagt.

»Ich sehe auch noch mal nach«, sagte ich zu ihr.

Das Fahrrad stand nicht an seinem gewohnten Platz. Ich suchte überall danach, sogar auf der Koppel und im Gemüsegarten, konnte es aber nicht finden.

»In seinem Zimmer ist er jedenfalls nicht.« Dad kam gerade die Treppe herunter, als ich wieder ins Haus trat.

»Habe ich doch gesagt«, meinte Jas.

»Und hier unten auch nirgendwo.« Zoran kam mit besorgter Miene aus der Waschküche. »Es sei denn, er versteckt sich.«

»Warum sollte er sich denn verstecken?«, rief Dad.

»Vielleicht macht er eine kleine Radtour im Mondschein, um

endlich mal seine Ruhe zu haben.« Grandma war auch wieder nach unten gekommen, schon im Bademantel, um gleich in die Wanne zu steigen.

»Das glaube ich nicht«, sagte Jas, aber niemand hörte auf sie.

»Eine Radtour im Mondschein?« Dad wurde jetzt endgültig hektisch. »Ohne jemandem Bescheid zu sagen? Herrgott noch mal, er ist gerade mal zwölf. Hat er Licht am Fahrrad? Trägt er seinen Helm? Du tust so, als wäre das völlig normal!«

Grandma sagte, sie fände eine Radtour im Mondschein etwas ganz Wunderbares, aber wenn Dad so beunruhigt sei, sollten sie vielleicht lieber nach ihm suchen.

»Du fährst Richtung Plumpton«, sagte sie. »Und ich fahre übers Moor. Den holen wir mit Leichtigkeit ein.«

»Du fährst nirgendwohin!«, brüllte Dad. »Du warst krank, du kannst hier nicht mitten in der Nacht durch die Gegend heizen.«

»Außerdem fahren wir auch oft auf Trampelpfaden«, sagte ich zu ihm.

Er starrte mich verständnislos an.

»Übers Moor«, erläuterte ich.

»Hört mir vielleicht auch mal jemand zu?«, beschwerte sich Jas.

Dad schrie, »Oh mein Gott, die Sumpfwiesen!«, und rannte aus dem Haus.

»Die Sumpfwiesen?«, fragte Zoran.

»In denen kann man ertrinken«, erklärte ich. »Die gibt es hier im Moor überall.«

»Ach du liebes bisschen!«, rief Zoran und rannte Dad hinterher.

Grandma schien leicht befremdet von Dads Verhalten.

»Was glaubt er denn, wie er ihn da draußen finden will?«, fragte sie.

»Er ist schließlich an allem schuld«, sagte Jas. »Twig wollte ihm so gern vom Surfen erzählen.«

Grandma guckte noch befremdeter. »Aber wo ist der jetzt hin?«

»Zum Satansfelsen natürlich«, sagte Jas. »Um sich würdig zu erweisen.«

»Um Dads Aufmerksamkeit zu gewinnen«, sagte ich. Ich dachte an Ollie und an Melisandra, an Twig, der den Kopf einzog und plötzlich wieder klein wirkte. »Und zu beweisen, dass er keine Angst hat. Natürlich! Ich muss Skye herholen.«

»Wieso?«, fragte Grandma.

»Niemand kennt sich da oben besser aus als er.«

»O nein, das tust du nicht!« Grandma fing mich ab, als ich schon zu meinem Fahrrad rannte, und führte mich ins Haus zurück. »Du kannst das Telefon benutzen, wie andere normale Menschen auch«, sagte sie. »Ich lasse nicht zu, dass gleich zwei Kinder da draußen herumstrabanzen, und wenn der Mond noch so schön scheint.« *Herumstrabanzen.* Das hat sie wirklich gesagt, ich schwör's.

Skye ging ans Telefon. Ich erzählte ihm, was passiert war. Ein paar Minuten später flog er auch schon auf seinem Fahrrad die Einfahrt herunter und kam schlitternd zum Stehen.

»Hol dein Rad, Blue, wir fahren ihm hinterher!«, rief er.

»Ich komme auch mit!«, rief Jas.

»Ihr habt wohl alle den Verstand verloren«, stellte Grandma fest. »Wenn Twig zum Satansfelsen geradelt ist, holt ihr ihn mit euren Rädern garantiert nicht mehr ein.« Sie zog den Bademantel fester um den Körper, kickte ihre Pantoffeln weg und rammte die Füße in ihre lila Crocs. »Wir fahren mit dem Auto!«

»Bist du sicher?«, fragte ich. »Ich glaube nicht, dass du schon wieder Auto fahren solltest.«

»Wo ist Ollie?«, fragte Jas.

»Der konnte nicht mitkommen«, antwortete Skye.

Wir kletterten in den Landrover, Jas und ich nach hinten, Skye nach vorne neben Grandma. Sie fuhr tief übers Lenkrad gebeugt, als könnte sie Twig in dieser Haltung irgendwie schneller entdecken. Wir schwiegen alle und spähten angestrengt aus den Fenstern. Auf dem Moor war es ziemlich unheimlich. Anders als bei dem Ausritt mit Skye. Da war die Dunkelheit ein Abenteuer gewesen, aber in dieser Nacht kam sie mir einfach nur ... riesig vor. Dort oben, auf offener Strecke, wirkten sogar die Sterne, die im Garten so hell geleuchtet hatten, irgendwie blasser.

Keiner von uns sah Twig, bevor es zu spät war. Wir hatten damit gerechnet, dass er Fahrrad fahren würde, irgendwo vor uns auf der Straße, aber stattdessen sprang er mit einem Mal zu Fuß aus der Dunkelheit hervor, dem Landrover direkt in den Weg.

Und Zoran hat Recht. Der Wagen zieht wirklich nach links.

»Wie aus dem Nichts stand er vor mir!«, hat Grandma hinterher ständig wiederholt, und auch, »Eine Sekunde vorher war da noch niemand!«

Twigs blasses Gesicht starrte uns wie ein Moorgeist aus der Nacht entgegen und alle schrien auf. Sogar Skye. Sogar Grandma.

Aber jetzt noch mal eins nach dem anderen. Dad sagt, er will ganz genau wissen, was passiert ist.

Twig tauchte auf und Grandma schrie und das Lenkrad zog nach links und der Landrover kam von der Straße ab.

Der Landrover kam von der Straße ab und Twig sprang zur Seite und fiel hin. Der Landrover rutschte in den Graben und krachte gegen einen Felsen. Man hörte Glas splittern. Metall sich verbiegen. Viele Leute schreien. Jas wurde von ihrer Bank zu mir rübergeschleudert und riss mich mit auf den Boden, der gar kein Boden mehr war – wir lagen unter meiner Bank eingezwängt, dort, wo eigentlich die Seite sein sollte.

Und dann rührte sich niemand mehr. Jas fing an zu weinen.

»Grandma?«, flüsterte ich. »Grandma, ist alles in Ordnung?«

Sie stöhnte und um ein Haar wäre ich auch in Tränen ausgebrochen.

»Skye?«

»Alles gut«, krächzte der. Sein Gesicht erschien auf der anderen Seite des Hundegitters.

»Kannst du Twig sehen?«

»Nein. Kannst du aussteigen?«

Das Auto wackelte ein bisschen, als ich mich vorsichtig auf die hintere Tür zuschob. Jas wimmerte leise und umklammerte meinen Arm. Ich drückte ihre Hand, flüsterte ihr zu, sie solle mich loslassen, und kroch weiter. Diesmal blieb das Auto ruhig, sogar, als ich den Hebel runterdrückte und die Tür aufstieß.

Warme Nachtluft strömte herein. Ich sog sie tief in mich ein, kletterte aus dem Wagen und streckte Jas die Hand entgegen.

»Langsam«, sagte ich.

Sie krabbelte auf mich zu und dann standen wir beide draußen. Twig saß am Straßenrand, zu einer Kugel zusammengerollt, auf Grandmas Seite des Wagens. Er weinte nicht, zitterte aber am ganzen Körper und starrte mit aufgerissenen Augen den Landrover an.

»Alles in Ordnung?«

»Ich hatte einen Platten«, flüsterte er. »Deshalb bin ich gelaufen. Aber jetzt tut mir der Knöchel weh.«

Hinter uns war das Quietschen von Metall zu hören und wir drehten uns um. Skye schob sich aus der halb eingeklemmten Beifahrertür, ganz behutsam, um jede ruckhafte Bewegung zu vermeiden. Er ließ sich auf den Boden gleiten und kam taumelnd auf uns zu.

»Wir müssen eure Grandma da rausholen. Sie ist bei Bewusstsein und kann auch noch alles bewegen, aber sie hat eine Platzwunde am Kopf und ich glaube, sie steht unter Schock.«

Der Landrover rutschte noch mal tiefer, als wir auf den Kotflügel kletterten, um an die Fahrertür heranzukommen.

»Wartet lieber auf die Erwachsenen«, rief Jas.

»Was, wenn das Auto anfängt zu brennen?«, fragte Twig besorgt.

»Das passiert nur im Film«, sagte ich. »Und welche Erwachsenen, Jas? Dad und Zoran irren irgendwo auf dem Moor herum und Lizzie ist auch nicht stärker als ich.«

»Aber die wissen vielleicht besser, was zu tun ist!«

»Die wissen nie, was zu tun ist«, erwiderte ich.

»Seid still und packt lieber mit an«, sagte Skye.

Am Ende bekamen wir Grandma heraus, indem sie Skye die Arme um den Hals legte und er sie dann bis auf den Rand des Türrahmens hochzog. Jas hielt die Tür fest, damit sie nicht zuklappen konnte. Ich half Grandma beim Runterklettern und führte sie zu einem großen Stein, wo sie sich setzen konnte. Sie erklärte mir, bei ihr sei alles in Ordnung, brach dann aber beim Anblick von Twig in Tränen aus, der auf sie zuhumpelte, ansonsten aber unversehrt war.

»Einer muss zurückfahren und jemanden mit einem Auto herschicken.« So wie heute Nacht habe ich Skye bisher immer nur beim Reiten erlebt. Er ist kein einziges Mal ins Stottern gekommen oder gestolpert. »Ich nehme dein Fahrrad, Twig.«

»Das ist platt«, erklärte ihm Jas.

Skye fluchte und fragte, ob Twig Flickzeug dabeihätte. Twig sagte Nein und Skye fluchte noch ein bisschen mehr.

»Dann muss ich wohl rennen«, sagte er. »Ich bin wahrscheinlich der Schnellste von uns.«

Zweifelnd schaute er die dunkle Straße entlang.

»Ich kann mitkommen«, bot ich an.

»Du hältst mich bloß auf.«

»Ich bin eine gute Läuferin!« Das war zwar gelogen, aber es war offensichtlich, dass Skye nicht alleine laufen wollte. Und wir waren auch nicht die Einzigen, die das Moor heute beängstigend fanden. Jas verkündete, sie würde auch mitkommen.

»Du hältst uns dann aber wirklich auf«, wandte ich ein.

»Wenn uns irgendwas angreift«, sagte Jas, »wäre ich lieber bei euch.«

Grandma hörte auf zu weinen und fing an zu lachen. Es klang leicht hysterisch. Twig wurde noch blasser und sagte, »Vielleicht sollten wir alle zusammen gehen.«

»Du mit deinem Fuß?«, fragte ich.

»Ich könnte auf einem Bein hüpfen.«

»Wir kommen so schnell wie möglich zurück.« Skye war schon dabei, Kissen und Decken hinten aus dem Jeep zu ziehen, und ich hüllte Grandma damit ein. »Wird dir schon wärmer?«, fragte ich.

»Ich komme mir so dämlich vor.«

»Das war doch nicht deine Schuld, sondern die von Twig.« Twig machte ein empörtes Gesicht. Ich funkelte ihn böse an. »Außerdem ist ja niemand verletzt.« Twig guckte noch entrüsteter. Sein Knöchel war schon ziemlich dick und Grandma hatte Blut im Gesicht. »Jedenfalls nicht ernsthaft«, ergänzte ich.

»Ihr solltet was essen«, sagte Skye. »Gibt es irgendwas im Auto? Süßigkeiten oder so?«

Twig griff in seinen Rucksack und zog eine Riesentafel Schokolade hervor.

»Ich dachte, die könnte ich vielleicht brauchen«, sagte er, ohne uns anzusehen.

Skye ging vor Twig in die Hocke. Seine Brille war wieder völlig verbogen, aber er wirkte trotzdem überhaupt nicht lächerlich.

»Ich weiß, dass es dunkel ist«, sagte er. »Aber du musst dich jetzt um deine Grandma kümmern. Wir schicken so schnell wie möglich jemanden her, der euch mit dem Auto abholt.«

Twig nickte und wirkte ungeheuer tapfer.

Als wir zurückkamen, lief Dad wie ein Tiger vor dem Haus auf und ab. Zoran machte diese Handbewegungen, die er immer macht, wenn er uns beruhigen will, so nach dem Motto, jetzt mal ganz langsam. Und Dad machte die Bewegungen, die *er* immer macht, wenn er außer sich ist, nämlich mit den Händen in der Luft herumwedeln.

»Wir haben ihn gefunden!«, rief Jas, während wir noch auf sie zurannten. »Kurz vorm Satansfelsen! Grandma ist bei ihm.«

»Was?« Ich bemerkte, dass seine Hände immer noch ein bisschen weiterwedelten. »Wie? Wo? Warum?«

»Er hat einen Platten gehabt«, erklärte Skye. »Und Mrs Gadsby hat den Landrover in den Graben gefahren.«

»Es geht ihnen gut«, fügte ich hinzu. »Aber du musst jetzt hinfahren und sie abholen.«

»Warum in Gottes Namen kann meine Familie nicht einfach mal

ganz normal sein?« Dads Gewedel wurde wieder hektisch, während er auf seinen Wagen zumarschierte.

»Soll ich mitfahren?«, murmelte Skye.

»Wäre vielleicht besser«, flüsterte ich zurück.

»Fragen später«, sagte Zoran, als sie weg waren. »Jetzt gibt es erst mal einen starken Tee. Mit viel Zucker. Und Brandy. Und vielleicht noch einen Toast.«

Wenn er nicht gerade selber durchdreht, ist Zoran in Krisen erstaunlich gut zu gebrauchen. Ich war froh, dass er bei uns geblieben war und nicht Dad. Ich glaube nicht, dass Dad mit der Situation zurechtgekommen wäre. Nicht nach dem Rückflug von Neuseeland und der Fahrt von London hierher, nach dem Streit mit Grandma, dem Verschwinden von Twig und dann dem Unfall. Dieser Tag schien gar kein Ende zu nehmen und selbst uns wurde es fast zu viel.

Wir traten ins Haus.

»Was ist das für ein Geräusch?«, fragte Jas, als wir durch die Diele gingen.

»Klingt, als hätte jemand den Wasserhahn laufen lassen«, sagte Zoran und stieß die Küchentür auf.

Es hatte tatsächlich jemand den Wasserhahn laufen lassen. Zwei Wasserhähne, um genau zu sein. Grandmas Badezimmer liegt direkt über der Küche und inzwischen tropfte das Wasser aus ihrer Wanne durch die Decke.

Die Filmtagebücher der Bluebell Gadsby

15. Szene (Transkript)
Was beim Frühstück geschah

TAG. INNEN.

Die Küche der Horsehill Farm. JASMINE, ZORAN, TWIG und VATER sitzen am Tisch und frühstücken (Toast und Müsli - Jasmine wollte Würstchen, aber Vater hat Nein gesagt). Zoran und Vater sehen abgespannt aus (sie haben die ganze Nacht nicht geschlafen). Eimer, Wannen, Töpfe und Schüsseln sind auf dem Boden ineinandergestapelt. Aus dem Nebenraum dringt das Geräusch der Waschmaschine, die gerade eine weitere Ladung Handtücher, Geschirrtücher und sonstiger Lappen wäscht, mit denen die Überflutung der letzten Nacht aufgewischt worden ist. Die erste Ladung kann man durchs offene Fenster an der Wäscheleine flattern sehen. An der Zimmerdecke, direkt über dem Küchentisch, befindet sich ein riesiger dunkelgrauer Fleck mit einem langen Riss in der Mitte, aus dem alle paar Sekunden ein fetter brauner Wassertropfen in den Topf hinunterplatscht, der an strategisch günstiger Stelle zwischen Obstschale und Marmeladenglas steht.

ZORAN

(der versucht, optimistisch zu wirken)

Immerhin tropft es nur noch ganz wenig.

TWIG

Aber der Riss ist größer geworden.

VATER

Das glaube ich nicht.

JASMINE

Wieso gibt es keine Würstchen?

VATER

Weil Zoran und ich die letzten zwölf Stunden damit verbracht haben, diese Sauerei hier aufzuwischen, und nicht auch noch einen Riesenabwasch machen wollen. Außerdem bin ich völlig übernächtigt. Das scheint hier niemandem klar zu sein.

JASMINE

Wir haben alle mitgeholfen. Ich kann sie mir doch selber braten. Und ich würde auch den Abwasch machen.

KAMERAMANN (Bluebell)

Als ihr das letzte Mal Würstchen braten wolltet, hättet ihr fast die Küche abgefackelt.

Vater stöhnt und fasst sich an den Kopf.

ZORAN

Du hast Recht, Twig,
der Riss wird wirklich größer.

TWIG

Und er biegt sich auch irgendwie durch.

Vater guckt genervt nach oben. Seine Miene ändert sich schlagartig, als ihm klar wird, dass die Decke sich tatsächlich biegt und der Riss im Laufe des Frühstücks erheblich größer geworden ist. Er schiebt seinen Stuhl zurück und bedeutet den anderen, das auch zu tun.
Sie wechseln fragende Blicke, gehorchen aber. Alle treten vom Tisch zurück (Twig auf einem Bein hüpfend, wegen seines Knöchels), aber keiner spricht, als befürchteten sie, schon das kleinste Geräusch könne eine Katastrophe auslösen.
Die Katastrophe tritt aber trotzdem ein.
Erst gibt es ein lautes KNARREN, dann gibt die Decke nach. Putzbrocken, Holzsplitter und eine Tonne Sand krachen herunter. Dichte Wolken aus grauem Staub steigen auf. Das Frühstück ist komplett verschüttet. Alle starren wie gebannt auf das Chaos.

VATER

Du lieber Himmel.

JASMINE

(mit ganz dünner Stimme)

Ist es vorbei?

Weiteres Knarren, diesmal lauter und länger anhaltend. Alle blicken nach oben. Im nächsten Moment segelt Grandmas klauenfüßige gusseiserne Badewanne durch die Luft und landet mit donnerndem Getöse auf dem Küchentisch. Der Tisch knickt ein und bricht zusammen. Noch mehr Staub wirbelt auf.

ZORAN

(zu dem Loch in der Decke hinaufspähend)

Ich glaube, *jetzt* ist es vorbei.

Montag, 18. August

Grandma hatte mich beauftragt, das Frühstück zu filmen. »Du musst meine Augen und Ohren sein«, sagte sie, als ich ihr heute Morgen ihre Tasse Tee ans Bett brachte. »Ich will alles wissen, was dein Vater über mich sagt.«

Beim Frühstück hat Dad allerdings kaum etwas über Grandma gesagt, wegen der Zimmerdecke und seinem Jetlag und davor noch wegen der Handtücher und Töpfe und Wischlappen und allem. Aber nach dem Frühstück hatte er ihr dann umso mehr zu sagen.

Nachdem Dad gestern Nacht mit Twig und Grandma nach Hause gekommen war, hat er als Erstes bei Dr. Reynolds angerufen. Dr. Reynolds macht nachts normalerweise keine Hausbesuche, aber als Dad ihm von dem Unfall berichtete und dass Twigs Knöchel inzwischen auf Tennisball-Größe angeschwollen war und Grandma sich eine Platzwunde am Kopf zugezogen hatte, sagte er, er käme sofort vorbei.

Dr. Reynolds hat bestätigt, dass Twigs Knöchel nicht gebrochen, sondern nur verstaucht ist. Ich glaube, Twig war anfangs ein bisschen enttäuscht, bis Dr. Reynolds ihm dann erklärte, ein verstauchter Knöchel sei manchmal schlimmer als ein sauberer Bruch.

»Wir müssen dir ein Paar Krücken bestellen«, sagte er und Twigs Miene hellte sich beträchtlich auf.

Viel größere Sorgen machte sich Dr. Reynolds um Grandma.

Jas und ich haben beim Aufwischen zwischendurch mal eine Pause eingelegt und sind zu ihrer halb offenen Zimmertür geschlichen. Sie saß im Bett und trank eine Tasse von Zorans heißem Tee mit viel Zucker und Brandy, eine Packung tiefgefrorene Erbsen im Nacken.

»Sie sieht aus wie ihr eigener Geist«, sagte Jas.

»Sag so was nicht.«

»Warum nicht?«

»Ein Geist kann man nur sein, wenn man tot ist.«

Grandma wirkte müde und verängstigt. Dr. Reynolds sagte, sie hätte ein leichtes Schleudertrauma (deshalb die gefrorenen Erbsen) und vielleicht auch eine Gehirnerschütterung und dass heute Nacht jemand bei ihr bleiben sollte, um jede Stunde nach ihr zu sehen.

»Das mache ich«, sagte ich.

Dr. Reynolds zuckte zusammen. »Wo kommst du denn plötzlich her?«, fragte er.

Zoran sagte, wir verbrächten unser halbes Leben damit, an irgendwelchen Türen zu lauschen, und er würde sich um Grandma kümmern, weil das ein Job für Erwachsene sei.

»Ich bin vierzehn«, sagte ich zu ihm.

»Eben«, erwiderte er.

Nachdem er Grandma untersucht hatte, setzte sich Dr. Reynolds noch auf einen Drink zu Dad, während Jas und ich weiter den Boden aufwischten.

»Ich muss jetzt erst mal was trinken«, hörten wir Dad sagen.

»Und ich muss mit Ihnen reden«, erwiderte Dr. Reynolds.

Sie haben dann ewig in den beiden Ledersesseln vorm Wohnzimmerkamin gesessen und geredet. Nachdem Dr. Reynolds gegangen war, kam Dad in die Küche und sah aus, als würde er gleich anfangen zu weinen. Zu dem Zeitpunkt dachte ich noch, das läge an dem Anblick, den die Küche bot, was auch vollkommen verständlich gewesen wäre. Noch immer tropfte Wasser von der Decke. Jas und ich hatten den Tisch beiseitegerückt und der Boden war ein riesiger Flickenteppich aus Töpfen, Pfannen und Eimern, mit lauter bunten Lappen ringsherum und dazwischen, um die Spritzer aufzufangen. Auf eine

Art sah das sogar hübsch aus und fast würde ich mir wünschen, ich hätte es gefilmt. Aber nur auf eine Art. Und auch nur fast.

»Ich übernehme das hier«, sagte Dad. »Ihr beide geht ins Bett.«

»Wir wollen aber helfen.«

»Bitte tut einfach, was ich sage.«

Er folgte uns die Treppe hinauf.

»Jas, du schläfst heute Nacht bei deiner Schwester«, sagte er.

»Ich will mich aber um Twig kümmern.«

»Keine Widerrede.«

Dad brachte uns zu meinem Zimmer und ging dann weiter zu Twig. Als ich aus dem Bad zurückkam, blieb ich stehen, um zu lauschen.

»Warum?«, hörte ich Dad fragen.

Twig nuschelte irgendwas von der »Geschichte von Grandpa«.

»Von Grandpa?«

»Die Legende vom Satansfelsen.« Dr. Reynolds hatte Twig ziemlich starke Schmerztabletten gegeben und es klang, als schliefe er schon halb. »Dass man da oben die Nacht verbringen muss.«

»Aber warum denn nur?«

»Du solltest« – gähn, gähn – »stolz auf mich sein.«

»Stolz? Was redest du denn da? Twig, du bist mein einziger Sohn!«

Ich steckte den Kopf durch die Tür. »Genau genommen«, widersprach ich, »ist er das nicht.«

»Geh weg!«, befahl mir Dad. »Twig, du bist mein einziger *ältester* Sohn! Ich werde dich immer lieben, *immer*. Und das wird sich auch niemals ändern.«

Ich lugte noch einmal durch den Türspalt. Dad sah mich böse an. Twig war eingeschlafen, in Dads Arme geschmiegt, mit einem Lächeln auf dem Gesicht.

Heute Morgen, nachdem die Badewanne durch die Decke gekommen war und Dad sich vergewissert hatte, dass niemand Schaden genommen hatte, ist er zu Grandma raufgegangen und sehr, sehr lange bei ihr geblieben. Und jetzt weiß ich auch, warum er heute Nacht so aufgelöst war.

»Es hätte jemand zu Tode kommen können«, hatten wir ihn sagen hören, und dann: »Du bist eine Gefahr für dich selbst und andere!«

»Und du hast einen Hang zur Melodramatik!«, konterte Grandma, aber ihre Stimme zitterte.

Zoran kam rauf und schickte uns nach unten. Er sagte, heute sei nicht der Tag, um an Türen zu lauschen.

»Ist sie krank?«, fragte ich.

»Wartet's ab«, sagte Zoran.

»Darin sind wir nicht besonders gut«, erklärte ihm Jas.

Später rief die Arztpraxis an, um Bescheid zu sagen, dass Twigs Krücken gekommen waren, und die anderen sind alle nach Plumpton gefahren, um sie abzuholen. Als Dad endlich wieder nach unten kam, war ich allein in der Küche und sammelte die letzten Handtücher ein.

»Hier sieht's vielleicht aus«, sagte er.

»Ich versuch ja gerade, aufzuräumen«, erwiderte ich.

»Lass es lieber«, sagte er seufzend. »Ich muss erst mal einen Architekten holen, der kontrolliert, ob die Küche noch sicher ist. O Gott, und einen Klempner brauchen wir auch. Und jemand, der den Landrover abschleppt.«

Er ließ sich auf einen Stuhl in der Diele fallen. »Bist du so lieb und holst mir das Telefonbuch?«

Ich brachte ihm die Gelben Seiten und half ihm, einen Klempner in

Plumpton zu finden. Dann setzte ich mich neben ihn auf den Boden, während er seine Anrufe erledigte.

»Was passiert denn jetzt mit Grandma?«, fragte ich, als er fertig war.

»Darüber mach dir mal keine Sorgen.«

»Ich mache mir aber Sorgen.«

Dad fuhr sich mit den Händen durchs Haar. Es war voller Staub und kleiner Putzbrocken. Meines auch. Das Zeug ist überall.

»Die Vorfälle häufen sich«, seufzte er. »Aber sie will das nicht sehen, obwohl sie jedes Mal noch ein bisschen weiter abbaut. Sie wird vergesslich, sie hat Mühe mit dem Laufen …«

»Hat sie nicht!«, sagte ich. »Als ich neulich mit ihr übers Moor gegangen bin, ist sie dermaßen gerannt, dass ich kaum mithalten konnte!«

»Tja, das sollte sie aber nicht«, sagte Dad. »Sie hat Schwindelanfälle. Sie setzt sich zu sehr unter Druck und am Ende ist sie dann völlig fertig.«

»Grandma ist immer noch total fit«, sagte ich. »Frag Lizzie. Die sagt das ständig.«

»Lizzie macht sich ebenfalls Sorgen.«

Da wurde ich dann sauer und sagte, es sei nicht fair, wenn sich alle gegen Grandma verbünden. Ich zählte ihm auf, was Grandma noch alles kann, was für eine tolle Köchin sie ist, wie gut sie ihren Garten in Schuss hält und wie lustig es mit ihr ist.

»Ich sage ja nicht, dass sie nicht lustig ist«, meinte Dad. »Aber mal ehrlich, Blue – was macht sie denn wirklich noch selbst? Flora und ich reden auch miteinander, weißt du? Sie hat mir erzählt, wie viel ihr Kinder im Haushalt geholfen habt, und ich weiß, was Lizzie alles macht, und auch ihr Sohn. Und ich muss inzwischen auch ganz grundlegende Sachen für sie erledigen – nach dem Sturz haben sie ihr das Telefon abgestellt, weil sie vergessen hatte, die Rechnung zu bezahlen. Und dasselbe ist mit dem Strom passiert.«

Ich dachte an unseren ersten Ferientag zurück, als wir am Bahnhof auf sie gewartet haben und sie erst mit einer Stunde Verspätung aufgekreuzt ist, ohne das überhaupt zu merken. An ihre Nachmittagsschläfchen. An ihren Schwächeanfall, weil sie sich überanstrengt hatte. Daran, wie sie manchmal ganz leicht und locker läuft, aber manchmal auch wieder humpelt, als könnte sie ihr eigenes Gewicht nicht mehr tragen. Und dann dachte ich an die Nacht, bevor sie ins Krankenhaus kam, und an diese schreckliche Krankenstation mit den alten Leuten, und mir brannten die Augen.

Dad zog mich zu sich heran.

»Sie wird einfach alt, Liebes«, sagte er. »Das ist alles.«

»Aber wie soll es denn jetzt weitergehen?«

Dad sagte, »Hier kann sie jedenfalls nicht länger bleiben. Tom ist auch der Meinung. Dieses Haus ist viel zu groß für sie. Sie wird umziehen müssen.«

Morgen kommt Mum. Twig hat heute Nachmittag stundenlang mit ihr telefoniert. Sein Knöchel ist inzwischen dunkellila, mit einem roten Rand, und immer noch ziemlich dick, aber nachdem er aufgelegt hatte, wirkte er so glücklich, dass ich dachte, gleich rennt er los und hüpft und springt. Morgen kommt sie.

»All unsere Wünsche gehen in Erfüllung«, seufzte Jas, aber eines habe ich inzwischen über Wünsche gelernt: Sobald einer in Erfüllung geht, stehen auch schon die nächsten vor der Tür.

Ollie ist abgereist. Kurz nach Mum hat Lizzie bei uns angerufen. Sie war auf dem Weg nach Plumpton, um ihn zum Bahnhof zu bringen, und wollte wissen, ob wir noch irgendwas aus dem Supermarkt bräuchten, und so habe ich es dann erfahren. Zoran brüllte mir nämlich vom Telefon in der Diele aus zu, ich solle mal nachsehen, ob wir noch Spültabs hätten und wie viel Butter noch da sei.

Er hat sich nicht mal verabschiedet.

»War ihm sicher zu peinlich«, sagte Jas düster. »Weil er Twig immer geärgert hat und nicht mitgekommen ist, als alle nach ihm gesucht haben.«

»Dafür gab es bestimmt einen Grund«, sagte ich.

Ich habe einen sehr, sehr langen Spaziergang gemacht. Über den will ich nicht mal schreiben.

Die Kette. Die Seejungfrau-Komplimente.

Ich dachte, er mag mich wenigstens ein bisschen.

Vorhin hat Dad mich noch gebeten, nichts von dem, was er mir über Grandma und das Haus erzählt hat, den anderen gegenüber zu erwähnen, weil sie das bloß aufregen würde. »Und wenn mich das vielleicht auch aufregt?«, fragte ich und er sagte, bei mir sei das was anderes, ich sei schließlich schon älter.

Die Filmtagebücher der Bluebell Gadsby

16. Szene (Transkript)
Und wieder ein Sonnenaufgang

DRAUSSEN. IM MORGENGRAUEN.

Oben in der kleinen Mulde auf dem Satansfelsen sitzt SKYE an den Stein gelehnt und isst Früchtekuchen. ELSIE liegt quer über seinen Füßen und lauert wie üblich auf Krümel. Im Halbdunkel des frühen Morgens sind die beiden bloße Schatten, doch mit jeder Minute nimmt der blasse Himmel ein tieferes Blau an und schon bald werden der Junge und sein Hund, wie auch die Welt um sie herum, in kräftige Farben getaucht sein. Im Osten blinzeln die ersten Sonnenstrahlen über den Horizont und streifen die Unterseite der Wolken mit einem Hauch von Rosa und Gold.
Skye drückt sich in den Kniestand hoch und wischt sich die Kuchenkrümel von der Kleidung. Elsie schnuppert im Gras.

SKYE
(während er schon loskrabbelt)
Ich möchte mal über die Kante gucken.

KAMERAMANN (BLUE)
Was? Nein! Da kann man abstürzen.

SKYE

Ich stürze schon nicht ab.

Er kriecht, oder vielmehr: schlängelt sich durch das kurze stachelige Gras bis vorn an die Felskante. Elsie winselt. Schon beim Zuschauen wird der KAMERAMANN von Schwindel gepackt und lässt beinahe die Kamera fallen. Skye liegt erst auf dem Bauch, dann drückt er sich auf die Ellbogen hoch und stützt das Gesicht in die Hände. Er schaut sich um und grinst, dann streckt er die Hand aus. Der Kameramann weicht langsam zurück.

SKYE

(sanft)

Es lohnt sich, versprochen.

Das Bild hüpft wild herum, während sich der Kameramann widerstrebend bis zur Kante vorschiebt. Er stößt ein erschrecktes Quieken aus, aber als das Bild wieder ruhig wird, kommt plötzlich die ganze Welt in Sicht. Von weiter hinten bestand das Bild fast nur aus Himmel, aber jetzt ist das Objektiv komplett mit Moorlandschaft ausgefüllt, mit Heidekraut, Wiesen, Wäldern und Bächen, die sich endlos vor ihnen erstrecken, meilenweit, und der Kameramann hat wieder dieses Gefühl, als würde die Welt gerade neu erschaffen. Der Kameramann bricht in Tränen aus.

Dienstag, 19. August

Heute früh bin ich aus dem Schlaf hochgeschreckt und war mir ganz sicher, dass es mitten in der Nacht ist und dass sich jemand in meinem Zimmer befindet, und mit beidem lag ich ziemlich richtig. Draußen war es noch dunkel und ein Junge kletterte gerade bei mir durchs Fenster.

Einen verrückten Moment lang dachte ich, es wäre Ollie. Dann sah ich, dass es Skye war.

»Wie ...?«, fragte ich, als ich wieder sprechen konnte, und dann noch, »Warum ...?«

»Mit der Leiter«, antwortete Skye. »Vom Baum aus. Und ich dachte ... ich meine, ich habe mich gefragt, ob du noch mal Lust auf einen Ausritt hast?«

Nachdem ich in Tränen ausgebrochen war, sind wir rückwärts zu dem Stein zurückgerobbt und haben uns in die grasige Mulde gesetzt. Skye legte mir den Arm um die Schulter und ich lehnte mich bei ihm an.

»Ich habe Ollie gesagt, dass er nicht einfach so abhauen kann«, sagte Skye.

»Ist doch nicht wichtig.«

»Ist es wohl. Pass auf, er wollte zwar nicht, dass ich dir das erzähle – ich meine, er will nicht, dass überhaupt jemand davon erfährt –, aber ich finde das einfach nur blöd. Du weißt doch, dass seine Eltern hier waren, oder?«

Ich nickte. Und dann erzählte er mir, was in Wahrheit passiert war.

Dass Ollies Eltern zwar tatsächlich nach Italien gefahren sind, aber nicht, um ihren Hochzeitstag zu feiern, sondern als letzten Versuch, ihre Ehe zu retten, nachdem Ollies Vater eine Affäre gehabt hatte.

Dass der Versuch nicht geklappt hatte und sie nur noch hergekommen waren, um Ollie zu sagen, dass sie sich scheiden lassen würden.

Dass der Anruf, den Lizzie am Strand bekommen hatte, als wir gerade einpacken wollten, von Ollies Mutter gewesen war, die ihr erzählt hatte, dass Ollies Vater zu Hause auszieht.

»Deshalb ist Ollie nicht mitgekommen, um nach Twig zu suchen«, sagte Skye. »Und deshalb ist er auch so überstürzt nach Hause gefahren.«

»Er war viel zu durcheinander«, seufzte ich. »Und er wollte bei seiner Mutter sein. Armer Ollie.«

Skye nahm einen Stein in die Hand und hieb damit auf das Gras ein.

»Was denn?«, fragte ich. »Hast du gar kein Mitleid mit ihm?«

»Doch, natürlich. Ich fände es auch schrecklich, wenn meine Eltern sich trennen würden. Aber trotzdem …«

Er warf den Stein über den Klippenrand und griff nach einem anderen.

»Nun sag schon.«

»Ich kann gut verstehen, dass er das für sich behalten wollte, damit nicht alle ankommen und ihn bemitleiden. Aber das ist noch lange kein Grund dafür, so gemein zu sein.«

»Er war doch gar nicht …«

»War er wohl. Ständig hat er auf Twig rumgehackt und dich hat er angelogen. Er hat so getan, als ob du ihm wichtig wärst, dabei ging es ihm eigentlich nur darum, dass du ihn netter finden solltest als mich. Anfangs wollte er nämlich überhaupt nichts mit euch zu tun haben. Seinetwegen sind wir morgens immer so früh gekommen, viel früher, als ich normalerweise aufstehen würde. Einmal hat er wortwörtlich gesagt, ›Alter, dieses Mädchen und die beiden Gören, das geht gar nicht.‹ Sei mir nicht böse, vielleicht sollte ich dir das lieber nicht erzählen.«

»Aber später.« Meine Brust tat weh und das Sprechen fiel mir schwer. »Später haben wir uns doch gut verstanden.«

»Klar. Nachdem er gesehen hatte, wie wir beide uns unterhalten haben, nach meinem Sturz von Marigold, da wollte er dann plötzlich mit dir zum Fluss fahren und all so was. Er ist furchtbar neidisch darauf, dass meine Eltern so glücklich sind, und er wollte einfach nicht ...«

»Was wollte er nicht?«

»Dass wir beide Freunde werden, obwohl er wusste ...«

Er unterbrach sich und warf auch den zweiten Stein über den Klippenrand.

»Dass du hier keine Freunde hast«, vollendete ich leise seinen Satz.

Wenn das stimmte, dann war das unverzeihlich. Und doch wusste ich, ganz tief in meinem Herzen, dass ich ihm verzeihen würde.

Skye griff nach einem dritten Stein, aber ich hielt seine Hand fest, und weil er so aufgewühlt aussah, nahm ich sie in meine, und jetzt war er an der Reihe, den Kopf an meine Schulter zu legen.

»Das ist alles so bescheuert«, sagte er. »In Frankreich hatte ich jede Menge Freunde, ich habe im Reitstall geholfen und alles war super. Aber dann beschließt Mum einfach so, ich müsste einen englischen Abschluss machen, obwohl ich in Frankreich eigentlich ganz gut in der Schule war, und Dad gleich so, hey, super, wir ziehen nach Dartmoor, nur weil er als Kind in den Ferien öfter hier war, und dann sitze ich plötzlich mitten im Nichts, und in der Schule kennen sich alle seit dem Sandkasten, und es ist vollkommen klar, dass ich hier nicht hingehöre.«

»Ich finde schon, dass du hierhingehörst«, sagte ich. »Vielleicht nicht in die Schule. Aber in diese Gegend. Ich kenne niemanden, der hier besser hinpassen würde.«

»Seit ihr hier seid, gefällt's mir auch schon besser.«

Und dann saßen wir noch ein bisschen nur so da und schauten in den Himmel.

»Mein Vater sagt, wir müssen Horsehill verkaufen«, sagte ich schließlich.

»Ich weiß. Hat meine Mutter mir erzählt. Das war der andere Grund, warum ich heute gekommen bin.«

Ich drückte seine Hand. Er drückte zurück.

»Erwachsene sind echt bescheuert«, sagte ich. »Ollies Eltern. Deine Eltern. Meine Eltern. Ständig machen sie solche Sachen wie sich trennen oder in ein anderes Land gehen oder Babys kriegen und Häuser verkaufen, und von uns erwarten sie dann, dass wir das alles in Ordnung finden.«

»Du magst ihn trotzdem noch, stimmt's? Obwohl er gelogen hat und einfach so abgehauen ist.«

Obwohl er sich aus Frankreich kein einziges Mal gemeldet hat, obwohl er zu Twig wirklich gemein gewesen ist und obwohl ich ihm wahrscheinlich völlig egal war. Ich seufzte. Skye legte den Arm noch fester um meine Schulter.

»Warum mögen wir bloß immer die falschen Leute?«, flüsterte ich.

»Keine Ahnung.«

»Magst du mich, Skye?«

»Ich hab dich sehr gern.«

Ich verdrehte den Hals und sah zu ihm auf.

»Nicht so, wie du denkst«, sagte er hastig. »Also, anfangs vielleicht, da dachte ich schon, das könnte passieren. Ich bin ziemlich oft in jemanden verliebt. Aber dann ist es doch nicht passiert. Vielleicht finde ich dich einfach zu nett, keine Ahnung. Ist das schlimm?«

Ich fing an zu lachen.

Ich wollte ihm sagen, dass ich ihn auch sehr gernhatte, aber das hätte sich dann so angehört, als würde ich es nur sagen, weil ich mich dazu verpflichtet fühle.

»Guck mal!« Ich steckte die Hand in den Halsausschnitt meines Pullovers. »Ich habe dein Geschenk um.«

Er lächelte, aber er sah auch ein bisschen traurig aus.

»Ich finde es wunderschön«, beharrte ich.

»Aber nur, weil es dich an Iris erinnert.«

Und dann hatte ich wieder ein schlechtes Gewissen. Denn es stimmt zwar, dass mir der Anhänger vor allem deshalb gefällt, weil er mich an Iris erinnert. Aber ich mag ihn auch, weil Skye an die Iris *gedacht* hat. Und das war dann so ein ähnliches Gefühl wie an diesem Tag, an dem ich mit Elsie übers Moor gegangen bin, ohne ein einziges Mal an Iris zu denken: Als würde Skye ein bisschen von ihrem Platz in meinem Herzen einnehmen, so wie Pumpkin im Herzen von Mum, und ich weiß nicht, ob ich das gut finden soll und ob ich schon dazu bereit bin.

Also habe ich es nicht gesagt. Erst mal jedenfalls. Wir haben noch ein bisschen länger dort gesessen und dann sind wir wieder zu den Ponys runtergeklettert. Auf dem Rückweg war die Sonne schon wieder ziemlich heiß. Ich zog meinen Pullover aus und band ihn mir um die Taille.

Das kleine Plättchen mit der Iris glitzerte. Skye schielte zu ihm hinüber. Ich berührte es mit der Hand und dann sagte ich es doch.

»Nicht nur, weil es mich an Iris erinnert«, gestand ich ein.

Und Skye grinste so breit wie noch nie.

Die Ponys trotteten weiter, sie wollten nach Hause. Erst als wir auf die Straße einbogen, traf es uns wie ein Schlag. »Wenn Horsehill verkauft wird«, sagte Skye, »wie sehe ich dich dann wieder?«

Jas wartete schon auf uns, als wir zurückkamen. Sie saß auf dem Koppelzaun und ich dachte schon, sie wäre vielleicht eifersüchtig, weil Reiten ja eigentlich eine Sache zwischen ihr und Skye ist. Aber sobald sie uns gesehen hatte, stand sie auf und winkte.

»Beeilt euch!«, rief sie. »Sie haben schon den ersten Zug erwischt!«

Ihre Aufregung wirkte ansteckend. Im Haus wuselten alle schon eifrig herum und machten sich für die Fahrt zum Bahnhof fertig. Jas bürstete sich die Haare und tauschte ihr schmutziges altes Kleid gegen eines aus, das fast noch sauber war. Twig zog seine Schuhe an und wusch sich Hände und Gesicht. Grandma schickte Dad zum Blumenpflücken und Zoran riss sich von seiner Klavierkomposition los und kündigte an, zum Mittagessen würde er noch mal eine Pflaumentarte machen.

Ich bin nicht mit zum Bahnhof gefahren. Ich sah die Szene schon vor mir. Wie Jas unter der Sperre durchschlüpft und den Bahnsteig entlangrennt. Twig mit seinen Krücken. Wie Mum in Tränen ausbricht, als sie seinen Knöchel sieht. Wie Pumpkin wahlweise gluckst oder brüllt oder schläft und wie alle um ihn herumsäuseln, egal was er gerade macht.

»Ich helfe Zoran bei der Tarte«, sagte ich.

»Aber willst du sie denn nicht *sofort* sehen?«, fragte Jas.

»Ich sehe sie ja, wenn sie hier sind. Wirklich.«

Denn eins ist mir klar geworden, während hier alle hektisch durch die Gegend rannten: dass ich schon ewig nicht mehr so richtig an Pumpkin gedacht habe. Erst heute Morgen, angesichts der ganzen Aufregung, fiel mir das alles wieder ein und ich war … eifersüchtig. Nicht auf ihn, sondern auf die anderen. Denn egal wie viel Mühe es jeden von ihnen gekostet hatte, sich an Pumpkin zu gewöhnen, heute schien es ihnen ganz leichtzufallen.

»Kopf hoch«, sagte Zoran, während ich den Tisch deckte.

»Das verstehst du nicht«, antwortete ich.

Als sie alle zurückkamen, war ich oben in meinem Zimmer. Ich hörte den Wagen und schaute aus dem Fenster. Mum stieg als Erste aus. Sie trug das Kleid, das ich so gern mag, violett mit kleinen gelben Blümchen, und dazu passende gelbe Schuhe. Ihr Haar hatte sie zu so einem unordentlichen Dutt aufgesteckt, wie ich das auch mal versucht habe, aber bei ihr sah es wirklich elegant und raffiniert aus und überhaupt nicht nach Bibliothekarin. Sie öffnete die hintere Autotür, machte sich an dem Kindersitz von Pumpkin zu schaffen und dann kam er auch heraus, mit seinem roten Haarschopf und ungefähr doppelt so groß wie bei unserer Abreise aus London. Zoran trat aus dem Haus und küsste Mum auf die Wangen. Jas nahm Pumpkin auf den Arm.

»Hier, guck mal, sein Zahn!«, sagte sie zu Zoran.

Sie schob Pumpkin ihren kleinen Finger in den Mund und er schnappte zu. Sie stieß ein entzücktes Quieken aus.

»Er hat mich gebissen!«

Pumpkin ließ wieder los. Jas hob ihn über ihren Kopf und flötete, »Du kleiner Lümmel, du.« Er gab eine Art Glucksen von sich, als würde er über sie lachen, und alle anderen lachten auch.

»Wo ist Blue?«, fragte Mum an Zoran gewandt.

»Oben.«

Mum ist wie Iris. Sie würde niemals laufen, wenn sie rennen kann.

Rasche, leichte Schritte kamen die Treppe herauf und den Flur entlang, meine Zimmertür wurde aufgestoßen und da war sie, ziemlich atemlos und ein bisschen zerzaust. Als sie ins Zimmer trat, wurde sie allerdings etwas langsamer. Sie kam zum Fenster herüber, wo ich immer noch stand, und blieb vor mir stehen.

»Guck mal, meine Kette«, sagte ich.

Sie schob einen Finger darunter, um sie ans Licht zu heben. Ich reckte das Kinn, damit sie besser sehen konnte.

»Hübsch«, flüsterte sie.

Und dann nahm sie mich in den Arm, eine lange, feste, innige Umarmung.

Irgendwo habe ich mal gelesen, dass das Herz umso größer wird, je mehr man einen anderen Menschen liebt.

Aber vielleicht wächst es ja auch, je mehr Menschen man liebt. Pumpkin kann Iris für Mum nicht ersetzen, genauso wenig, wie Skye sie für mich ersetzen kann. Menschen sind nicht ersetzbar, nicht wirklich. Es kommen einfach nur neue hinzu und füllen einen Teil des Raums, den die alten hinterlassen haben.

Und das ist überhaupt nicht dasselbe.

Heute hat Pumpkin mich angelächelt. Mum hat im Garten im Schatten eine Decke ausgebreitet und Pumpkin komplett ausgezogen, damit ihm nicht zu heiß ist, und das fand er super. Er ist so weiß, dass er fast leuchtet, und seine Haut ist genauso durchscheinend wie die von Grandma, nur dass seine glatt und prall ist und ihre faltig. Er lag auf dem Rücken, die Zehen im Mund, und starrte in das Laub des Apfelbaums hinauf, als hätte er noch nie so was Spannendes gesehen.

Ich wartete, bis niemand hinsah, was schwieriger ist, als es sich anhört, denn bei Pumpkin guckt *immer* irgendwer hin. Aber als Jas irgendwann kurz verschwand, um sich mit Marigold und Hester zu unterhalten, und Twig mit Zoran das Backgammon-Brett aufbaute und Dad im Haus war und Mum reinging, um sich einen Tee zu machen, war ich doch mal einen Moment mit ihm allein.

Ich setzte mich neben ihn, aber er beachtete mich nicht. Ich drehte mich um, so dass ich auf allen vieren über ihm stand und meine Zöpfe auf seine Schultern hinunterhingen und ihn kitzelten. Er griff nach einem davon und zog daran. Ich sagte »Aua!«, und er kicherte. Er zog noch mal. »Das tut weh«, sagte ich zu ihm. Und da hat er es gemacht. Ein riesiges Lächeln, noch breiter als das von Skye, so breit, als bestünde er nur noch aus *Lächeln*.

Mir direkt ins Gesicht.

Mittwoch, 20. August

Als ich heute Morgen wieder reinkam, nachdem ich Skye bei den Ponys geholfen hatte, rief Dad mich ins Arbeitszimmer. Er starrte auf seinen Laptop und mir fiel auf, wie schick er aussah. Nicht büroschick oder so, aber es war auch nicht sein üblicher *Ich bin Künstler*-Lotterlook, sondern sauber, rasiert und mit gebügeltem Hemd.

»Flora will mit dir sprechen«, sagte er, ohne vom Bildschirm aufzublicken. »Sie ist aus Neuseeland zurückgekommen, ohne irgendwem Bescheid zu sagen, und ruft hier seit halb neun ungefähr alle zehn Minuten an. Ich hätte nie gedacht, dass sie's schafft, so früh aufzustehen. Bitte sorg dafür, dass das aufhört.«

»Und? Hast du dich schon wieder von irgendwelchen Brücken gestürzt?«, fragte Flora, als ich ans Telefon ging.

»Warum bist du nicht mehr in Neuseeland?«, fragte ich.

»Sie haben mich gestrichen. Also nicht mich, aber meine Rolle. Eigentlich sollte ich gar nicht sterben, aber Henry – das ist der Regisseur – war stinksauer auf mich wegen dieser ganzen Geschichte mit Brandon, Dad und den Walen. Ich musste Blut spucken und dann habe ich meinen Flug umgebucht und bin gleich nach Hause geflogen, weil Zach morgen aus Irland zurückkommt und ich ihn überraschen will. Und frag jetzt bitte nicht nach Brandon. Wenn du wenigstens ab und zu mal eine Zeitschrift aufschlagen würdest, dann wüsstest du, dass er einen Freund hat, mit dem er sehr glücklich ist. Ich habe dir von Anfang an gesagt, dass wir nur befreundet sind. Und übrigens, tut mir leid, dass ich Dad nicht in Neuseeland halten konnte. Er war einfach nicht zu bremsen. Genauso gut könnte man versuchen, einen Elefanten im Porzellanladen davon abzuhalten, alles in Reichweite zu zertrümmern.«

»Das sind ja ganz schön viele Neuigkeiten«, sagte ich.

»Der eigentliche Grund, weshalb ich anrufe«, verkündete Flora, »ist Gloria. Ich war gestern bei ihr. Sie will nach Argentinien auswandern.«

»Nach Argentinien?«

»Da gibt es richtig gute Pferde. Sie sagt, sie will noch mal ganz von vorn anfangen. Sie sagt, wenn Zoran sie wirklich liebt, dann kommt er mit.«

Wir haben immer noch keinen Küchentisch. Nach dem Anruf von Flora setzte ich mich mit meiner Müslischale auf die Gartenbank. Kurz danach kam auch Zoran heraus und setzte sich zu mir, einen Becher Kaffee in der Hand und einen erschütterten Ausdruck auf dem Gesicht.

»Du hast also schon mit Gloria gesprochen«, sagte ich.

Er seufzte und nippte an seinem Kaffee.

»Du musst sofort losfahren«, sagte ich. »Nach London. Sag ihr, dass du ohne sie nicht leben kannst!«

»Ich muss meine Sonate zu Ende schreiben.«

»Du bist so was von stur!«

»Aber *Argentinien*?«

»Zoran, es geht um *Gloria*!«

»Du bist noch zu jung, um das zu verstehen«, murmelte Zoran und schleppte sich ins Haus zurück. Bald darauf wehten wieder die Harmonien seiner Sonate durchs Fenster, nur dass sie heute eher wie ein Trauermarsch klang.

Twig kam mit einem Sandwich aus dem Haus gehumpelt.

»Was ist denn mit Zorans Musik passiert?«, fragte er.

Ich erzählte es ihm. Er meinte, Argentinien würde sich doch super anhören.

»Wenn wir Gloria nicht aufhalten, ist es aus zwischen den beiden«, sagte ich. »Und dann gibt Flora mir die Schuld.«

»Da kommt Grandma«, sagte Twig.

Grandma war genauso niedergeschlagen wie Zoran. Sie setzte sich zwischen uns, im Bademantel und mit einem Tuch über den Schultern. Sie sah noch kleiner aus als im Krankenhaus und weigerte sich, uns zu helfen. »Argentinien ist ein wunderbares Land«, sagte sie. »Gloria sollte ihr Leben genießen, solange sie noch jung ist.«

»Aber Zoran!«, rief ich.

»Mein Gartenhut ist spurlos verschwunden«, murmelte Grandma. »Und mein Kaschmirjäckchen auch. Vielleicht verliere ich doch allmählich den Verstand.«

»Sollen wir's ihr sagen?«, fragte mich Twig, aber Grandma war schon wieder aufgestanden und schlurfte zum Haus zurück.

Nachdem alle wieder weg waren, saß ich noch lange auf der Bank und starrte vor mich hin. Mum und Dad kamen aus dem Haus, stiegen ins Auto und fuhren weg. Jas ging mit Pumpkin zur Koppel, um ihm die Ponys zu zeigen. Lizzie kam mit einer Packung Eier vorbei und setzte sich zu mir.

»Ich fahre für ein paar Tage zu meiner Schwester«, sagte sie. »Skye hat dir alles erzählt, oder? Sie sollte jetzt nicht allein sein. Aber Skye will nicht mitkommen. Ich weiß, das Timing ist denkbar schlecht, jetzt, wo Granny krank ist, aber ich wollte trotzdem mal deine Eltern fragen, ob er vielleicht hierbleiben kann.«

»Die sind gerade weggefahren«, sagte ich. »Aber sie haben bestimmt nichts dagegen. Er kann bei Twig schlafen und Jas kommt rüber zu mir.«

Skye in Horsehill. Das kommt mir irgendwie richtig vor.

»Viele Grüße an Ollie«, sagte ich und versuchte, den Stich in meinem Herzen zu ignorieren.

Die Sonne stieg höher und die Vögel sangen. Ich dachte daran, was für ein seltsamer Sommer das gewesen ist. Noch nicht mal zehn, und das Licht war schon wieder gleißend. Der Garten sieht ganz anders aus als bei unserer Ankunft, verbrannt von der vielen Sonne, und wir haben uns auch verändert, nehme ich an. Aber die Vögel singen immer noch und der Bach rauscht dahin, auch wenn er flacher ist als vorher. Die Eberesche wirft weiter ihren Schatten auf die Koppel und das Moor erstreckt sich ringsherum.

»Manche Dinge sind halt unvermeidlich«, hat Mum gestern gesagt, als es um das Haus ging. Aber das will ich einfach nicht glauben.

Die Filmtagebücher der Bluebell Gadsby

17. Szene (Transkript)
Grandma

DRINNEN. TAG.

Grelles Licht sickert seitlich an den Vorhängen vorbei, die vor den offenen Fenstern flattern, aber insgesamt wirkt GRANDMAS Zimmer trotzdem still und dunkel. Die Kamera zoomt näher heran und richtet sich auf Details - eine Vase mit weißen Rosen auf dem Frisiertisch; ein grob geschnitzter Otter auf dem Kaminsims; silbern gerahmte Fotografien: Grandma im Brautkleid auf den Stufen einer Londoner Kirche, wie sie lächelnd zu ihrem Vater aufblickt, bevor sie hineingehen; Grandma mit Dad als Baby im Taufkleid auf dem Arm; Grandma und Grandpa im Sonntagsstaat vor irgendwelchen griechischen Ruinen; Grandpa, wie er einen Preis entgegennimmt; Mr Pigeon und ein paar Schafe vor dem nagelneuen Landrover.
Das Bett ist nachlässig gemacht, aber die Laken sind halbwegs gerade gezogen, die Decke glatt gestrichen. In der Mitte des Bettes, von ein paar dicken weißen Kissen gestützt, liegt Grandma und schläft. Ihr Kopf ist nach hinten überstreckt. Hin und wieder hört man ein leichtes Schnarchen, der einzige Hinweis darauf, dass sie noch atmet. Die Platzwunde an der Stirn

prangt dunkelrot auf ihrer blassen Haut, die vor dem Weiß der Kissen irgendwie noch blasser wirkt als sonst.
Grandma sieht überhaupt nicht wie Grandma aus. Sie sieht aus wie diese Leute im Krankenhaus.
Elsie liegt neben dem Bett, den Kopf auf die Pfoten gelegt, und hat alles im Blick. KAMERMANN (BLUEBELL) macht einen Schritt auf sie zu. Elsie knurrt. Grandma rührt sich und öffnet die Augen.

GRANDMA
Blue?

Der Kameramann gibt keine Antwort.

GRANDMA
Blue, Liebes, weinst du etwa?

KAMERAMANN
Nein.

GRANDMA
Was filmst du denn da?

KAMERAMANN
Alles.

Donnerstag, 21. August

Heute ist eine Immobilienmaklerin gekommen. Bei ihr sind Mum und Dad gestern gewesen, als sie mit dem Auto losgefahren sind. Sie kam am Vormittag, als wir uns gerade bereit machten, zum Fluss bei Tarby zu fahren. Mum schuckelte Pumpkins Kinderwagen hin und her, damit er endlich einschlief, während Twig ihr klarzumachen versuchte, dass man mit einer Knöchelzerrung problemlos Rad fahren konnte.

»Weil ja gar kein Druck entsteht«, erläuterte Twig. »Und da, wo wir die Räder stehenlassen müssen, nehme ich dann die Krücken. Die kann ich auf dem Gepäckträger festklemmen, wie die Franzosen das mit ihrem Baguette machen. Und schwimmen ist immer gut. Sag's ihr, Skye.«

»Woher soll ich das wissen?«

»Du bist doch dauernd irgendwo verletzt.«

Ich wusste sofort, was für eine das war. Wer sonst würde an einem brütend heißen Tag einen dunkelblauen Hosenanzug tragen und sich mitten auf dem Land ein Haus ansehen? Sie war noch nicht ganz aus ihrem schicken silbernen Kleinwagen ausgestiegen, da sprudelte sie auch schon los.

»Das ist ja wirklich ein Traum!«, rief sie. »Ganz genauso, wie Sie es beschrieben haben!«

»Ihr könnt jetzt fahren, Kinder«, sagte Dad.

»Ich auch?«, fragte Twig.

Dad sagte, Twig hätte sie vollkommen überzeugt und die heilsame Wirkung von Radfahren, Laufen und Schwimmen auf Verstauchungen dürfe nicht unterschätzt werden.

Jas fragte, »Wer ist das?«

Die Maklerin holte ein Klemmbrett und eins dieser elektronischen Messgeräte hervor und sagte, »Wollen wir anfangen?«

Ich sagte, »Ich glaube, wir sollten lieber hierbleiben.«

Twig seufzte. Jas sagte, »Na gut, aber dann will ich auf Pumpkin aufpassen.«

Wir setzten uns alle vier auf die Bank und schauten zu, wie Mum, Dad und die Frau (die Yvonne hieß) überall durch den Garten liefen, die Einfahrt entlang und dann in Richtung Koppel und Scheune. Ein weißer Schmetterling flatterte vorbei und setzte sich auf den Rand von Pumpkins Kinderwagen. Er quiekte und versuchte, ihn zu packen. Der Schmetterling flog davon.

»Das bringt Glück«, sagte Jas, aber Skye schnitt eine Grimasse in meine Richtung.

Um Horsehill zu retten, würde es wohl wesentlich mehr brauchen als einen Schmetterling.

»Herrliche Rosen«, hörten wir Yvonne sagen, als die drei wieder aufs Haus zukamen.

»Die Wiese hinter der Koppel gehört auch noch dazu«, sagte Dad. »Es gibt also reichlich Bauland, und die alte Scheune kann man natürlich auch noch ausbauen.«

»Weißt du, wer das ist?«, fragte mich Jas.

Sie und Twig nahmen die Nachricht nicht besonders gut auf. Sobald Yvonne wieder weg war, stürzten sie sich auf Dad.

»Ihr dürft Horsehill nicht verkaufen!« Twig war außer sich. »Das ist unser Zuhause!«

»Was ist mit den Ponys?«, rief Jas. »Und mit *Grandma*?«

Dad meinte, er fände das auch sehr traurig, aber sogar Grandma hätte gesagt, es sei das Beste so.

»Sie ist *einverstanden*?« Twig konnte es kaum fassen.

»Das werde ich nicht zulassen!«, gelobte Jas. »Ich werde mich ans Haus ketten! Oder an einen Baum. Ich werde mich einschließen und nie mehr rauskommen!«

Dad sagte, sie sollten nicht albern sein. Daraufhin sagte Jas, sie würde ihn hassen. Dad wurde wütend.

»Schaut euch doch mal um, wie's hier aussieht!«, rief er.

Wir schauten uns um. Da war der Garten mit seinen Rosen, Obstbäumen und Gemüsebeeten. Das wunderschöne Moor. Die Brücke über den Bach und das freundliche Haus inmitten der Bäume.

»Die Wege«, sagte Dad. »Die Fenster. Die Feuchtigkeit. Geht mal ins Haus, dann seht ihr, was ich meine.«

Also schauten wir noch mal genauer hin und dann sahen wir, wovon er sprach. Von dem Unkraut, das die Wege überwucherte, und den gesprungenen, losen Pflastersteinen vorm Kücheneingang. Von dem Efeu, das durch die Mauerritzen der Stiefelkammer kroch, und von der Farbe, die von den Fensterbänken abblätterte, von der schief hängenden Regenrinne unter Grandmas Fenster und von dem Schimmel, der sich in den dunklen Ecken der Diele breitmachte, von der rissigen Tapete im Esszimmer, wo nie jemand reingeht, und von dem Teppich, der sich auf den Stufen wellte. Dad ging mit uns durchs Haus und zeigte uns das alles und ich dachte, Horsehill ist wie Grandma: Plötzlich ist es alt geworden.

Twig sagte zu Dad, er würde alles kaputt machen.

»Ich will euch doch nur zeigen, wie die Dinge wirklich sind.« Dad fuhr sich mit den Händen durchs Haar. »Mir gefällt das genauso wenig wie euch.«

»Dann lass es doch einfach«, sagte Jas und Dad ging weg, wobei er noch irgendwas von Kindern murmelte, die überhaupt nichts kapieren, und sich beinahe so anhörte wie Zoran.

»Ich geh runter zum Bach«, sagte Jas. Twig griff nach seinen Krücken und sagte, er käme mit. Skye und ich folgten ihnen und wir setzten uns auf die Brücke und ließen die Füße überm Wasser baumeln.

»Wir müssen irgendwas tun«, sagte Twig.

»Aber was?«, fragte Jas.

Das ist die große Frage.

Heute habe ich gelernt, wie man ohne Sattel reitet.

»Aber ich will das gar nicht«, habe ich zu Skye gesagt, als er mit dem Vorschlag ankam.

»Du brauchst keine Angst zu haben«, sagte er.

»Ich habe keine Angst. Ich hab einfach keine Lust«, erklärte ich ihm, aber Skye kann sich, glaube ich, überhaupt nicht vorstellen, dass es auch Leute gibt, die sich nicht für jeden Aspekt von Pferden interessieren.

Ponys sind rutschiger, als man so denkt, und selbst wenn sie so fett sind wie Hester, ist ihre Wirbelsäule hart und überhaupt nicht bequem. Solange man nur im Schritt reitet, geht's ja noch, aber dann meinte Jas, wir müssten auch mal traben, und plötzlich wurden meine Arme und Beine und sogar mein Kopf nur noch wild durch die Gegend geschleudert, bis ich am Ende einfach von Hester runterplumpste, mitten in ein Stück Wiese, auf dem sich mindestens drei Brennnesseln, eine Distel, ein Ameisenhügel und ein Haufen Pferdeäpfel befanden.

Als ich irgendwann keine Sterne mehr sah, fiel mir auf, dass Skye die Tränen über die Wangen liefen.

Im Ernst, richtige Tränen. Weil er wie irre lachen musste.

Aber eins steht fest: Obwohl ich ihn erst mal angebrüllt habe, das wäre überhaupt nicht lustig, und dann hoch erhobenen Hauptes und mit einer Jeans voller Pferdekacke von der Koppel marschiert bin; obwohl ich erst wieder nett zu ihm war, nachdem ich ihn zum Ausgleich in den Bach schubsen durfte, und obwohl er Twig damit beauftragt hatte, das Ganze zu filmen, weshalb MEINE GESAMTE FAMILIE immer noch jedes Mal Tränen lacht, wenn sie die Aufnahme sieht, bin ich doch froh, dass er hier ist.

Nach dem Abendessen sind wir zusammen in die Eiche raufgeklettert. Das letzte Mal, als ich bis ganz in die Spitze geklettert bin, hatte ich schreckliche Angst. Aber damals habe ich das auch nur gemacht, um Iris zu beweisen, dass ich es kann. Inzwischen bin ich um einiges größer, was das Klettern einerseits leichter macht, weil ich mehr Reichweite habe, andererseits aber auch schwieriger, weil ich mehr wiege und die Äste sich unter meinem Gewicht weiter runterbiegen. Beim Klettern haben wir nicht viel geredet, außer darüber, wo man gut seine Hände und Füße hinsetzen kann, aber als wir oben waren, haben wir uns gegenseitig herausgefordert, noch über die höchsten Zweige hinauszugucken. Und als wir dann dort standen, mit zerschrammten Armen und Beinen und das Haar voller Blätter und Zweige, da wiegte sich der Baum in der Brise wie ein Schiff auf hoher See, und der Mond schien uns voll ins Gesicht, und ich dachte wieder, dass Skye einfach zu Horsehill gehört.

Sie dürfen es nicht verkaufen. Sie dürfen einfach nicht.

Freitag, 22. August

Flora hat wieder angerufen und gleich rumgemeckert, warum ich so lange gebraucht hätte, um dranzugehen.

»Es ist noch nicht mal sieben!«, protestierte ich.

»Ich habe Jetlag«, sagte sie, als wäre das ein Grund, alle anderen zu wecken. »An der Südamerika-Front wird es langsam kritisch. Gloria hat einen Käufer für ihren Reitstall gefunden und ist mit ein paar argentinischen Gauchos in Verhandlung getreten. Morgen treffen sie sich zu einem ersten Gespräch. Warum ist Zoran noch nicht hier?«

»Du wirst dir was ziemlich Spektakuläres einfallen lassen müssen«, sagte ich beim Frühstück zu Zoran. Wir haben einen Tisch aus dem Garten reingetragen, der ist zwar ein bisschen zu klein und auch immer noch dreckig, aber immerhin können wir jetzt wieder alle zusammen essen, wenn wir uns ein bisschen zusammenquetschen.

»Wieso muss Zoran sich was einfallen lassen?«, fragte Jas.

»Du kannst doch nicht den Löffel ablecken und dann wieder in die Marmelade stecken«, sagte ich.

»Gloria will nach Südamerika abhauen«, erklärte Twig.

»Gloria geht auch weg?«, sagte Jas und brach in Tränen aus. Dad kam rein und fragte, was hier los sei und wer zum Teufel heute Morgen so früh angerufen hätte.

»Das war Flora«, sagte ich. »Zoran hat Bindungsängste und will nicht mit Gloria zusammenziehen, und jetzt will sie nach Argentinien auswandern.«

»Ich habe *keine* Bindungsängste«, protestierte Zoran.

»Ich verstehe zwar nicht so ganz, worum's geht«, sagte Dad, »aber wenn Gloria meine Freundin wäre und mir androhen würde, das Land zu verlassen, würde ich hier nicht mehr rumsitzen.«

»Gloria ist echt toll«, bestätigte Twig. »Auch wenn sie mir ein bisschen Angst macht.«

»Sie ist wunderschön!«, rief Jas.

»Die Zeit wird knapp«, sagte ich zu Zoran.

Er schaute uns benommen an, als wäre er eben erst aufgewacht. »Ihr habt Recht«, sagte er. »Ich sollte jetzt lieber packen.«

Ich machte frischen Tee und trug ihn zusammen mit etwas Toast zu Grandma hinauf. Sie saß im Bett und las *Les Misérables*.

»Das ist wirklich ganz ausgezeichnet«, sagte sie. »Ich kann gar nicht verstehen, warum Twig es nicht zu Ende liest.«

»Er hat sich höheren Dingen zugewandt«, sagte ich. »Dem Gärtnern und der Tierwelt. Du siehst besser aus.«

»Ich fühle mich auch besser.«

Während sie aß, streifte ich durch ihr Zimmer und sah mir alles an.

»Ich nehme an, dein Vater hat dir von dem Haus erzählt«, sagte sie. »Deshalb bist du gestern reingekommen und hast alles gefilmt und dabei geweint, oder?«

»Wir sind alle stinksauer auf ihn«, sagte ich.

»Das solltet ihr aber nicht sein. Für ihn ist das auch nicht leicht.«

»Warum zwingt er dich dann, von hier wegzugehen?«

»Niemand zwingt mich zu irgendwas«, sagte Grandma.

»Gestern war eine Immobilienmaklerin hier«, erzählte ich ihr. »Dad hat ihr die Wiese gezeigt und gesagt, es gäbe reichlich Bauland und die Scheune könne man auch noch ausbauen.«

»Badewannen, die durch die Decke kommen!«, murmelte Grandma. »Nachts mit Auto in den Graben fahren, aus dem Krankenhaus flüchten und wirres Zeug reden. Das ist alles nicht mehr normal, Blue.«

»Du bist einfach immer noch durcheinander, weil du Twig beinahe überfahren hättest.«

»Ich bin nicht durcheinander, ich bin einfach alt.« Grandma lehnte sich zurück und schloss die Augen. »Eine hübsche, kleine Wohnung, wie dein Vater sagt. Das ist sicher das Beste.«

»Und was ist mit uns?«, fragte ich.

Sie machte die Augen wieder auf. »Was soll mit euch sein?«

»Wie sollen wir dich besuchen, in deiner hübschen, kleinen Wohnung?«

»Ich werde bestimmt auch ein, zwei hübsche Gästezimmer haben. Was guckst du mich so an, als wolltest du mir gleich an die Gurgel gehen?«

»Weil's hier nicht nur um uns geht«, erwiderte ich scharf. »Was ist mit Lizzie und Skye? Sie fühlen sich hier wohl, vor allem Skye. Und Zoran – wie soll er auf dem Flügel spielen, wenn ihr Horsehill verkauft?«

»Wenn er will, kann er den Flügel haben.«

»Und wo soll er so ein Riesenteil unterbringen?«

»Ich muss tun, was für mich das Richtige ist«, sagte Grandma.

»Aber wir lieben Horsehill.«

Grandma seufzte in dieser typischen Art von Erwachsenen, die beschlossen haben, dass man sie sowieso nicht verstehen kann.

»Die Dinge ändern sich. Die Umstände. Das habe ich dir doch neulich schon gesagt.«

»Da ging es aber um was ganz anderes. Horsehill ist dein Zuhause. Du *bist* Horsehill.«

»Ich bin schon ein bisschen mehr als nur der Ort, an dem ich wohne, Blue.«

Sie versuchte, mich zurückzuhalten, aber ich wollte nicht länger mit ihr reden. »Du hast einfach nur resigniert«, sagte ich und stürmte aus dem Zimmer.

Sie stand am Fenster, als ich am Ende des Gartens ankam. Ich schaute zu ihr hoch und sah, dass sie mich beobachtete. Mit ihrem weißen Nachthemd und den offenen silbernen Haaren sah sie aus wie eins von Grandpas Gespenstern. Das Gespenst von Horsehill, das einfach nicht verschwinden will. Nur dass es jetzt doch verschwindet.

Ich lief stundenlang übers Moor und da warteten noch mehr Gespenster auf mich. Grandpa und meine Urgroßeltern. Elsie und Mr Pigeon. Flora und ich, wie wir vor zwei Jahren zusammen ausgeritten sind, als wir in den Herbstferien hier waren. Wir alle vier, bei unseren Wanderungen kreuz und quer übers Moor. Mum und Dad, als sie noch mitgekommen sind, bevor Iris starb, und sie es nicht mehr ertragen konnten, ständig daran erinnert zu werden, wie sie hier war, immer am Klettern und Rennen und Durchs-Wasser-Planschen, rein und wieder raus.

Egal wohin ich hier auch gehe, überall begegne ich dem Geist von Iris, aber heute war sie nicht allein. Als ich auf Grandmas *Cairn* zuging, hatte sie noch ein anderes Kind dabei, und obwohl ich sein Gesicht nicht sehen konnte, wusste ich doch, dass es Pumpkin war. Ich setzte mich an den winzigen Bach, um mir Hände, Füße und Gesicht zu kühlen, und die ganze Zeit hatte ich das Gefühl, dass sie direkt neben mir saßen.

»Was hast du denn jetzt vor?«, fragte Iris.

»Keine Ahnung«, erwiderte ich. »Sie haben ja alles längst entschieden.«

»Pfff!«, machte Iris. »Erwachsene!«

Auf dem Rückweg lösten sich die Gestalten von Iris und dem zukünftigen Pumpkin allmählich auf und das Moor wurde wieder einfach ein Moor, wild und duftend und wunderschön, aber sie hatten doch den Keim einer Idee hinterlassen. Und ich weiß jetzt auch, dass es eine gute Idee war, denn als ich nach Hause kam, hatten die anderen sie auch schon gehabt, das sah ich an der Aufregung auf ihren Gesichtern.

»Zoran ist weg«, erzählte mir Twig. »Aber wir haben mit Flora telefoniert und uns mit Grandma unterhalten und wir haben einen Plan.«

Die Filmtagebücher der Bluebell Gadsby

18. Szene (Transkript)
Zurück zur Scheune

DRAUSSEN *UND* DRINNEN. TAG.

SKYE, JASMINE, VATER, MUTTER, PUMPKIN (im Kinderwagen), TWIG (auf Krücken), GRANDMA (vollständig angezogen, auf Skyes Arm gestützt) und der KAMERAMANN (BLUE) stehen vor der Scheune. Es ist Nachmittag und heiß, obwohl der Himmel nicht mehr blau, sondern grau ist und die Luft sich heute anders anfühlt - feucht und stickig, als könnte es vielleicht sogar regnen. Elsie liegt unter den Dornenbüschen im Gras, gleich neben dem Trampelpfad, den Skye und Twig freigeschlagen haben, und nagt an einem Stück Holz. Twig hat den Schlüssel schon in der Hand, aber jetzt, wo alle hier sind, zögert er noch.

GRANDMA
(sich den Schweiß von der Stirn wischend)
Beeil dich, mein Schatz, bevor wir alle zerfließen.

VATER
Mutter, ich finde wirklich, du gehörst ins Bett.
Und würde mich vielleicht mal jemand aufklären,
was wir hier eigentlich machen?

TWIG

Ich bin ein bisschen in Sorge
wegen der Fledermäuse.

ALLE

MACH EINFACH DIE TÜR AUF!

Twig gehorcht. Die Tür schwingt auf. Alle spähen ins Innere. Keine Spur von den Fledermäusen. Alle treten ein. Die Scheune sieht genauso aus wie beim letzten Mal: staubig, voller Spinnweben und sehr, sehr voll.

MUTTER

Was für ein wunderschöner Raum!

VATER

Ich warte nach wie vor auf eine Erklärung.

Immer noch auf Skye gestützt, schlendert Grandma weiter in die Scheune hinein, piekt mit ihrem Stock in Gummireifen, späht in Futtertröge voller Gerümpel, fährt mit der Hand über den alten Pflug, wendet sich um und schaut strahlend in die Kamera.

GRANDMA

Ich glaube, das wird absolut perfekt.
David, Lieber, würdest du mich mit
Cassie zusammen zum Haus zurückbringen?
Auf dem Weg kann ich euch dann alles erklären.

Grandma, Mutter und Vater verschwinden. Twig, Jasmine und Skye setzen sich auf einen Reifenstapel und schauen sich entmutigt um.

SKYE

Musst du das jetzt filmen?

KAMERAMANN

Ich will so ein Vorher-Nachher machen. Fangt schon mal an! Ich helfe dann auch noch mit, versprochen.

JASMINE

(die sehr klein wirkt)

Diese Scheune ist riesengroß.
Wir haben etwas mehr als 24 Stunden Zeit,
wenn wir nicht schlafen. Und wir sind zu dritt.
Fünf, wenn Mum und Dad mithelfen. Fünfeinhalb,
wenn wir Twig und seine Krücken mitzählen.

Skye steht auf, zerrt einen Reifen vom Stapel, stemmt ihn in die Senkrechte und rollt ihn aus der Scheune. Er kommt zurück, um dasselbe mit dem nächsten zu machen, streicht sich die Haare aus den Augen und schmiert sich dabei Öl und Staub ins Gesicht. Jasmine schließt sich ihm an. Twig humpelt zur Schubkarre hinüber, schiebt sie vor die Viehboxen und fängt an, Gerümpel hineinzuwerfen. Skye wirft einen finsteren Blick auf die Kamera.

SKYE

Leg die Kamera weg, Bluebell.

KAMERAMANN

Hört ihr? Da kommt jemand.

Draußen fängt Elsie an zu bellen. Alle bleiben stehen und lauschen. Eine Frauenstimme ruft nach Skye.

SKYE

Mum ist wieder da!

Elsies Gebell wird noch lauter. Lizzie erscheint in der Tür.

LIZZIE

Da bist du ja! Guck mal,
wer auf mich gewartet hat, als ich nach Hause kam!

Ein großer, bärtiger Mann betritt hinter ihr die Scheune. Skye lässt seinen Reifen los und läuft in seine Arme.

Freitag, 22. August (Fortsetzung)

Nachdem Skyes Eltern angekommen waren, haben wir erst mal nicht mehr viel geschafft.

»Ihr habt mir beide so gefehlt!« Skyes Vater ist nicht nur sehr groß und bärtig, er hat auch ein dröhnendes Lachen und eine noch lautere Stimme als Grandma, bevor sie krank wurde. Außerdem hat er, anders als Lizzie und Skye, einen ziemlich starken französischen Akzent. »Deshalb dachte ich, zum Teufel mit diesem Kursleiter-Job! Ich habe jemanden gefunden, der mich vertritt, bin ins Auto gesprungen und hergekommen, um euch zu überraschen. Aber dann war niemand zu Hause! Ich konnte ja nicht wissen, dass ihr alle ausgeflogen seid!«

»Jetzt hast du uns ja gefunden!« Lizzie blickte strahlend zu ihm auf und er bedeckte ihr Gesicht mit Küssen. Und das meine ich wortwörtlich. Wir mussten alle weggucken.

»Ich habe Kuchen mitgebracht!«, rief Lizzie, als das Geküsse vorbei war. »Wer möchte Tee?«

»Wir haben noch viel zu tun«, klärte Jas sie auf.

»Wir räumen die Scheune aus«, ergänzte Twig.

Lizzie musterte uns verblüfft und fragte, warum, aber Skyes Vater – er heißt Isambard – brüllte vor Lachen, als hätten Jas und Twig etwas unglaublich Lustiges gesagt, und erklärte dann, sobald er Kuchen und Tee bekommen hätte, würde er mit anpacken.

»Es gibt Mokka-Walnuss-Kuchen«, sagte Lizzie. »Mit richtigem Zuckerguss. Und ich habe noch eine erfreuliche Nachricht für alle! Ollie wartet oben am Haus. Ich habe ihn gleich wieder mitgebracht. Ist das nicht auch eine schöne Überraschung?«

Mein Herz setzte einen Schlag lang aus.

Ich schaute Skye an, aber der starrte auf den Boden und malte mit seinen Turnschuhen Kreise in den Staub.

Jas zupfte mich am Ärmel.

»Er macht mir ein kleines bisschen Angst.« Sie wies, nicht sehr unauffällig, auf Isambard. »Aber Mokka-Walnuss mag ich am liebsten.«

Twig stöhnte und fragte, wie wir jemals fertig werden wollten, wenn wir noch nicht mal anfingen?

»Komm doch bitte mit«, flüsterte Jas.

Aber Twig blieb. Jas und ich folgten Skye und seinen Eltern zum Haus. Sie plapperte den ganzen Weg, aber ich hörte kein Wort von dem, was sie sagte.

Ollie saß auf den Stufen vorm Haus und ließ einen kleinen Gummiball hüpfen. Jas zog an meiner Hand, aber ich sagte ihr, sie solle schon mal ohne mich reingehen.

Er hob den Blick. Er lächelte. Und mein Herz setzte einen Schlag nach dem anderen aus.

»Du hast dich nicht verabschiedet«, sagte ich.

»Deshalb bin ich ja zurückgekommen.«

Ich setzte mich neben ihn.

»Skye hat mir von deinen Eltern erzählt. Das tut mir sehr leid.«

»Danke, Blue.«

Er nahm meine Hand.

Und das war ganz anders, als die Hand von Skye zu halten, oben auf dem Satansfelsen. Damals war es freundschaftlich gewesen, tröstlich, wohlwollend. Aber das hier …

Das war wie ein Stromschlag.

Und es war mir egal, dass er mir nicht die Wahrheit über seine Eltern gesagt hatte. Dass er ohne Abschied gegangen war. Dass ich seitdem kein Wort mehr von ihm gehört hatte.

»Du trägst ja gar nicht meine Kette«, sagte er.

Er wirkte traurig. Das sagte alles.

Ich berührte Skyes Anhänger mit der Hand.

»Aber nur, weil das hier eine Iris ist«, sagte ich.

Und es war mir sogar völlig egal, dass er das gar nicht zu verstehen schien.

»Blue!« Jas erschien in der Tür, das Gesicht voller Kuchen. »Willst du keinen Kuchen?«

Ich lachte. Ich war völlig aus dem Häuschen.

»Ich wollte Twig ein Stück mitbringen«, sagte ich. »Er ist noch in der Scheune. Kommst du mit?«

»Ich warte hier auf dich.«

In der Küche drängten sich alle um den alten Gartentisch. Dad wirkte wie betäubt.

»Hast du's ihnen erzählt?«, fragte ich Grandma.

»Ich finde die Idee einfach toll«, sagte Mum.

»Verrückt ist die«, sagte Dad. »Vollkommen verrückt.«

»Cassie hat Recht«, wies Grandma ihn zurecht. »Sie ist absolut grandios.«

Ich schnitt zwei Stück Kuchen ab, wickelte sie in ein Küchentuch, goss Tee in zwei Becher, lud alles auf ein Tablett und verkündete, ich würde jetzt zur Scheune zurückgehen.

»Wir kommen gleich nach!«, rief Isambard Hanratty, während er sich noch mal ordentlich Tee nachschenkte.

Ollie saß nicht mehr auf den Stufen. Ich ging zur Scheune. Trotz seines kaputten Knöchels hatte Twig es offenbar irgendwie geschafft, weitere Reifen rauszurollen, denn es lag schon ein ganzer Haufen vor dem Eingang. Ich stellte das Tablett ab, um sie aufzustapeln, und hielt plötzlich inne. In der Scheune wurde gesprochen.

Ollie.

»Ich habe von deinem Mitternachtsdesaster gehört«, sagte Ollie. »Wie deine Granny dich retten musste.«

Twig gab keine Antwort.

»Zusammen mit deinen Schwestern«, sagte Ollie. »Alter! Sich von einem Haufen Mädchen retten zu lassen.«

Twig murmelte irgendwas.

»Oooh, ich habe Angst vor der Hexe! Oooh, meine Grandma muss mich retten!« Ollie fing an zu lachen. »Mann, du bist echt ein Loser.«

Ich trat leise in die Scheune. Die beiden drehten sich nicht mal um.

Ich hatte gedacht, Twig würde auf dem Boden liegen, seinen Knöchel umklammern und dicke Tränen weinen, aber in Wirklichkeit war es ganz anders.

Stattdessen sah ich, wie Twig auf Ollie losging, auf eine Krücke gestützt, mit schweißnassen, in alle Richtungen abstehenden Haaren, die Klamotten verdreckt und voller Spinnenweben. Er humpelte zwar, schwenkte aber in der freien Hand den Stiel irgendeines alten, landwirtschaftlichen Gerätes.

»Halt den Mund! Halt einfach den Mund!«, schrie Twig. Er schwang den Stiel gegen Ollie, der sich wegduckte.

»Was zum …«, schrie Ollie.

Twig fuchtelte weiter. Ollie stolperte rückwärts und fiel. Twig stellte sich über ihn, seine Waffe hoch erhoben, als wäre sie ein Schwert und er ein Knecht aus dem Mittelalter.

»Ich bin kein Loser!«, brüllte Twig. »ICH BIN DER EINZIGE ÄLTESTE SOHN MEINES VATERS!«

Ollie rollte sich zu einer Kugel zusammen und barg den Kopf in den Armen. Twig schwang wieder den Stiel, aber ich rannte auf ihn zu und fiel ihm in den Arm.

»Himmel noch mal!«, rief Ollie. »Hast du das gesehen? Der ist ja völlig gestört!«

»Hör auf damit!«, brüllte ich ihn an. »Hör einfach auf!«

»Ich?«

»Ja, du! Twig, leg dieses Teil weg. Geh raus und … und iss dein Stück Kuchen oder so.«

»Ich lass dich doch nicht mit diesem Widerling allein«, sagte Twig.

»Bitte.«

Er humpelte zur Tür und dann waren Ollie und ich allein.

»Iris war meine *Schwester.*« Ich zitterte so sehr, dass ich dachte, meine Beine würden mich nicht mehr tragen, aber setzen konnte ich mich auch nicht. Nicht bei dem, was ich zu sagen hatte.

Und was ich zu sagen hatte, wollte ich am liebsten von den Dächern schreien.

Iris war meine Schwester. Und das hört niemals auf. Wenn du das nicht kapierst, hast du überhaupt nichts kapiert.

Und so redest du auch nicht mit meinem Bruder. Mit keinem aus meiner Familie. Niemals.

Aber Schreien war noch nie so mein Stil.

»Ich habe ihn doch bloß ein bisschen aufgezogen«, sagte Ollie.

»Das war aber nicht lustig.«

Leute kleinzumachen. Sie auszulachen. Zu belügen. Sie so zu behandeln, als wären sie völlig unwichtig, als könnte man Gefühle einfach so nehmen und in den Müll werfen.

So was tut man einfach nicht.

Egal wie unglücklich man ist. Egal wie schlecht es einem geht.

Egal wie herzzerreißend schön man ist.

Ollie war inzwischen aufgestanden und trat unbehaglich von einem Fuß auf den anderen. »Komm schon, Blue.«

»Ich habe dich gemocht«, sagte ich. »Ich hatte dich richtig, richtig gern. Aber den ganzen Sommer ging es nur um dich. Dir geht es immer nur um dich. Es ist mir völlig egal, ob deine Eltern sich scheiden lassen oder dein Vater eine Affäre hat. Das heißt noch lange nicht, dass du andere schlecht behandeln darfst. Skye war auch nicht glücklich, aber er ist trotzdem nett zu anderen. Er ist tausend Mal mehr wert als du. Ich mag dich überhaupt nicht mehr, genau genommen glaube ich …«

»Das reicht jetzt, Blue.«

Lizzie stand plötzlich neben mir und Ollie weinte. Richtige, echte Tränen, wie an dem Tag auf dem Parkplatz in Plumpton.

Er sah überhaupt nicht mehr gut aus. Bei seinem Anblick blieb mir nicht mehr das Herz stehen. Er war einfach nur ein Junge, der von den Veränderungen, die das Leben ihm zumutete, genauso verwirrt und verunsichert war wie wir anderen auch.

»Das reicht jetzt«, wiederholte Lizzie. »Wenn mich nicht alles täuscht, haben wir heute noch eine Scheune auszuräumen.«

Skye, Jas, Twig, Ollie, ich, Lizzie, Zoran, Grandma. Jeder von uns hat diesen gemeinsamen Sommer ein bisschen anders erlebt. Für Ollie ging es um die Trennung seiner Eltern, für Grandma ums Altwerden, für Zoran um seine Liebe zu Gloria, für Skye darum, seinen Platz zu finden, und für uns alle darum, Pumpkin willkommen zu heißen. Jeder von uns musste sich bewegen, um Platz für die Dinge zu schaffen, die sich geändert hatten, während einer von uns alt wurde und ein anderer plötzlich unser Leben bestimmte, während manche fortgegangen und andere angekommen sind.

Menschen kommen und gehen. Man muss bloß lernen, für sie Platz zu schaffen.

Heute haben wir hart gearbeitet. Alle haben mitgeholfen. Diejenigen, die schon den ganzen Sommer hier waren, und diejenigen, die eben erst gekommen sind. Dad hat die ganze Zeit gegrummelt, dass es sowieso nicht klappt. Mum kam dazu, wann immer Pumpkin geschlafen hat. Isambard tat mehr als jeder andere, und auch Grandma kochte bis spät in die Nacht immer wieder Kaffee und machte Sandwiches, obwohl sie längst im Bett hätte sein sollen – wie wir anderen auch.

Aber unser Plan musste funktionieren. Für uns alle.

Inzwischen ist es schon nach drei. Die Scheune ist so gut wie leer – jedenfalls der untere Teil. Keiner hat sich getraut, zu den Fledermäusen raufzugehen, und das obere Fenster blieb fast den ganzen Nachmittag geschlossen. Alles Brennbare wurde mit der Schubkarre auf die Wiese gefahren und zu einem großen Feuerhaufen aufgeschichtet. Die Reifen liegen auf der Koppel und das rostige alte Auto steht zusammen mit dem Pflug vor der Scheune – Jas hat damit noch irgendetwas vor, will aber nicht sagen, was. Alles, was man nicht verbrennen kann, haben wir außer Sichtweite hinter die Scheune geschafft. Isambard will das ganze Zeug zur Müllkippe bringen. Er fährt einen Laster, neben dem der Landrover wie ein Zwerg aussieht (»Den brauch ich für meine Bilder!«, hat er sich verteidigt, als Grandma meinte, das sei ja ein echtes Monstrum. »Meine Leinwände sind *richtig groß*!«).

Twig sagt, morgen – was eigentlich schon heute ist, nur etwas später – müssen wir spätestens um sieben wieder aufstehen und weiterarbeiten. Dann kommt das Saubermachen dran. Die Scheune muss gefegt werden, die Krippen gefüllt, Heusäcke aufgehängt. Die Wiese muss eingezäunt, die Koppel gemäht und Schilder gemalt werden. Marigold und Hester müssen auf Hochglanz gestriegelt werden. Keine Ahnung, wie Flora das fertiggebracht hat, aber sie hat gesagt, dass sie mit Zach und Zoran und Gloria am späten Nachmittag eintrifft.

Die Filmtagebücher der Bluebell Gadsby

19. Szene (Transkript)
Der Horsehill-Reiterhof

TAG. DRAUSSEN.

Bei dem Geräusch von GLORIAS Wagen, der von der Straße in die Auffahrt einbiegt, brechen die zahlreichen Bewohner der Horsehill-Farm (die sich gerade bei einer wohlverdienten Teepause erholen) in hektische Aktivität aus und nehmen ihre Positionen ein. Der KAMERAMANN (BLUEBELL) filmt die Szene aus einiger Entfernung, hinter einem Rosenstrauch versteckt.
Der Wagen hält an. Gloria und ZORAN steigen vorne aus. Ein abgerissen aussehender Junge mit Haaren bis in die Augen und jeder Menge Lederbändern am Arm schlüpft aus der hinteren Tür, eine Gitarre in der Hand: ZACH.
FLORA taucht als Letzte auf. Sie trägt sehr kurze Hotpants, dazu Reitstiefel und, aus gegebenem Anlass, ein T-Shirt mit Hufeisen-Aufdruck. Sie wirkt sehr zufrieden mit sich selbst. Sie beschattet ihre Augen, hält übertrieben demonstrativ nach ihrer Familie Ausschau und lotst dann Gloria und Zoran in Richtung Koppel. Zach folgt ihnen, die Gitarre um den Hals, und klimpert ›Live Like Horses‹ von Elton John.
In der Mitte der Koppel, in einem aus Gummireifen gebildeten Kreis, steht SKYE mit einer Peitsche in der

Hand und bellt Kommandos, die JASMINE auf dem Rücken von HESTER jedoch kaum ausführen kann, weil sie die ganze Zeit kichert. Die Brombeerbüsche, mit denen der Pfad zur Scheune überwuchert war, sind verschwunden; Skye und ISAMBARD haben sie heute Morgen gerodet. Zwischen Scheune und Koppel steht jetzt nur noch die alte Eberesche und wirft ihren Schatten auf einen noch provisorisch wirkenden Hof. Der Boden ist uneben, aber sauber geharkt. Twig, Ollie und Dad sitzen auf einer Bank vor der Scheune und putzen Zaumzeug, während Isambard MARIGOLD im Kreis herumführt, mit MUTTER (einst selbst eine leidenschaftliche Reiterin) auf dem Rücken, die einen völlig verzückten PUMPKIN an sich gedrückt hält. In einer Ecke des Hofs steht der rostige Morris Minor aus den 1940er Jahren, der vor lauter Töpfen mit scharlachroten Geranien überquillt. GRANDMA steht vor dem Tor zur Scheune. Hinter ihr schweben bunte Luftballons in der Luft, die an dem alten Handpflug festgebunden sind. Sie wirkt nervös. Flora, Gloria und Zoran bleiben vor ihr stehen und Grandma tritt beiseite, so dass ein Schild mit der Aufschrift WILLKOMMEN AUF DEM HORSEHILL-REITERHOF sichtbar wird.

GLORIA

Ich verstehe das nicht ganz.

GRANDMA

Ich zeig's dir.

Gemeinsam betreten sie die Scheune. Mutter und Pumpkin steigen ab. Jasmine und Skye kommen von der Koppel heran. Alle folgen Grandma, Zoran und Gloria ins Innere der Scheune.
Der Boden ist gefegt. Die Spinnweben sind verschwunden. Die Fledermäuse bleiben auf Abstand. An den Außenwänden reihen sich zwölf blitzblanke Pferdeboxen aneinander. Über jeder Box steht auf einem bunten Stück Karton der Name eines der Pferde aus Glorias Stall in London (auf Wunsch von Jas, falls Gloria ihre Pferde behalten will). Alles ist voller Luftballons. Dazu noch Luftschlangen, Konfetti und weitere Geranien. Zach zupft spontan die Melodie von ›Oh Happy Day‹ auf der Gitarre.

JASMINE

(die ihre Begeisterung nicht länger zurückhalten kann)

WIR HABEN DIR EINE REITSCHULE EINGERICHTET! DANN KANNST DU MIT ZORAN UND GRANDMA HIER WOHNEN!!!

Alle schauen Gloria strahlend an und warten darauf, dass sie etwas sagt. Twig saugt an einem Splitter in seinem Finger. Skye reibt über die Blase an seinem Daumen. Isambard hat einen leichten Silberblick. Eins seiner Augen ist leicht zugeschwollen, in Folge einer unerfreulichen Begegnung mit einem der uralten landwirtschaftlichen Geräte gestern Nacht.
Es kann doch nicht sein, dass Gloria die Früchte ihrer harten Arbeit gar nicht zu schätzen weiß?

»Ich verstehe das immer noch nicht«, sagte Gloria.

»Du und Zoran, ihr könnt hier mit Grandma wohnen!«, sagte Twig. »Wir haben die Scheune ausgeräumt und die Koppel extra für dich hergerichtet. Du kannst mit deinem Reitstall hierherziehen, wenn du ihn in London verkaufst!«

»Zoran mag Horsehill so gern und er könnte auf dem Flügel spielen und komponieren und vielleicht auch unterrichten«, fügte ich hinzu. »Auf diese Weise bekommt ihr beide, was ihr wollt, und Grandma muss nicht wegziehen.«

Aber während ich noch sprach, war mir schon klar, dass unser Plan einen gewaltigen Haken hatte. Zu diesem Zeitpunkt sollte Gloria eigentlich schon lachen und alle umarmen und sich bedanken.

»Du wusstest Bescheid«, sagte sie zu Zoran.

»Ich wollte dich überraschen«, sagte er und ich konnte sehen, dass er den Haken auch schon erkannt hatte.

»Aber ich *will* hier gar nicht leben«, sagte Gloria. Sie wandte sich um und schaute uns alle an. »Seid mir nicht böse. Das ist wirklich lieb gemeint und so, aber ihr könnt doch den Leuten nicht vorschreiben, wie sie ihr Leben leben sollen.«

Sie ging zum Tor zurück und in der Scheune herrschte absolute Stille. Am Eingang wandte sie sich um und sagte, »Ich möchte Zoran gern noch mal alleine sprechen. Dann fahre ich nach London zurück. Da gibt es Leute, die auf mich warten, und das ist ziemlich wichtig.«

Vor Flora blieb sie noch mal stehen.

»Du hast mich reingelegt«, sagte sie.

»Genauso, wie du Zoran reingelegt hast«, gab Flora zurück.

Gloria ging raus. Zoran eilte ihr hinterher. Jas wollte ihnen folgen, aber Grandma hielt sie zurück.

»Sie hat natürlich Recht«, ergriff Isambard das Wort. »Jeder muss seine eigenen Entscheidungen fällen.«

»Aber es war eine so *gute* Entscheidung«, wandte Jas ein.

»Es war eine wunderbare Idee«, seufzte Grandma.

»Fand ich auch«, sagte Mum.

Ich glaube nicht, dass ich schon mal so viele deprimierte Gesichter auf einmal gesehen habe.

»Ich habe euch ja gesagt, es ist verrückt«, sagte Dad, aber er sah genauso deprimiert aus.

Danach ging jeder seiner eigenen Wege. Isambard meinte, er könne ja trotzdem schon mal anfangen, was zur Müllkippe zu bringen. Ollie und Skye und Dad boten ihre Hilfe an. Zach und Flora schlenderten Hand in Hand zum Bach hinunter. Grandma ging los, um in ihrem Liegestuhl ein Nickerchen zu halten, Twig kletterte zum Lesen in die Eiche hinauf und Mum und Lizzie brachen mit Pumpkin in seiner Karre zu einem Spaziergang auf. Mum fragte Jas, ob sie mitkommen wolle, aber Jas meinte, sie sei so niedergeschlagen, dass nicht mal Pumpkin sie aufmuntern könne, und lief mit mir zum Haus zurück.

»Den ganzen Sommer habe ich mich danach gesehnt, dass er herkommt. Und jetzt, wo er hier ist, kommt es mir gar nicht mehr wichtig vor. Warum?«

»Weil jetzt andere Dinge wichtiger scheinen, nehme ich an.«

»Wenigstens hat er es noch mal gesehen«, sagte Jas. »Ich glaube zwar nicht, dass er sich daran erinnern wird, aber wenigstens ist er mal hier gewesen. Das ist doch immerhin was, oder?«

Wir blieben an der Küchentür stehen. Jemand hatte einen Korb

Tomaten auf der Schwelle abgestellt, neben einer Packung Eier von Lizzie und einem von Elsies zernagten Holzscheiten.

»Die Rosen müssen geschnitten werden«, sagte ich.

»Horsehill ist der schönste Ort, den ich kenne«, flüsterte Jas. »Ich werde es nie, niemals vergessen.«

»Komm, wir holen unsere Badesachen«, schlug ich vor. »Dann gehen wir Mum entgegen und nehmen Pumpkin mit an den Bach. Du kannst ihn festhalten und ich filme euch, und wenn er alt genug ist, zeigen wir ihm, wie er zum ersten Mal in einem Bach geschwommen ist.«

»Der hat doch kaum noch Wasser.«

»Für Pumpkin wird's noch reichen.«

Als ich wieder nach unten kam, waren Gloria und Zoran im Wohnzimmer. Ich hatte nicht vor zu lauschen, aber die Tür war nur angelehnt.

»Eigentlich geht es doch nur wieder um sie«, sagte Gloria. »Diese tolle Lösung für uns alle. Die hilft doch nur ihnen selbst.«

»Nein«, sagte Zoran. »Nein, nein, nein.«

»Was denn dann? Wie soll das für *mich* die richtige Lösung sein?«

Es folgte ein langes Schweigen. Zoran fing an, auf dem Flügel zu klimpern. Er spielte nur mit einer Hand, aber ich erkannte die ersten Töne seiner Sonate. »Die Idee war von den Kindern«, räumte er ein. »Aber als sie mich dann angerufen haben, um mir davon zu erzählen, auf dem Rückweg nach London, da dachte ich, du würdest vielleicht …«

»Was würde ich vielleicht?«

»Die Möglichkeiten sehen. Ich weiß, Horsehill ist nicht Argentinien, nicht die Pampa und alles, wovon du geträumt hast, aber …«

Er spielte noch ein bisschen weiter, einen Ton nach dem anderen.

»Aber?«, bohrte Gloria weiter.

Zoran seufzte. »Du und ich, wir sind für unterschiedliche Dinge geschaffen«, sagte er. »Du bist dafür geschaffen, draußen zu sein, für Pferde und große Weiten und Abenteuer. Ich bin für die Musik geschaffen und dafür, mich um andere zu kümmern. Ich will mich nicht wie ein Heiliger anhören, Gloria, aber das kann ich wirklich *gut*. Ich bin gut darin, für andere zu sorgen.«

»Aber was bedeutet das für uns beide?«

Mehr Sonate. Mehr Schweigen. Ich musste mich weit nach vorn beugen, um zu verstehen, was Zoran als Nächstes sagte.

»Wir sind zwar für unterschiedliche Dinge geschaffen«, sagte er. »Aber wir sind auch füreinander geschaffen. Das ist einfach so, Gloria. Ich liebe dich. Lass mich für dich sorgen.«

Ich spähte durch die Türritze. Zoran hatte sich auf den Flügel gestützt. Gloria stand am Fenster und sah nach draußen.

»Es ist wirklich schön hier«, sagte sie seufzend. »Aber, Zoran, wir gehören nicht zur Familie. Wir hätten keinen Status, keinerlei Rechte.«

»Das würde natürlich vertraglich geregelt. Und für mich sind sie wie meine Familie.«

»Hier so dicht aufeinander zu wohnen …«

»Das Haus ist groß. Der Reitstall wäre ausschließlich dein Bereich. Wir hätte unsere eigenen Räume. Ich kann dir versichern, dass Constance immer noch sehr selbstständig ist.«

»Aber wie lange wird sie es noch bleiben?«

»Wer weiß das schon? Die Chancen stehen jedenfalls gut.«

Jetzt spielte er mit beiden Händen und Gloria wurde endlich darauf aufmerksam.

»Das ist doch die Melodie, die mein Vater so gern mochte.«

Mit einem Finger schlug Zoran die Tonfolge an.

»Spiel das ganze Stück.«

Und Zoran spielte, wie ich es noch nie von ihm gehört habe. Es fing ruhig an und wuchs dann immer mehr und mehr, bis man das Gefühl hatte, das Haus bestünde nur noch aus Musik. Nein, es war eher so, als *wäre* das Haus die Musik, und nicht nur das Haus, sondern auch ich selbst. Es kam mir vor, als wäre alles, was ich bin, in Zorans Musik enthalten, und in der Stille, die darauf folgte, war alles anders.

»Bitte geh nicht nach Argentinien, Gloria«, sagte Zoran. »Das ist so weit weg.«

»Noch mal«, sagte sie und Zoran fing wieder von vorne an.

»Ich dachte, ich würde es schreiben, um dir zu zeigen, wie viel Musik mir bedeutet«, sagte er, als er zum Ende gekommen war. »Dabei habe ich es die ganze Zeit für dich geschrieben.«

»Für mich?«

»Wenn du es haben willst. Gloria, willst du mich heiraten?«

Ich habe keiner Seele erzählt, was passiert ist, aber das Wohnzimmer hat zwei Türen und beide eignen sich sehr gut zum Lauschen. Als ich Jas schließlich fand, wussten schon alle, dass Gloria es sich anders überlegt hatte und dass sie mit Zoran hierbleiben und ihn heiraten würde.

Später saß ich mit Flora am Bach und sah zu, wie Jas und Twig Pumpkin ins Wasser baumeln ließen, während Mum mit besorgter Miene um sie herumwuselte. Zach saß am Ufer und spielte ›It's such a Perfect Day‹.

»Was hat Gloria eigentlich damit gemeint, als sie sagte, du hättest sie reingelegt?«, fragte ich.

»Dass ich sie belogen habe, um sie hierherzulocken, vermutlich. Ich konnte ihr ja wohl kaum die Wahrheit sagen.«

»Was hast du ihr denn gesagt? Und was hast du damit gemeint, dass sie Zoran genauso reingelegt hat?«

Flora grinste. »Versprichst du mir, das niemandem zu erzählen? Es gibt gar keinen Käufer für den Reitstall und es gibt auch keinen Job in Argentinien. Das hatte sie alles bloß erfunden, um Zoran unter Druck zu setzen, damit er nach London zurückkommt. Aber Zach hat sie schließlich durchschaut. Er war schon mal in Argentinien und hat sie gefragt, wo sie eigentlich hinwill, und darauf konnte sie nichts sagen. Ich habe mich bereit erklärt, Zoran nichts davon zu sagen, und das Spiel dann ihr zuliebe mitgespielt. Aber dann kamt ihr mit eurer Idee, also habe ich dafür gesorgt, dass sie herkommt. Ich habe ihr gesagt, diese ganze Argentinien-Geschichte würde noch viel überzeugender wirken, wenn sie herkommt und sich von allen verabschiedet.«

»Und das hat sie dir geglaubt?«

»Zach ist mir zu Hilfe gekommen. Er hat gesagt, Zoran würde sie nur noch mehr lieben, wenn sie das macht.«

»Das war ja ein ganz schön mieser Trick!«

»Ich weiß!« Flora machte ein unglaublich selbstgefälliges Gesicht.

»Klingt aber auch nach einer sehr riskanten Strategie«, sagte ich. »So viele Lügen!«

»Ach komm, jetzt sei nicht wieder so vernünftig«, sagte Flora.

Ich bin überhaupt nicht vernünftig, wollte ich eigentlich sagen. In den vergangenen vier Wochen bin ich von einer sehr hohen Brücke gesprungen und zwei Mal vor Tagesanbruch losgeritten, um vom steilsten Felsen im ganzen Hochmoor aus den Sonnenaufgang zu beobachten, und ich habe meine Großmutter aus dem Krankenhaus entführt und mich beinahe in einen Jungen verliebt, der mich nicht mal besonders mochte. Aber dann fiel mir wieder ein, was Zoran erzählt hatte, von seiner Schwester, und dass wir uns in den Augen unserer Familie nie wirklich verändern.

Ich bin, was ich bin. Mir doch egal, was andere denken.

Sonntag, 24. August

Den ganzen Abend türmten sich die Gewitterwolken immer höher auf und in der heißen, stickigen Luft konnte man kaum noch atmen, aber das war für uns kein Hindernis. Isambard hat den Feuerhaufen angezündet, Dad ist zum Einkaufen nach Plumpton gefahren, Mum, Lizzie, Zoran und Grandma haben gekocht und Jas und Skye haben Gloria jeden Zentimeter der neuen Stallungen gezeigt.

Flora wollte gern, dass ich mich für die Party schick mache.

»Diese Jungs«, sagte sie. »Die sind beide so süß.«

»Ich will aber nicht.«

»Du kannst dir ausleihen, was du willst.« Sie kippte ihren Koffer aufs Bett. Es ist schon erstaunlich, wie viele Kleidungsstücke so ein einzelner Mensch besitzen kann. Pailletten und Kleider und bauchfreie Tops. Schals, Miniröcke, Latzhosen. »Alles, was du willst!«, sagte Flora flehend. »Hauptsache, nicht nur Jeans und Flipflops.«

»Das hier«, sagte ich und hielt ein kornblumenblaues T-Shirt hoch.

»Das nehme ich immer zum Schlafen!«

»Das«, beharrte ich. »Und dein Kosmetiktäschchen.«

Sie wollte mir helfen, aber das ließ ich nicht zu. Ich nahm das Täschchen mit ins Badezimmer, das im Moment ja eigentlich keins mehr ist, weil es gar keine Wanne hat, und betrachtete mich im Spiegel. Ich dachte an den Tag zurück, vor Ewigkeiten, als ich rot und verschwitzt von unserem ersten Ausflug mit Skye und Ollie zum Teich der Melisandra zurückkam, und wie sehr ich meinen Anblick damals gehasst habe. Ich nahm Grandmas Bürste und bürstete mein Haar so lange, bis es glatt und glänzend war. Der Pony hing mir bis knapp über die Augen und die restlichen Haare flocht ich mir zu zwei lockeren Zöpfen, die mir über die Schultern hingen und von kleinen Schleifen zusammengehalten wurden. Ich nahm ein bisschen von Floras Puder, damit meine Nase nicht mehr glänzte, und ein bisschen Kajal und ziemlich viel Wimperntusche, um meine Augen größer wirken zu lassen, und einen Hauch von ihrem lilafarbenen Lippenstift, weil ich wissen wollte, wie das aussieht (ganz gut). Ich suchte meine schönste Jeans heraus, die enge, die meine Beine länger macht, streifte das T-Shirt über und legte mir die Iris von Skye um den Hals, und dann schaute ich wieder in den Spiegel und mir gefiel, was ich sah.

Isambard spielt auch Gitarre. Er hat sie zur Party mitgebracht. Er und Zach haben gespielt und Flora hat dazu gesungen. Zoran und Gloria haben getanzt, barfuß und lachend.

Grandma saß in ihrem Liegestuhl, mit Elsie zu ihren Füßen, und klopfte mit ihrem Stock den Takt.

Mum und Dad hielten sich an den Händen.

Jas kündigte an, jetzt ihr Epos vortragen zu wollen. Twig riss ihr die Blätter aus der Hand. »Zum Teufel mit der Literatur!«, rief er und warf *Les Misérables* ins Feuer.

Mum nahm Jas' Gedicht rasch an sich, bevor auch das im Feuer landete, und versprach ihr, sie könne es uns morgen in Gänze vorlesen.

»Wenn's mal schön ruhig und friedlich ist«, sagte sie.

Jas stopfte das Gedicht in Pumpkins Kinderwagen und verschwand in Richtung Koppel.

Alle Erwachsenen tranken zu viel.

Um Schlag Mitternacht kam Jas mit Hester auf die Wiese galoppiert und Grandma fand endlich ihren Gartenhut wieder.

»Was hast du denn mit dem gemacht?«, rief sie.

»Der sollte dich an deine Flitterwochen erinnern!«, schrie Jas, aber ich glaube, das hat keiner mehr gehört, weil alle schon schallend lachten. Jas ließ sich von Hesters Rücken gleiten und führte sie ans Feuer, damit Gloria ihre Kopfbedeckung bewundern konnte, aber Hester scheute und ging durch. Gloria, Isambard, Flora und Zach rannten los, um sie wieder einzufangen. Der Hut landete im Feuer und verbrannte zusammen mit Victor Hugo.

»Und was ist mit meinem Kaschmirjäckchen passiert?«, wollte Grandma wissen, aber bisher habe ich mich nicht getraut, ihr das zu verraten.

Ich stocherte gerade in den Resten des Hutes herum, als Ollie sich an mich heranschob.

»Ich versuche schon den ganzen Abend, mit dir zu sprechen«, sagte er. »Ich fahre morgen nach Hause. Diesmal endgültig. Ich wollte nur noch mal sagen, dass es mir leidtut.«

»Kommst du zu Hause denn klar?«

»Ich denke schon. Ich will bei Mum wohnen bleiben. Mit dieser neuen Frau von Dad würde ich es bestimmt nicht aushalten. Noch nicht jedenfalls.«

»Sonst kannst du ja auch jederzeit herkommen«, sagte ich. »Also, in den Ferien. Wir werden ab jetzt noch viel öfter hier sein.«

Er zögerte. »Ich mag dich, Blue.«

»Danke«, sagte ich. »Ich mochte dich auch.«

»Vergangenheitsform?«, fragte er.

»Ja, Vergangenheitsform.«

Und mir war klar, dass wir Ollie in Horsehill nie wiedersehen würden.

Skye stand mit Elsie am Rand der Wiese, knapp außerhalb des Lichtscheins, den das Feuer warf.

»Komm mit«, sagte ich.

»Wohin denn?«

»Wirst schon sehen.«

Ich hatte schon ein bisschen Sorge, dass wir uns im Moor verlaufen könnten. Ständig gingen mir Ausschnitte von Grandpas Legenden durch den Kopf, von Leichen, die erst Jahrzehnte, nachdem sie vom Weg abgekommen und ertrunken waren, wiederentdeckt wurden. Aber schon bald hatte ich den winzigen Zufluss gefunden und wir folgten ihm vorsichtig querfeldein.

Schließlich standen wir vor Grandmas *Cairn* und ich zog zwei Steine aus der Tasche.

»Jeder einen«, sagte ich.

»Und was sollen wir damit machen?«

»Die legen wir auf diesen Steinhaufen. Dabei kann man sich zwar nichts wünschen, aber ... man kann an jemanden denken. Wie eine Art Huldigung.«

Wir balancierten unsere Steine zwischen den anderen aus und blieben dann eine Weile schweigend stehen.

»An wen hast du gedacht?«, fragte er.

»An meine Familie«, sagte ich. »An jeden von ihnen. Und du?«

»Ich auch«, sagte er. »Aber auch an Freunde, die wie Familie für mich sind.«

Wir machten uns auf den Rückweg. »Weißt du schon, dass Gloria mir einen Job angeboten hat?«, sagte er. »So einen richtigen, jeden Tag nach der Schule und an Wochenenden.«

Winter, kurze Tage, Schule. Skye hier und wir in London, und all die Leute, die hier zum Reiten herkommen würden – Leute, die überhaupt nichts mit uns zu tun haben. Horsehill gerettet, aber nur um den Preis, dass es nicht mehr uns allein gehört. Ich habe vorher noch nie daran gedacht, wie seltsam das sein wird.

»Da kommen bestimmt ganz viele kleine Mädchen in den Ponyclub«, sagte ich. »Und verlieben sich dann in dich. Ponyclub-Mädchen sind immer in die Stallburschen verliebt.«

Skye machte ein entsetztes Gesicht.

»Du wirst bestimmt viele neue Freunde finden«, sagte ich.

Wir blieben auf der Brücke stehen. Über uns rollte der Donner. Ein paar fette Tropfen fielen und malten Kringel ins Wasser. Ich fröstelte. Skye zog seinen Kapuzenpulli aus, legte ihn mir um die Schultern und schlang dann die Arme um mich.

Das war ein schönes Gefühl. Nicht aufregend. Und überhaupt nicht verliebt. Einfach nur wie Freunde. Vielleicht sogar Seelenverwandte.

Er zog an meinen Zöpfen.

»Ich mag diese Frisur«, sagte er. »Mit der siehst du aus wie du selbst.«

»Ich habe eine Menge verborgene Facetten«, klärte ich ihn auf. »Unter diesem Schulmädchen-Äußeren verbirgt sich ein geheimnisvolles, magisches Geschöpf.«

»Mädchen sind echt komisch«, sagte er.

Lange Zeit blieben wir so stehen, die Arme fest umeinandergelegt. Am Feuer auf der Wiese fing Zach wieder an, Gitarre zu spielen, und die anderen sangen mit. Elsie planschte unter uns durchs Wasser und tat, was Hunde eben so tun – herumschnüffeln und Beute aufspüren. Wir standen da und lauschten und hielten uns fest, und als der Regen stärker wurde, wurden auch die Kringel im Wasser immer mehr und überlappten sich mit anderen Kringeln in einem komplizierten geometrischen Muster, das erst verschwand, als Elsie unter der Brücke hervorsprang. Und dann rannten wir mit ihr zurück, rutschten und schlitterten durchs nasse Gras, bis Floras kornblumenblaues T-Shirt völlig durchnässt und mein Make-up verschwunden war und meine Zöpfe sich wieder in Rattenschwänze verwandelt hatten. Wir fassten uns bei den Händen und schlossen uns den anderen an, die im Regen ums Feuer tanzten, Ollie, Isambard, Lizzie und Skye, Zoran, Gloria und meine ganze Familie, Grandma mit ihrem Stock und Pumpkin auf Mums Arm, und ich versuchte, nicht daran zu denken, dass der Sommer fast vorbei war.

Die Filmtagebücher der Bluebell Gadsby

20. Szene (Transkript)
Alles dreht sich um Pumpkin

DRINNEN. KURZ NACH SONNENAUFGANG.

Das winzige Zimmer (eher eine Kammer), in dem alle Babys in Horsehill traditionsgemäß schlafen, ist lichtdurchflutet, was darauf zurückzuführen ist, dass PUMPKINs Eltern vergessen haben, die Jalousie herunterzulassen, als sie ihn nach der Party ins Bett gebracht haben.
Zum ersten Mal seit fast einem Monat zeigt der Himmel kein strahlendes Blau, sondern sein normales englisches Grau.
Pumpkin liegt auf dem Rücken in dem Gitterbettchen, in dem schon Generationen von Gadsby-Kindern gelegen haben, und macht diese Quengelgeräusche, die einem ausgewachsenen, voll entwickelten Gebrüll unmittelbar vorausgehen, verstummt aber beim Anblick des KAMERA-MANNS (BLUEBELL), der seine Kamera auf dem Rand des Bettchens ausbalanciert.

KAMERAMANN

Schsch, du weckst sonst noch das ganze Haus.